韩少功作品系列

进步的回退

上海文艺出版社

自　序

眼前这一套作品选集，署上了“韩少功”的名字，但相当一部分在我看来已颇为陌生。它们的长短得失令我迷惑。它们来自怎样的写作过程，都让我有几分茫然。一个问题是：如果它们确实是“韩少功”所写，那我现在就可能是另外一个人；如果我眼下坚持自己的姓名权，那么这一部分则似乎来自他人笔下。

我们很难给自己改名，就像不容易消除父母赐予的胎记。这样，我们与我们的过去异同交错，有时候像是一个人，有时候则如共享同一姓名的两个人、三个人、四个人……他们组成了同名者俱乐部，经常陷入喋喋不休的内部争议，互不认账，互不服输。

我们身上的细胞一直在迅速地分裂和更换。我们心中不断蜕变的自我也面目各异，在不同的生存处境中投入一次次精神上的转世和分身。时间的不可逆性，使我们不可能回到从前，复制以前那个不无陌生的同名者。时间的不可逆性，同样使我们不可能驻守现在，一定会在将来的某个时刻，再次变成某个不无陌生的同名者，并且对今天之我投来好奇的目光。

在这一过程中，此我非我，彼他非他，一个人其实是隐秘的群体。没有葬礼的死亡不断发生，没有分娩的诞生经常进行，我们在不经意的匆匆忙碌之中，一再隐身于新的面孔，或者是很多人一再隐身于我的面孔。在这个意义上，作者署名几乎是一种越权冒领。一位难忘的故人，一次揪心的遭遇，一种知识的启迪，一个时代翻天覆地的巨变，作为复数同名者的一次次胎孕，其实都是这套选集的众多作者。

感谢上海文艺出版社，鼓励我出版这样一个选集，对三十多年来的写作有一个粗略盘点，让我有机会与众多自我别后相逢，也有机会说一声感谢：感谢一个隐身的大群体授权于我在这里出面署名。

欢迎读者批评。

韩少功

2012 年 5 月

目 录

序　跋

演讲

进步的回退

时间：二〇〇一年十二月

地点：巴黎　法国国家图书馆

当很多富裕起来的中国农民从乡村进入城市的时候，我算是一个逆行者，两年前开始阶段性地离开城市，大半时间定居中国南方一个偏僻山区——我在二十世纪六十年代当知识青年的地方，曾经进入过我的长篇小说《马桥词典》及其他作品。我在那里栽树，种菜，喂鸡；收获的瓜果和鸡蛋如果吃不完，就用来馈赠城市里的亲戚和朋友。这是一种中国古代读书人“晴耕雨读”的生活方式，我觉得没有什么不好。有一位报纸记者跑到这个地方找我，对我的选择表示了怀疑：你这是不是回避现实？我说什么是现实？难道只有都市的高楼里才有“现实”？而占中国人口百分之六十九的农民和占中国土地百分之九十五的乡村就不是“现实”？记者的另一个问题是：你这是不是要对抗现代化？我问什么是“现代化”？我在这里比你在都市呼吸着更清新的空气，饮用更洁净的水，吃着品质更优良的粮食和瓜果，还享受着更多的闲适和自由，为什么这不是“现代化”而你被废气、脏水以及某些有害食品困扰并且在都市的大楼、地铁、公寓里一天天公式化的疲于奔命倒成了“现代化”？

问题很明显：这里有对“现代化”不同的理解和定义。回顾我们刚刚告别的二十世纪，从欧洲推向全球的资本主义和共产主义两大浪潮，都以“现代化”为目标，甚至都曾用经济和技术的指标、甚至单纯用 GDP 的数量，来衡量一个地区所谓“现代化”的程度。可惜的是，经济和技术只是我们生活内容的一部分而不是全部；事实上，经济和技术的活动也并不都体现为 GDP，如法国历史学家布罗代尔曾经谈到过的家务劳动，等等。在我这两年中的乡下生活里，优质的阳光、空气、水，这些生命体最重要的三大基本元素都不构成 GDP。自产自给的各种绿色食品因为不进入市场交换，也无法进入 GDP 的统计。我所得到的心境的宁静、劳动的乐趣、人际关系的和睦、时间的自由安排，等等，与 GDP 更没有什么关系。因此在我那位记者朋友看来，我是一个 GDP 竞赛中的落后者，一定生活得很痛苦，甚至已经脱离了“现实”。在中国当代主流媒体的话语中，一个作家是不应该这样自绝于“现实”的，而“现实”、“幸福”、“发展”、“文明”，等等，都是繁华都市的代名词，仅仅与车水马龙和灯红酒绿相联系。显而易见，“现代”在这里不再是一个单纯的时间概念，而是发达经济和发达技术的代用符号。于是很多人以美国的曼哈顿为“现代”的图标，而把仅仅离都市十公里或二十公里之外的生活排除在“现代”之外，通常是耸耸肩，将这些明明是现代的事物、明明就存在于他们身边的事物，斥之为“传统”或者“古老”，并且在思想视野里予以完全地删除。

在一般语境之下，“现代”在中国是指十九世纪以后的岁月，在欧洲则是指十六世纪以后的岁月，可见这个概念不过是意指工业化、市场化、科学化乃至西方化的进程。这一进程带来了经济和技术的长足发展，无疑是人类极其值得自豪的伟大进步。依托这种伟大进步，我在乡下也可以用卫星天线和电脑网络来与外部世界沟通，可以获得抵抗洪水、干旱、野兽、疾病等自然灾害的有效技术手段。这就是说，我的生活和我的写作，都受益于经济和技术的进步，因此我毫无理由对“进步”心存偏见。需要指出的只是：经济和技术的进步在历史上并没有常胜的纪录，曾经“进步”的苏美尔文明、埃及文明、米诺斯文明就是公元前三千年至一千年间被所谓蛮族摧毁，同样代表着“进步”的希腊、罗马、印度、中国四大文明在公元三世纪以后也一一被所谓蛮族践踏，包括中国的长城也无法阻挡北方游牧强敌，朝廷一次次南迁乃至覆灭。那时候并没有中国现在的流行说法：“落后就要挨打。”人们惨痛的教训恰恰可说是“进步就要挨打”甚至“进步就要灭亡”。一直到冷兵器时代的结束，一直到工业革命和信息革命的出现，世界历史的这一法则才得到改写。即便是这样，“进步”仍然只是国家强盛和个人幸福的条件之一而不是全部条件。最近发生在美国的九一一恐怖主义袭击事件，就充分证明经济的技术的进步仍存在极大局限性：全世界拥有最大 GDP 的国家仍然无法保护自己三千多位居民的安全。而且如果不消除这个世界很多地区日益严重的贫困、环境破坏、教育危机等积弊，即便我们有十个或二十个美国，恐怕也无法真正靠高科技战争来铲除恐怖主义，来铲除所有的本·拉丹。事情很清楚，就在九一一这一天，就像每一天那样，这个世界的不发达地区有两万多儿童死于贫困下的饥饿和疾病，但没有人为他们点上蜡烛，没有人为他们献上鲜花，更没有人为他们组成国际战争同盟，没收了我们视线的现代传媒甚至使我们根本不知道有这种死亡的存在。这难道不也是一种暴力和恐怖？这种隐形的暴力与恐怖难道不是九一一袭击最为重要的全球性背景？

可以相信，很多不发达地区的这种被传媒漠视的绝望，正在演变成下一颗投向繁华都市的炸弹。一项调查表明，阿富汗极端势力的出现与该国的教育状况有直接联系。由于世俗的、西方化的学校收费太高，大部分青少年无法去这样的学校学习，而只能进入各种免费的伊斯兰宗教学校，接受一些极端宗教主义和极端民族主义的思想灌输。这正是本·拉丹的重要社会基础之一。值得注意的是，这种学费日益增高从而使贫困家庭子弟无法上学的现象，在阿富汗以外同样广泛存在。作为一个发展中国家，中国这些年的教育事业得到了很大的发展。但由于某种向美国式教育市场化的“国际惯例”急切接轨，由于很多地方管理部门官员腐败性地“搭车收费”，加上教育、出版等部门疯狂追求垄断性利润，中国的很多社会公益性事业也在受到损害，很多乡村学校的收费在近二十年来也猛增了五十倍左右，迫使很多孩子辍学。在我居住的乡村，初中辍学比例竟一度高达百分之四十。知识的阶层分化正在比经济的阶层分化更为急剧和尖锐地出现。可以想象，如果这种趋向得不到制止和纠正，当这么多青少年被抛出所谓现代化的进程之外，当他们有朝一日发现自己永远无望分享所谓现代化成果，接受各种极端思潮难道是一件很难的事情吗？包括恐怖主义袭击在内的各种犯罪难道是一件不可想象的事情吗？当我们谴责这些本·拉丹这种“反现代化”逆流的时候，那个“现代化”的市场利润狂热追求，那个受益于贫富差距扩大并且由官员、商人、知识精英等组成的社会主流，是否正在为自己埋下恐怖主义一类的隐患？是否知道一切“反现代化”的骚动正是所谓“现代化”进程直接或间接的后果？

GDP 不能解决这个问题，而且 GDP 至上的新意识形态正在掩盖这一类问题。包括很多欧洲知识分子左派，他们能够看到跨国资本对发达国家内部弱势阶层带来的损害，却很难看到跨国资本正在对很多发展中国家带来的损害，很难看到现代化繁荣与广大非受益地区各种极端思潮、专制暴君、宗教的原教旨化乃至邪教化之间的共生关系。利益正在使人与人之间相互盲视，正在使阶层与阶层、民族与民族之间相互盲视。因此，我们需要高 GDP，更需要社会公正，需要理解的智慧和仁慈的胸怀，来促成旨在缓解现代性危机的思想创新和制度创新。而所谓公正等，无疑是一些古老和永恒的话题，没有什么进步可言。这就是我欢迎进步但怀疑“进步主义”的原因，是我热爱现代但怀疑“现代主义”的原因。因为无论有多少伟大的现代进步，也只是改变了生活的某些形态和结构，却并不能取消生活中任何一个古老的道德难题或政治难题。现代的杀人与原始的杀人都是杀人，难道有什么区别吗？现代的绝望与孤独同样是原始的绝望与孤独，难道有什么区别吗？中国古代一个大智者老子在《道德经》中说过“为学者日益，为道者日损”，就是说在学习知识方面要做加法，在道德精神方面要做减法；也就是说，不断的物质进步与不断的精神回退是两个并行不悖的过程，可靠的进步必须也同时是回退。这种回退，需要我们经常减除物质欲望，减除对知识、技术的依赖和迷信，需要我们一次次回归到原始的赤子状态，直接面对一座高山或一片树林来理解生命的意义。有幸的是，我们的文学一直承担着这样的使命，相对于经济的技术的不断进步，文学不会像电脑二八六、三八六、四八六那样的换代升级；恰恰相反，文学永远像是一个回归者，一个逆行者，一个反动者，总是把任何时代都变成同一个时代，总是把我们的目光锁定于一些永恒的主题：比如良知，比如同情，比如知识的公共交流。莫言先生的长篇小说《檀香刑》，用他自己的话来说，是一本“大踏步地向民间文学后退”的书，其戏曲唱词般的叙事语言，使我们感受到无形的锣鼓节奏，感受到古代舞台上的温情和激情。余华先生的长篇小说《活着》，李锐先生的长篇小说《无风之树》，让我们关切一些中国当代下层贫民的伤痛，延续了中国从屈原到杜甫、到鲁迅的人道主义悲怀。我在这里还没有提到张承志的《心灵史》和张炜的《九月寓言》，这两部长篇小说在更早的时候，在中国二十世纪九十年代卷入经济全球化的初期，就坚守着文学的民间品格和批判精神，构成了中国现代文学在一个迷茫时期最早的思想闪电和美学突围。优秀的作品当然还不止这一些。作为“向下看”而不是“向上看”的作品，它们都与争当都市高级白领的中国某种现代流行心理构成了紧张与对抗。对于很多中国的评论家来说，对于很多读过西方现代主义文学理论的批评家来说，这些作品都是“现代主义”的，应该贴上一个二八六、三八六、四八六之类的现代标签。他们没有看到，这些作品无论在形式上还是在内容上，都是在实现一种进步的回退，不过是古代《诗经》和《离骚》在今天的精神复活。在这个意义上，“现代主义”这顶流行的小帽子，无法恰当解释这些作品的功能和意义。

我一直是文学“现代主义”的拥护者，包括对法国尤奈斯库、普鲁斯特、加缪、罗伯葛里叶等诸多现代作家的激进探索充满崇敬和感谢——感谢他们拓展了文学领域里想象、技巧、文体风格的广阔空间，并且率先开始了对现代性的清理和批判。但他们被戴上一顶“现代主义”的小帽子，同样是出于一种程度不同的误解。我相信，一个真正成熟的现代主义者，同时也必定是一个古典主义者，因为他或者她知道：生活是不断变化的，而从另一个角度来看，又是没有什么变化的。生活不过是一个永恒的谜底在不断更新着它的谜面，文学也不过是一个永恒的谜底在不断更新着它的谜面，如此而已。因此当一个现代主义者还是当一个古典主义者，完全取决于我们从哪一个角度来看生活，比方取决于我们观察一次屠杀，是观察它的技术手段如飞机、炸弹、卫星定位系统呢？还是观察这些技术手段之下我们已经在历史上无数次重逢的鲜血、眼泪以及深夜的烛光？在离纽约十分遥远的一个中国南方乡村里，面对全世界悼念九一一遇难者的闪闪烛光，我深深地相信：把我们从灾难中拯救出来的伟大力量，与GDP所代表的经济和技术进步没有什么关系，而是潜藏在几千年历史中永远不会熄灭的良知和同情，是我们读到一首诗或一篇小说时瞬间的感动。为了传承这样的感动，“现代主义”文学与历史上所有的文学一样，在做着同样的事情。明白这一点，是现代主义的死亡，也是现代主义的永生。

* 最初发表于2001年《天涯》杂志，后收入演讲集《大题小作》，已译成法文。

冷战后：文学写作新的处境

时间：二〇〇二年十一月二十日

地点：苏州　苏州大学文学院

中国新时期文学，大体上可以分作两段来说。一段是从二十世纪七十年代后期算起，到八十年代末的冷战结束。这一段的主要特点，一是"恢复"，即恢复"文化大革命"以前的文学传统，包括同学们在课本上可能读到的社会主义现实主义啊，革命现实主义啊，在那个时候都获得了禁令的解除。不仅大量一度查封的作品得到再版和重印，而且所谓伤痕文学、反思文学、改革文学，等等，也多是革命时期现实主义文学传统的延伸和再生。二是"补课"，表现为文化上闭关锁国状态结束以后，国外的文学思潮和文学作品大量涌入，既补了西方启蒙主义文学之课，也补了欧美现代主义文学之课。就像刚才主持人介绍的，那时我也曾经翻译过东欧作家米兰·昆德拉的作品。

这种补课是一种狼吞虎咽，对于后来中国作家与国外同行进入同一起跑线，提供了重要的条件和前提。我们国家有一个非常庞大而优秀的翻译队伍，是我们的幸运。所以我们有非常优秀的俄国文学、法国文学、英国和美国的文学，还可以读到其他许多发展中国家的优秀文学。一个中国的读者，稍有读书兴趣，很容易数出五十个甚至一百个外国作家的名字。大家不要小看这种现象，在很多的国家，读者就没有这种幸运。我前不久到了一个发展中国家，到他们书店里边一看，发现书架上只摆着一些诗歌。作为一个以游牧为传统的国家，马背上歌手多，诗人也就多，这非常自然。但他们那里外国小说非常之少，理论和学术的译介更少。他们全国人口至今只有两百多万，出版市场相当于我们这里三四个县，不可能有品种齐全的翻译队伍，也不可能有强大的出版机构。所以说一个读者熟悉五十个甚至一百个外国作家的这种情况，不是每一个国家都有的。这是我顺便说到一点。

从七十年代末到八十年代末，“恢复”加上“补课”，有了内因与外因这两个推进器，于是有了文学的解冻和文学的繁荣。很多作家像井喷一样的抒发他们的情感，表达他们的思想，实现了“五四”新文化运动以后又一个文学高潮。那个阶段，简单地概括一下，作家们大多以人性、人道为主要价值核心，这是一个层面；以市场经济和民主政治为主要制度取向，这是第二个层面。两个层面构成了当时文学潮流的主要面貌和大体方位，构成了所谓八十年代“新启蒙”的基本内容。交代了这一点，我们才能更好地进入今天演讲会的主题，即看看进入九十年代以后，进入新时期文学的第二个阶段以后，我们的文学处境是不是有所变化？我们将遇到一些什么新的问题？而我们的作家们又做出了怎样的回应？

我将就我知道的一些情况和自己的一些感受，先向同学们做一个简要汇报，然后我还会留一些时间，以便大家一起作进一步的讨论。

社会新型发展道路的探寻

九十年代初，全球范围内的冷战宣告结束。自那以后的十多年来，我国的改革、开放以及现代化建设取得了很大成果，其推进速度超出了我们很多人的想象。今年三月，我到美国参加一个会议，顺便看望在那里就读的女儿。我和老婆到超市去购物，发现在美国比较低级的超市里，大约百分之八十的货品都是中国制造。中、高档的超市里，Made in China 所占的比重大概也达到了百分之六十。想想看，八十年代中国人出国，大多背着那种大“蛇皮袋”，见什么都买，见什么都想要，像鬼子进了村（众笑）。

也就是十多年，现在倒是有很多老外背着大袋子，到中国来大买特买了。我们在洛杉矶机场取行李，足足等了一个多小时，就是因为这种运到美国的大货袋太多，也太大，常常卡死了行李传送带，让管理人员手忙脚乱。我老婆不愿在美国买中国货，但总得给亲友们带点小纪念品吧，于是小心翼翼地挑选，挑了什么皮夹子，什么衣架子，还有别的小玩意，满以为挑的是地道美国货。不料一回到住所，女儿一看就笑，说你们肯定又上当了。她比较有经验，帮我们找一一找出了藏在包装角落里的 Made in China。这就是说，一个人要在美国超市里买到不是中国出产的货品，眼下还真不那么容易。这与我第一次看到的美国形成了大相径庭的比照。

我是一九八六年第一次去美国的，说实话，我当时确实给震了，几乎觉得中国快要完蛋了。美国怎么这么好呢？公路修得好，楼房建得好，程控电话一拨，就可以打到全世界的任何一个角落。那时候程控电话对中国人来说还是一个不可想象的事情，神了（众笑）。但是也就是十多年以后，中国数以万计的产品遍布全球，在美国超市里也开始横行霸道。有些老外在这种超市里一转，能不感到"中国经济威胁论"吗？当然，我们还没有理由牛皮哄哄，因为有些中国产品的利润大头还是外国投资者赚走了，生产这些东西的核心技术也多数不在中国人手里，但这并不妨碍我们对十多年的成果给予实事求是的回顾。

我们在看到这种成果的同时，还必须看到我们面临着的问题和困难。比方说我们最近经常谈到的一个话题，就是就业。这与同学们的关系比较密切。现在不光是大学生找工作不容易，还有很多城市人口下岗，有更多的农村人口处于半失业或准失业的状态。有专家计算过，说有一亿五千万人在农村就足够了，就可以把全国的土地经营得很好了。那么多余的八亿农民干什么去？没事干就打麻将，没钱花也就可能犯罪。有一些年轻农民能到城里打工，算是很幸运了，但也是打着一些报酬非常低的工。我住在海口，注意过从八十年代末到现在，我们的公务员、教师、医生、警察、军人的工资都涨到了十倍到二十倍，比如我的工资从两百来块涨到三千多，涨幅够大了。但大多数打工仔的月薪从八十年代末到现在基本上还是在三百至五百之间，几乎是零增长。还有很多农民连这种收入零增长的工也打不上！

社会上确实出现了很多富人，很多准富人，叫做中产阶级吧，把各大商店常常挤得满满的，但另一方面，无论在城镇还是在乡村，却出现了一个相当大的贫困阶层，包括今天在座的很多同学，家里也可能遇到了巨大的经济压力。由于贫困而辍学的比例，近几年一直在令人心惊胆战地增长。

在很大程度上来说，贫困问题也就是就业问题，而且是消费萎缩和犯罪增加的主要原因。因此这既是一个道德问题，也是一个经济问题。中国是一个人口大国，随着改革和开放的深入，就业压力将长期困扰我们，将是全面建设小康社会所有障碍中最大的障碍。回顾历史，欧洲在工业化的时代其实也遇到过类似的情况，但他们是怎样渡过了这一难关呢？如果我没有记错的话，欧洲从十六世纪就开始向外移民，到十九世纪的前十年，每年还向美洲以及其他地方移民一百万左右！欧洲总共向外移民多少呢？据说是六千五百万。包括英国那些被“圈地运动”排挤出来的农民大多出国了，英语人口的三分之一都离开了欧洲，比方到美国去办农场，而且是那种奴隶制的农场，从非洲买些黑人来，种玉米，种棉花。美国就是这样发展起来的，后来才是汽车工业，才是罗斯福的改革等等。

他们还把一些犯罪分子、小流氓、“下三烂”一船一船地装着，送到澳大利亚去，一靠近海岸，把这些人赶下船，然后掉转船头打道回府。几年前我到澳大利亚访问，那里的人告诉我，澳大利亚以前被叫作“海盗之国”。为什么？因为最先到达那里的白人移民，很大一部分就是从欧洲排挤出来的，而且很多是罪犯。显然，欧洲工业化时代的很多下岗人员是靠这种方式向外转移出去的。特殊的历史机遇和强权优势，使他们可以做到这一点。包括日本也搭了个末班车。大家可能知道，秘鲁有个前总统滕森，是个日本人。日本人怎么跑到南美去当总统？这后面的故事，是日本在工业化时代曾经向南美移民数以万计，数以十万计，在那里形成了强大的社群，也就形成了滕森上台的基础和背景。同学们想一想，我们中国有这样的发展机遇和转移压力的空间吗？我们下岗的工人，无业的农民，现在能够到北美、澳洲或者秘鲁去打天下吗？你要出去可以，要向蛇头缴几万块钱，出去被抓住了，还得当作“非法移民”给赶回来。当然，现在也有人出去。什么人？博士，硕士，技术移民和投资移民，据说清华大学将近一半的学生都去了欧美。但老弱病残一个也出不去，全部留在中国，所有需要社会救济而且容易造成犯罪的沉重负担都留在中国，把中国变成一个大的高压锅。各种压力都在内部积聚。

我们曾经犯过社会主义教条主义的错误。权力过于集中，越来越集中，最后变成了集权社会，出现了官僚政治、官僚经济以及官僚文化，祸国殃民，贻害深远。因此在改革开放的初始阶段，包括我在内，坦白地说，很多人都怀疑社会主义，抱着一个资本主义的现代化想象，至少也是一个市场主义的现代化想象。很多人理所当然地认为，中国要发展，就得老老实实给欧美当小学生。“与国际接轨”呵，“按国际惯例办事”呵，等等，现在都成了我们报刊上的流行语。这里的“国际”，准确的解释就是“西方”，肯定不是指孟加拉或者尼日利亚。当然，我们需要吸收西方一切优秀的文明成果，包括政治、经济、文化的成果，包括很多“国际惯例”。但是，我们在人口、资源、文化传统等条件上与欧美国家有极大的国情差异。在很长时间内，美国不采自己的油，专采别人的油，我们能接这个“轨”吗？日本不砍自己的树，只砍别人的树，连筷子都从中国进口，我们能按这个“惯例”办事吗？美国以全球百分之五的人口消耗全球百分之三十二的能源，如果中国变成美国，中国人也是每人一辆小汽车，恐怕会是中国以及全世界的一个大灾难吧？中国的人口占世界人口的四分之一，如果中国也一味崇尚“资金密集”和“技术密集”型经济，数以亿计的无业人口积聚起来，到时候会不会成为社会发展的一片巨大泥潭或者一个巨大的火药桶？

九十年代以来，社会深层矛盾开始浮现了，使一些人不得不反思社会发展模式，而且在更高的层面，反思社会发展的目标。如果说我们曾经告别了社会主义的教条主义，那么市场主义的教条主义，作为一种新的教条主义，也正在接受更多的反思。最近我从报纸上看到了一件有趣的事：人力车又出现了。首先是出现在日本，出现在韩国，现在又出现在北京。不过现在不叫人力车了，叫“生态出租车”、“绿色出租车”（众笑）。人力车原来在八十年代是被我们大家所唾弃的，所批判的，说这个不人道，一个人拉，一个人坐，形象恶劣，而且多落后呵，多原始呵，多不现代化呵。不是要搞“高科技”吗？不是要搞“先进生产力”吗？摩托车当然比人力车先进，汽车当然比摩托车更先进，汽车多当然比汽车少更更先进。如此等等。但这种理解恐怕是一个误区。发展生产力必须以人为本。如果考虑到环境保护，考虑到增加就业，汽车就不一定总是比人力车“先进”。北京市政府最近做出决议：重新疏通或者开通自行车的专用道，提倡市民们重新使用自行车。这是不是对抗先进的生产力？不是。这是要使先进的生产力同时也是更符合国情的生产力，更能惠及人民大众。

我们必须循着这样的思路，寻找一条有中国特色的发展道路。我们向外看，不但要向上看，还要向下看。不但要看欧美，还要看印度、拉美、非洲、东南亚，要看看发展中国家，看他们有什么经验，有什么教训。东南亚都曾经有过非常骄人的经济繁荣时期。这个“虎”那个“龙”的。拉美在六十年代多牛啊，我见到一些巴西作家和智利作家，当时他们看我们都像看乡下人似的。但是现在那里发生了什么？因为贫富分化得太厉害，市场需求疲软，暴力犯罪率直线上升，恐怖主义也出现了，经济上越来越玩不转。只有一些有权有势的独裁者、腐败官僚、少数商人以及知识精英发了财。联合国一九九九年《人类的发展报告》说，全世界有四分之三的发展中国家比十年前更穷，而这些国家绝大多数一直在发展市场经济。这对我们中国应该是一个很好的提醒：在寻找社会发展道路的问题上，务必要有一个清醒的头脑。

关于社会新型发展道路的思考，当然也有文学界的参与。在这里，有两件事至少是可以提到的。一是九十年代前期的一场有关“人文精神”的讨论，持续的时间将近四五年，牵涉到很多学者与作家，中间还有一些比较没意思的插曲。这场讨论的焦点，是针对八十年代以来的“人性”论和“人道”论：什么是人性？什么是人性解放？人性解放仅仅表现为物欲甚至贪欲？是不是还同时包含人的尊严、人的道德、人的精神自由和追求？这是从价值层面的介入。从制度层面介入，则有九十年代后期所谓“自由主义”和“新左派”的论争，或者说是“新右派”

与“新左派”的争论。这场论争促进了更深入的知识清理，并且向一些具体的社会问题深入，比如说国际经济政治秩序问题、农村问题、中西部问题、失业问题、环保问题、权力腐败问题、民族主义问题，等等，并且成为冷战后全球性知识创新的一部分。问题太多，在这里不可能详细展开了。有兴趣的同学，可以去看看那一段时期的报刊。了解这些思潮，对于我们了解文学写作新的处境，对于我们判断一些文学现象，比如“私人化写作”、比如有关鲁迅和左翼文学的争议，还有轰动一时的《切·格瓦拉》演剧等，恐怕都是一个必要的广角视野。

第一个小题目就说到这里吧。

文化自我创新能力的再造

去年我和几个作家到法国，参加他们国家图书馆举办的一个以中国为主题的读书周活动。会上聚集了一些西方国家的汉学家。其中一个女教授，在演讲中把一个中国的女作家誉为“中国的卡夫卡”。另一个汉学家，则在演讲中把中国某作家说成是“中国的福克纳”。当时坐在我旁边的作家李锐就生气，说你听听这是什么话，说你像洋人、仿制品、克隆，就是夸你（众笑）！

李锐后来上台发言批评“西方中心主义”，批评“中国的×××”这一类高帽子，说得有些汉学家一愣一愣的，大概不理解中国作家为何如此不领情。其实这不光是文学的现象。前不久我在北京与几个朋友一起吃饭，打听某某教授的近况。对方说他退休了。我说他住在什么地方呢。对方说：海德堡。我吓了一跳，又打听另外一位教授。对方说，他也退休了，不来学校了。我说他住在什么地方呢。对方说：曼哈顿东区。我说你们北京的教授真是有钱呵，一退休都住到国外去了。他们大笑，说你以为他们出国了？哪能呢！海德堡，曼哈顿东区，都是北京一些住宅小区的名字（众笑）。

我住在海南岛，知道海南岛广大革命人民有一个强烈的共同心愿，就是把海南岛建设成为“中国的夏威夷”。你们看看，还是洋名。这种日常生活中普遍的洋名现象，证明我们很多中国人是西方文明的崇拜者、发烧友。这当然可以理解。西方在很多方面比我们做得好，我们得承认，得学，几千年文明古国的架子不能摆，也没资格摆。但是，模仿不是创造，甚至不是学习。一味模仿西方文化，恰恰是对西方文化的误解和糟践，恰恰是没有学到西方文化中最可贵的创新态度和创新精神。

欧洲在历史上也曾经不发自己的烧，专发人家的烧，从印度和阿拉伯学来了数学，所以至今还使用阿拉伯数字，不是用罗马数字。他们还从中东引入了基督教和伊斯兰教，从中国引入了纸张、印刷术以及火药。但他们只是把这些外来文化当作创造性发展的资源，于是才有了他们独特的文艺复兴、宗教改革、启蒙运动以及工业化，等等。欧洲在十八世纪初还曾经有一个叫做“中国风”的时期，中国的丝绸、中国的瓷器，在当时都是欧洲上流贵族的标志，了不得。就像我们现在戴手表要戴劳力士，喝酒要喝人头马。富人就得有这种派！或是电视屏幕上刮“韩流”，新人类就得有这个派（众笑）！中国的科举制也就是在那个时代出口到西方，被《拿破仑法典》加以吸收，于是有了后来的文官制度、公务员制度，取代了他们历史上的贵族世袭制度。但欧洲人并没有照搬我们的科举，比方并没有考八股文，并没有搞“君君臣臣”，而是融合他们希腊、罗马时代的军事民主制度，科举与选举配套，创造了他们特有的政治文明。副部长以下官员都是科举（或者说考举）产生的，是铁饭碗，是稳定的；部长以上官员则取决于选举，是轮替的，是政治任命。这一套制度设计倒是很长时间内并没有被我们中国人看明白。“五四”运动时期，大家只注意到一个“德先生”，Democracy，只注意到选举制，基本上忽视了与之配套的其他制度，更没有注意到文官考举制度其实是中国的出产，本来是可以“出口转内销”的，结果出口了就不内销了（众笑），甚至在原产地被千夫所指，遗臭万年了。

“五四”新文化运动标志着中国人放开了眼界，开始了大规模、全方位地学习西方文化，但否定本土文化资源方面有过于简单化和偏执化的毛病，落下了一个文化自卑的病根。胡适先生提倡“全盘西化”，鲁迅先生说不要读中国的书，对中医、京剧，等等，也差不多一棍子打死，也说了些过头的话。这种文化激进主义是值得我们今天来加以检讨的。其实，西方文化，包括西方知识，是西方社会特定历史实践的产物，有些具有普适性，有些并不具有普适性，无法照搬到中国来的。我举个例子。马克思主义曾经认为人类社会发展有五个阶段：原始社会、奴隶社会、封建社会、资本主义社会，然后是社会主义社会。我不知道同学们现在的教材是不是还这样说。但苏州出来一个大学者，叫钱穆，前些年已经病故于台湾，青年时代曾在你们这个苏州教过中学。据他的考证，在中国的历史上，奴隶最多的时候也不到人口的三十分之一，怎么可以说中国就有一个“奴隶社会”呢？为什么说西方有过奴隶社会我们中国就一定要有奴隶社会呢？没有一个我们也要给他编出一个，有这个必要吗？

我再举个例子。有个法国思想家，叫福柯，是后现代主义理论奠基式的人物之一，以至有些学术圈子里谁不谈福柯，那就被人看成文盲啦。这位福柯老兄研究犯罪，认为监禁是欧洲现代社会的现象，是十六世纪以后才出现的，到后来，学校的建筑，军营的建筑，其实都是按照监狱的原理建起来的，这里面隐含着一种内化的权利和制度，是对人的一种规限和训练。这种说法很有创意，很有启发性，但他说古代对待犯人不是杀头就是流放，说监禁到十六世纪后才出现，这些说法拿到我们中国来合适吗？我们中文中囚禁的“囚”字，很早就出现了，差不多是个象形字，一个框框把人关在里面，不是监禁是什么？我们的隶书，“隶”之“书”也，在汉代是监狱里通用的一种字体，因为那时监狱里干部和罪犯的文化都不高，写不了大篆小篆，就写这种比较简化的隶书，后来推广成了汉代的“今文”。隶书的普及，可以使我们想象当时的监狱是何其之多。二十四史里关于监禁和“徒刑”的记载更是不胜枚举。怎么能说到十六世纪后才出现监禁呢？怎么能把监禁的账单算在“现代性”的头上？

什么是文化？文化就是实践经验的表达，所以中国的问题要靠中国的文化创新来解决，不能靠复制照搬走捷径。很多发展中国家都曾经想复制西方，非洲就有个“been to 族”，因为这些人一开口就喜欢说：I have been to……某个欧美国家，意思就是我去过哪个欧美国家，说得多了，人们就把这些人叫做“been to”。这些人算是精英，喝过洋水，或者还拿了洋文凭，或者恨不得把一身黑皮变成白皮。由于很多非洲国家没有自己的大学，他们要接受高等教育，也只能到欧美去拿洋文凭。他们从小学开始也多是直接用欧洲教材，一开篇就读“我是高卢人”或者“我是英格兰人”。这应该是很西化了吧？多党制，市场化，基督教，等等，他们把这些东西都学到非洲去了。也是很西化吧？听说最近有些中国学者提出要靠基督教救中国，其实这一点非洲早就做到了，只是没能够救非洲，基督教在那里的广泛传播，并没有使非洲很好地发展起来，也没有民主或自由起来。上帝也不是处处管用呵。

恰恰相反，正是这些 been to 搞乱了非洲，用洋教条窒息了非洲的自我文化创新能力。我们中国有没有这样的 been to？有的。社会主义的教条主义，资本主义的教条主义，还有其他各种教条主义，都有这些 been to 的影子。

中国人从先秦一直到盛唐，都表现出非常突出的文化创新能力，宋以后就不大行了，鸦片战争以来更是一个沉睡的时期，萎缩的时期，甚至是一些人恨不得把这种能力消灭的时期。八十年代有作家说“我从不看中国的书”，可以得到满堂喝彩，好呵，这才是真解放！才是真前卫！但九十年代以来，随着中国经济的发展，随着这种发展遭遇各种深层矛盾，这块土地上情况有了一些变化。我这里给大家介绍不久前关于农村问题的讨论。提出这个问题的学者中有一个叫温铁军，曾经以一篇关于“三农”问题的文章，获得过“长江读书奖”中唯一的论文奖。还有黄平，是社科院社会学所的一个副所长。他们与更多的人一起，长期在农村做调查研究，终于发现在中国农村既不能搞“公有化”，比方搞那种“文化大革命”时期的“大集体”；又不能搞“私有化”，比方搞土地兼并。为什么呢？表面上看，如果不容许自由兼并，就没有大农场化，就很难实现规模效益，是永远的“小农经济”。但一旦那样做了，可以预见，不要多久的时间，土地就会兼并到极少数土地所有者手里。照专家计算，为了实现最佳效益，雇用一亿多农民就够了，那么近八亿农民怎么办？到时候他们连一小块土地都没有了，就会变成真正的无产阶级（众笑）。社会怎么面对这个问题？能不能消化这个庞大的无业、无地甚至无家的“三无”大军？

西方没有碰到过这种问题，姓“社”或者姓“资”的药方都不管用。倒是老祖宗们提供了一些经验，从春秋时代的“井田制”，到汉代的“限田法”，北魏的“均田法”，中国历史上任何开明皇帝和造反农民都要反兼并。这些经验有个特点，就是“责任制”高于“所有制”。西方重“所有”，如果这个杯子是归我所有，那么我怎么处置都是我的权利，我砸掉它也行。中国重“责任”，如果这个杯子归我所有，那么我可以享用它，但没有权利随意处置，比方说砸掉是不行的。这样，中国的“所有”实际上只是“有限所有”，是“责任”制约“所有”。钱穆先生说：这就是中国文化。我在乡下当知青的时候，农民告诉我，清朝的土地制度很特殊：三寸表土是私人的，三寸以下的底子土是皇帝的、国家的。这是一种什么制度呢？这是一种又公又私的制度，用现在的政策语言来说，叫做“统分结合”。这个里面有中国文化精神，有“中和”之道。

利用本土文化资源，并不是要转过来“全盘中化”，照搬老祖宗的成法。恰恰相反，事情往往是这样，只有通透而不是皮相地了解了西方文化，只有深入细致而不是走马观花地了解西方社会，才可能重新珍惜和利用中国经验。我有一个朋友叫陈嘉映，留美多年，翻译过《存在与时间》这本很著名的书。他最近提出要建立中国的汉语哲学，因为所有西方概念都加起来，也不足以解决我们现实所遭遇的问题，还因为每一个西方概念，都不能在汉语里找到完全对应的词。比方说“道理”这个词，是 logic 呢？是 reason？还是 reasoning？恐怕都不是。还有些做法学研究的，也是“海龟（归）派”，最近在清理我们的法与西方的法有什么不同，进而清理隐藏在法律里面的历史和文化区别，寻找新型的法治建设道路。比如“法”与“律”有什么不同？唐代的“律”是西方的 law 还是 legality？或者说是一种需要另外定义与描述的东西？这样，我们吃下了各种文化资源，吃下了西方的牛肉，还有本土的猪肉，结果长出了人肉，而不是把牛肉和猪肉直接贴满我们全身。

我这里当然应该提到一些作家的探索。比方说莫言，前不久出了一本小说叫《檀香刑》，采用了一种民间说唱和戏曲的文体。他在《后记》里说：我这本书就是要大踏步地向民间文学倒退。我们还可以看看张炜，好像上半年他也在这里做过演讲？我读过他发表在《现代作家评论》上面的演讲稿，好像他在这里跟我们的同学大谈儒家思想，谈读古书。我相信他是在深思熟虑以后，才有这种兴趣的。我还想提到张承志、史铁生、陈村，等等。这几个作家有一个特点，就是大概有六七年不写小说了，准确地说是不写欧化的小说了。其实他们以前都写过非常欧化的小说，什么意识流，什么荒诞派，都玩得轰动一时。但他们突然都金盆洗手，转而写散文，就是中国古人说的“文章”。“文章”其实有时候也可以叫做“小说”的，明清“笔记小说”里大部分就是这种东西。这是一个中国的传统，至今还很有力量，包括我们现在所有的报纸，几乎都有“副刊版”，大量发表这一类作品。这与欧美国家不一样，他们的报纸没有“副刊版”只有“书评版”，再不就是“娱乐版”，与我们中国的写作和阅读习惯有明显差异。我提到前面这些作家，他们探索的角度和力度并不相同，也不代表文学写作的唯一出路。我只是相信，上述这些作家这样做，不是要当国粹派，就像民俗旅游一样，专门做给外国人看。据我所知，汉学家对翻译这种“文章”刚好是不感兴趣的，是更愿翻译各种欧化小说的。作家们这样做，一定是出于他们真诚和自由表达内心的需要，是摆脱陈规以求爆发创造力的需要，是寻找最适合自己的感受和表达方式。正是在这一过程中，不带偏见地同时利用西方资源和本土资源，就是很自然的事情了。

在这一过程中，他们不可能再被人们指认为“中国的卡夫卡”、“中国的福克纳”，或者“今天的司马迁”、“今天的苏东坡”。他们逐渐成为了他们自己。我们可以说，只有当一大批中国作家都真正成为他们自己的时候，中国新文学的成熟期就真正到来了。

符号化人生的价值重建

我要讲的第三个小题目就是“符号化人生的价值重建”。我得先解释一下：什么是符号化?

举个例子来说：前几年我看到有些中学生也挂着BP机，其实也没什么用，只是觉得这东西挺时髦的。有时候觉得一定要用用才好，便跑到电话亭去把自己call一下（众笑）。这是个很简单的例子。这里的BP机就是个符号，不实用，但有文化象征的意味。我再举一个例子。我到新加坡去，看到有些富婆家里挂着貂皮大衣，有的一挂十几件。你们想想，新加坡是一个热带国家，纬度接近赤道，她们买这个貂皮大衣干吗？根本就用不着、穿不上的。但是要买啊。这个貂皮大衣就是符号，与实用没关系，只表示她们的身份，表示我有钱、我体面、我趣味高雅。既然张太太有、李太太有，那我王太太也一定得有。

这种日常生活符号化的现象越来越普遍了。我们今天在座的男女同学，有时候穿衣也是穿符号吧，不一定是为了暖身防寒，而是觉得这个衣服就是好看。什么是好看？六十年代军装最好看，因为当时军人最有身份。七十年代工作服最好看，因为当时工人阶级吃国家饭又是领导阶级。到八十年代，可能是西装最好看了，因为大家都在追求现代化，而现代化似乎就是西方人的那个“化”。我们还可以看看旅游。照理说，旅游是为了亲近自然，或者缅怀历史，但我看到一些老板，到了一个旅游点，包下一幢别墅就关起门来打麻将，打得天昏地暗，然后睡一觉起来，开着奔驰六〇〇走了。这是旅游吗？这里的山和水，草和木，他看都没有看，但他来过这里了，或者还留了影，表示到此一游，有照片为证。这实际上只是一种符号的占有。

我也有过这样的旅游经验，那是在日本，一个日本朋友来导游，很热情，带着我到这个寺庙那个公园。到了就请韩先生站好，啪嗒照张相，然后说走吧。我说这不是还没看吗。他说没什么好看的，就这样了，走吧（众笑）。接下去，到了另外一个地方又是这样。但是傍晚回到宾馆，我稍稍休息一刻，他就把照片冲印出来了，编成一册，上面还详细注明拍照的时间和地点。日本人这种办事效率，还有严谨的风格，你一望可知。但问题是，这一天我没有旅游啊，只是伪造了照片册上一大堆旅游符号（众笑）。

旅游变成了一种符号，BP 机、貂皮大衣、XO、劳力士手表、奔驰汽车等都是符号。这些文化的符号不断的重新改写、重新编定、重新批发，形成种种潮流。潮流在压迫和推动着我们，规定我们吃什么、穿什么、住什么、用什么、做什么。什么是体面的人生？什么是有趣的人生？什么是有个性的人生？这些都由符号系统规定好了，与我们的实用需求没有关系。这是一个什么现象呢？小康现象。按照国际标准，年人均 GDP 八百美金就是脱贫，就是初步小康。我们国家大概今年可以达到年人均 GDP 一千美金了。这个时候，吃饭的开支占收入的比重降低了，所谓恩格尔系数降到百分之五十以下。那么人们拿多余的钱干什么呢？按照报上的一个统计，现在大中城市居民的文化开支，广义的文化包括教育、旅游，等等，占到百分之三十以上，越来越大。这个开支用于打电话、看电视、看报纸、上网，主要是接受各种符号的传播与灌输。如果说在一个很穷的社会，像我现在经常居住的那个湖南偏僻山村，老百姓都活得非常实在。你要给他一瓶人头马，他一定不觉得怎么样；你要给他一个劳力士手表，他甚至会觉得一钱不值。要这些东西干吗？能填饱肚子吗？能遮风挡雨吗？但进入小康甚至大康的人们不一样，大量的钱会用在符号的消费上。我们不是要买一个表，是要买一个什么样的表；不是要喝酒，是要喝什么样的酒。大量的社会的冲突和文化冲突会从这个方面产生。这个新的时代和新的社会正在向我们迎面走来。所以我首先要解释什么叫符号化的人生。

美国有个已故的大经济学家，叫凯因斯，曾经写过一本书，叫《为了子孙的经济》。他预言经济学将来会退出时代的聚光灯，经济学家将来会变得用处不大，就像牙医，偶尔用一用。他这样预见，是因为觉得经济的发展，很快就会满足人们的需求，衣食住行的问题一旦解决，还要经济学干什么？但这位老先生显然估计错了。现在反而是经济学最牛的时候，清华大学经济学教授出来讲课，开价就是一万，是文学教授的十多倍甚至几十倍。什么原因？很多人的温饱有了，小康甚至大康了，但经济发展得更快，什么原因？因为现在的商品和服务主要都是为了卖，for sale！卖就是一切。卖就是 GDP 和利润。为什么能卖出去？因为符号化的消费，占有化的消费，是个无底洞。顾客们可能也说不清他们为什么要买，只是文化潮流告诉他们，这些东西必须占有，就像一个中学生觉得 BP 机必须占有，一个新加坡富婆觉得貂皮大衣必须占有。广告、电视剧、报纸专栏文章等，都在对他们做这种宣传。同学们可以看到，经济学已经变了，变成生产和消费符号的经济学了。

所以经济领域里的需求与满足，繁荣与危机，都变得虚幻莫测了，都有符号在兴风作浪。据报上简单的介绍，今年得诺贝尔奖的经济学家，其重要的贡献就是把心理学与经济学结合起来。我相信，人们还将进一步发现，心理学、民俗学、传播学、语言学、文学等人文学科，都是新经济学的重要支撑，是经济现象后面一只“更加看不见的手”。

正是符号的兴风作浪，使一些穷人不一定有穷困感，比如说，我刚才说到的山区老百姓，不大知道外界的事情，说现在有饭吃，有肉吃，皇帝的日子也只是这样吧，毛主席以前也只能一个月吃两斤酱油吧，我们现在也吃酱油，日子真是好到头了（众笑）。你觉得他应该有贫困感，但是他没有。但我们有些人工资拿到两三千，存款有了五万、十万，穷困感特别强，老认为自己是穷光蛋。南京作家苏童有一次碰到我说，他没觉得自己怎么穷，但有些老板不容许他说不穷。你必须承认自己穷。你还不穷呵？完全是不由分说。在这里，贫困和贫困感开始分离，幸福和幸福感开始分离，成功和成功感开始分离，孤独和孤独感开始分离……（众笑，鼓掌）这是一种新的现实，一种新的生活在出现。问题是：这些符号是怎么运作的？怎么生产又是怎么消费的？是谁在制造这些符号？为什么制造这些符号？这些符号如何被解读和接受？可不可能被消解？权力、制度、组织，资本、习俗、文化传统等在这一过程中起了什么作用？

今年的世界杯足球赛，韩国政府一开始就着急，因为韩国人爱吃狗肉，被全世界特别是欧美的报纸大加抨击，使韩国政府不得不妥协，下令所有的狗肉馆都搬到小巷里去。但是韩国老百姓不高兴，说欧美人还讲不讲道理，他们吃牛肉可以，我们吃狗肉就不可以，谁规定的（众笑）？这个就是一种符号的规定，规定者手中握有强权。又比方说麦当劳，据我所知，美国，特别是欧洲，很多有身份的人是不去麦当劳的，那种大众食品又增肥又乏味，有什么好吃？完全是垃圾食品。可这个符号到中国以后发生了变化，在很多人心目中，是一种高贵体面的象征，总是说：孩子，好好读书吧，期终考上双百分，爸爸就带你去麦当劳（众笑）。同学们可以看到，这个麦当劳的符号，脱离了原来的环境，含义发生了巨大的变化。

再来说说“民族”、“宗教”这些符号。作家张承志告诉我，他八十年代到新疆的时候，发现那里的穆斯林思想很开放，有的甚至在清真寺门前抽烟喝酒，唱流行歌，穿时尚服装，很平常的。但就是这样的人，到九十年代可能反而“原教旨”了，教规也严格甚至苛刻起来了，有的甚至跑到阿富汗参加塔利班或者到车臣参加“圣战”了。新疆的民族和宗教问题当然还不是最严重的。同学们可以看看中东、南亚，车臣、波黑和科索沃，北爱尔兰、印尼和菲律宾，非洲，民族和宗教冲突到处冒烟，恐怖主义爆炸一个接一个，像放鞭炮（众笑）。想想看，不是说全球化吗？不是说自由、平等、博爱吗？从什么时候，又因为什么，民族和宗教突然成了易燃易爆物？民族和宗教意识极度强化的后面隐藏着什么？世界的不平衡发展和很多地方的贫困化与这一切有没有关系？“民族”与“宗教”，这两个原产于西方的概念，这两份西方重要的知识遗产，与眼下全球性的冲突又构成了什么样的关系？

符号化社会的出现，大概得有几个特殊的条件：

第一，这个社会是一个传媒社会。符号主要是靠传媒来传播的。在没有电视机以前，没有报纸以前，符号对我们的压力要小得多。我们会感受到物质性的压力，土地啊，野兽呵，灾害啊，贪官的剥夺呵，但符号的压力要小得多。眼下，至少对有些人来说，符号的压力可能大大地超过了土地一类物质性压力，经常让我们焦灼不宁，让我们感到孤独、痛苦、仇恨、绝望，等等。传媒技术还在继续发展，中国的手机使用量今年就要成为世界第一，农村也在搞“村村通”工程，哪怕穷乡僻壤的居民，现在也在电视机面前接受关于人生的指导。我们需要继续观察。

第二，这个社会的传媒技术已经市场化或者权力化，受控于资本化的权力或者权力化的资本。在很多情况下，传媒并不是一个真正的公共领域，它生产哪些符号是由特定的投资者和特定的消费群决定的。上海大学教授王晓明先生说过，现在信息是分等级的，知识也是分等级的。投资巨大而获取的信息，关系到巨大投资的信息，往往会占据报纸的头条，电视的黄金时段，而有些信息会被传媒管理者掐掉。因此生活中有些事情会没有人关注，尽管它是非常重要而普遍的事情；有些事情会被人过分密切地关注，尽管它不是重要而普遍的事情。前不久我回到海口，海南省作家协会让我看几十篇小说，准备一个发言。我发现这些小说中，女作家百分之八十在写离婚，男作家百分之八十在写偷情（众笑）。难道我们生活中就只有离婚和偷情吗？当然不是，但作家们为什么大多这样写？原因可能很多。其中有一条：这些写作者大多属于所谓白领阶层，是受过教育，有闲心，有小钱，有时间来写作小说的人，他们不像贫困农民和下岗工人，他们没有吃不饱饭的痛苦，也没有以前那些下放、坐牢、打仗的经历，他们的生活中还有什么？个人情感，包括离婚或偷情，确实就是他们的大事，成为他们的真实生活。这样，我们可以看到，小说是怎样的面貌，在很多时候取决于写作权掌握在什么人的手里。至于其他人，就会成为文学之外所谓“沉默的多数”。

在另一方面，既然小说这样生产出来了，读小说的人就可能照着小说来理解生活，进而操作生活，于是不离婚的也离婚了，不偷情的也偷情了，生活照着这些人生蓝本进一步被改造。小说与生活就出现互相复制，循环复制，由实到虚，由虚到实，最后怨男怨女满天下，都是苦大仇深水深火热（众笑）。你说这不是真实的生活吗？是的，这就是真实的生活，但很大程度上是符号运作的一种结果。

我想我的意思不会被大家误解。我不是说偷情和离婚不能写。我完全赞成写，而且相信能写出好作品、大作品。今天下午在这里演讲的方方就写过这些题材，称得上一个高手。但我们中国在进入二十一世纪以后我们最揪心的问题、最痛心的问题、最让我们感动和兴奋的事情就只有离婚和偷情？是什么东西在使文学写作的眼光变得狭隘和封闭起来？使一心求新的文学写作反而变得雷同和重复起来？

符号的生产和消费风云变幻，排山倒海，盘根错节，翻天覆地，形成一个绚丽而虚幻的旋涡，很可能使我们丧失一种价值清理和价值重建的定力。这是我们人生面临着的一场新考验。刚才主持人谈到了我的近作。简单地说，我写过一部小说叫《马桥词典》，主要是研究语言作为一种符号它是怎样介入我们的人生的。今年我又出版了一本书叫《暗示》，与《马桥词典》有点区别，是研究具象作为符号是怎样介入我们的人生。两本书都是我对生活符号化的一些感受和思考，欢迎同学们批评。

最后，我想说的是，现在中国有不少优秀作家，但也有部分作家的状态不能让人满意。作家们现在房子越住越大了，钱拿得越来越多了，然后，很多人满足于在一种模式化的生活中，一种流行化的思维观念中，舒舒服服地搓搓麻将，泡泡妞，出出镜，开开会，保守化和庸俗化的趋势出现，对现实的敏感性和批判力正在流失。我希望在更年轻的朋友中，出现一些更有生气和功底的作家和批评家，给整个中国文坛增进活力。

就说到这里吧。

附：答问（选）

问：韩先生你好，现在的作家是不是太多了？在你的心目中什么样的人才能真正成为作家呢，有几部通俗的小说发表就是作家了吗？

答：我觉得这位同学提出这个问题，已经暗示了一种态度，对作家有很高的标准。我很赞成把作家的标准抬高一点。发表几篇通俗小说就算作家吗？这要根据不同的情况才能做出不同的回答。比方说我曾经当海南省作家协会的主席，协会要团结广大作家，包括发表几篇通俗小说的作家，哪怕在报纸上发表几个"豆腐块"，也得承认和团结。但在我心目中一个好的作家，当然不能满足于这样。

问：你怎么看待中国当代文学在世界文学史上的地位与问题？

答：中国当代小说在八十年代后，在欧美汉学界的地位迅速提高，这对小说家来说是非常幸运的，甚至比诗人、评论家更幸运，比理论界更幸运。中国的理论著作要翻译出去，要进入西方的图书市场，好像不是那么容易的。但是中国小说很容易进入西方的图书市场，而且这个势头越来越强。当然，不能由此就说中国当代文学的地位就很高，据实而论，还是偏低。为什么？因为作品的质量还有缺陷，翻译也有障碍，还需要有更多一流人才进入汉学界。西方评奖，比方说评诺贝尔奖，西方参评的很多是原本，但中国作家参评的是翻译本。这是一种不平等竞争。中国文学地位的真正提高，还须等待有更多更好的作品，同时还须等待中国国势强大，等待世界上有更多的人来学习中文。显然，我们离这一天还非常遥远。

问：韩老师，请您对此谈谈自己的看法。您又是如何定位你在中国文坛的定位？

答：我怎么能定位？我只是很多作家中的一个吧，而且我的作品既不是特别的多，也不是特别的好。同学们大可不必读我的作品，可以读其他更优秀的作家的作品。

问：韩先生，有人说你在汨罗县隐居，但从你的报告看，你的思想不像在“隐居”。你为什么要去那个地方居住呢？你的做法是否也有符号的意味？

答：这位同学活学活用呵？把我的下乡看作是一种行为艺术啊？我下乡的理由很简单。第一，我在海口杂务很多，应酬很多，必须有一个办法逃避。第二，我从来认为人和自然的亲近很重要，古人说过，仁者爱山，智者爱水。文明和自然的一种平衡，包括体力劳动和脑力劳动的一种结合，是我最向往的一种生活方式，在我看来也是最健康、最人性的生活方式。第三，我希望多接触一些文学圈子外的人，不愿意老待在这个圈子里，交往的人都是一些同类项，互相知根知底，感受和思想上近亲繁殖。我觉得农民很有智慧，看问题一针见血，很多时候远非有些知识分子能比，是一种直接从土地里生长出来的原生智慧。基于这三方面的原因，我就选择了这种生活安排：半年城市，半年农村。当然有些青年朋友也可以说，这是老韩作秀，搞行为艺术。这样看也可以，无所谓。

问：韩老师，你在《完美的假定》中曾经说过真正的完美者是不需要理解的，甚至不在乎理解，那么您认为您是一个真正的理想者吗？

答：我力求自己成为一个真正的理想者，但常常做不好。我觉得一个作品里面一定要有感觉，最好要有感动。感动不是制造催泪弹，不是煽情，搞得眼泪哗哗流。感动是内心对内心的同情，是透明和温暖的东西，可以表现为高兴也可以表现为伤感。这个感动里面一定包含了理想的力量。不管社会演变到哪一步，理想的星光永远在我们头顶照耀。

问：韩老师，您一向是以比较先锋的姿态出现，曾经一反伤痕文学、反思文学、改革文学为主流形态的政治小说模式，试图从文化角度使文学走向自身。九十年代，你的《马桥词典》和《暗示》又试图打破传统的文体和传统理性视角。你认为在如今的文学已经成为一种快餐消费而日益走向通俗和肤浅的今天，你的探索意义何在？在文学已经失去了轰动效应的今天，您认为您的创作对文坛是否会产生重大的影响，而改变文坛的现状？

答：我实在是管不了别人，只能管管自己。我的写作能够改变世界吗？小一点说，能够改变文坛吗？我对此毫无奢望。人类社会几千年来，好也没好到哪儿去，坏也没坏到哪儿去，只是有一些波动起伏，只是受到文学有限的影响。我们也不能夸大文学的作用，一个作家更是十分渺小的。我只能说，追求我认定的真理，是我的快乐，哪怕文学现在不再有轰动的效应，哪怕我是一个少数派，甚至是一个孤独的人。这有什么不好吗？少数有时是一种优势啊，竞争压力小呵（听众笑）。在黑暗中，一个萤火虫就闪闪发亮，到阳光灿烂的时候，萤火虫反倒不能闪光了。所以不要怕黑暗。倒是在当多数派的时候要提防着点。大家都炒股票的时候，股票可能就要狂泄了。大家都一味追求文凭的时候，这个文凭可能就离贬值不远了。

问：韩老师，“把文学写成理论，把理论写成文学”，这是否过分强调了文学的社会批判作用？是否会导致文学审美性质的枯竭？

答：这个问题倒是有点意思。我们过去一般认为，理论或者思想是破坏感觉的，思想只对改造社会有用，对个人感觉没有用。但这个看法其实可以存疑。一个木匠对石头可能完全没有感觉，一个渔民对草原可能完全没有感觉。他们的这些感觉是训练出来的，离不开训练过程中的理性思考。所以感觉不是天然的、天生的、一成不变的。有时候，思想可能会封闭你的感觉，“文革”中那些“假大空”的理论，把很多人都训练成革命的机器人。但是有的时候，思想可以解放我们的感觉，开拓新的感觉空间和新的感觉通道。一个人接受了民族理论，就有所谓民族感情了。一个人接受了阶级理论，就有所谓阶级感情了。这里的感情就是感觉。所以我们不能把思想与感觉、文学与理论，看成是截然对立的东西。它们总是互相蕴含、渗透、制造、控制的。我这里说得理论化一点，回答这个同学的问题。

问：你们这一代，因为特定经历，在写作的时候会自觉地取一个历史的、社会的视角，而我们这一代缺乏这种建立在个体经验上的历史关怀以及这种关怀上的文学理想，你希望新一代的写作者和研究者如何朝这一方向努力？

答：我经常跟有些朋友说，即使你是一个利己主义者，也得关心社会和历史，因为你不可能成天照镜子。你是一个利己主义者，你能不关心我们生态环境的变化吗？能不关心空气和饮水的污染吗？你是一个利己主义者，你能不关心你的教育和就业吗？能不关心经济危机和社会动荡吗？特别是在精神上，比如说快乐吧，你一个人能快乐得起来吗？当你的父母、情人、孩子、朋友都不快乐，都鼻子不是鼻子脸不是脸的，你能快乐吗？所以我说，即便是一个利己主义者，也得关心他人，再往前走小半步，就是关心社会和历史。

问：君从故乡来，应知故乡事。请你简单介绍一下今日湖南文坛的情况，湘军还成军吗？湖南的文学批评的情况怎样？毛泽东文学院的成绩怎样？

答：湖南文坛的情况我不是特别了解。虽然经常住在湖南，但都在乡下，与作家们接触少。湖南这些年也冒出了一些新作家，宋元的作品你们读过吧？最近还有写《国画》和《梅次的故事》的王跃文，写《沧浪之水》的阎真，都是很年轻的，非常聪明灵动，书也都卖得很好。湖南文学还是后继有人。至于建毛泽东文学院，我觉得倡议者可能是一片好心，但完全是一个失误。我一开始就反对。因为这个项目主要是靠集资摊派建起来的，所以我曾给它列了三大“罪状”：一是违反市场经济的原则；二是违反企业法；三是违反艺术规律。盖个房子就能出作品吗？六千多万呵，如果设立一个基金，可以奖多少作家和评论家！这样钱才花在了实处。

---

* 最初发表于 2003 年《当代文学评论》杂志，后收入演讲集《大题小作》。

现代汉语再认识

时间：二〇〇四年三月

地点：北京　清华大学人文学院

今天讲演的题目，是格非老师给我出的。我在这方面其实没有特别专深的研究，只有拉拉杂杂的一些感想与同学们交流。我想分三点来谈这个问题，讲得不对，请同学们批评。

走出弱势的汉语

来这里之前，我和很多作家在法国参加书展，看到很多中国文学作品在法国出版。我没有详细统计，但估计有一两百种之多。这是一个相当大的翻译量，完全可以与法国文学在中国的翻译量相比。虽然在翻译质量上，在读者以及评论界对作品的接受程度上，中法双向交流可能还不够对等，但就翻译量而言，中国不一定有赤字。这已经是一个惊人的现实。以前我多次去过法国，知道这种情况来之不易。以前在法国书店的角落里，可能有一个小小的亚洲书柜。在这个书柜里有个更小的角落，可能放置了一些中国书，里面可能有格非也可能有韩少功，等等。很边缘呵。但现在出现了变化。这次书展足以证明，中国文学已开始引起世界瞩目。有些法国朋友告诉我，一般来说，这样的专题书展一过，相关出版就会有个落潮。但他们估计，这次中国书展以后，中国文学可能还会持续升温。

所谓中国文学，就是用中国文字写成的文学。中国文学在法国以及在西方的影响，也是中国文字在世界范围内重新确立重要地位的过程。汉语，在这里指的是汉语文，按通常习惯简称为“汉语”，在很多时候指涉汉文、华文或者中文，即中国最主要的文字。请你们注意这一点。

大家如果没有忘记的话，在不久以前，汉语是一个被很多人不看好的语种。在我们东边，日本以前也是用中文的，后来他们文字独立了，与中文分道扬镳。在座的王中忱老师是日语专家，一定清楚这方面的情况。同学们读日文，没有学过的大概也可以读懂一半，因为日文里大约一半是汉字，其读音大多接近汉语。另一半呢，是假名，包括平假名和片假名，是一种拼音文字。平假名的历史长一些，是对他们本土语的拼音和记录。片假名则是对西语的拼音，里面可能有荷兰语的成分，也有后来英语、法语的音译。在有些中国人看来，日文就是一锅夹生饭，一半是中文，一半是西文（众笑）。当然，日本朋友曾告诉我：你不要以为日本的汉字就是你们中国的汉字，不对，有时候用字虽然一样，但在意义方面和用法方面，有很多细微而重要的差异。我相信这种说法是真实的。但他们借用了很多汉字却是一个事实。日文逐渐与中文分家也是一个不争的事实。

我们再看韩文。韩国人在古代也是大量借用汉字，全面禁用汉字才一百多年的历史，是甲午战争以后的事。在那以前，他们在十五世纪发明了韩文，叫“训民正音”，但推广得很慢，实际运用时也总是与汉语夹杂不清。我在北京参加过一个中韩双方的学者对话，发现我能听懂韩国朋友的一些话。比方韩国有一个很著名的出版社，叫“创作与批评”，发音差不多是 chong zhuo ga pei peng（众笑）。你看，你们也听懂了，不用翻译也能听个八九不离十。韩文也是拼音化的，是表音的，不过书写形式还用方块字，没有拉丁化。对于我们中国人来说，日文是有一部分的字好认，但发音完全是外文；韩文相反，有一部分的音易懂，但书写完全是外文。这就是说，它们或是在发音方面或是在书写方面，与汉语还保持了或多或少的联系。

我们环视中国的四周，像日本、韩国、越南这些民族国家，以前都大量借用汉字，从某种意义上来说，构成了汉语文化圈的一部分，更准确地说，是汉字文化圈的一部分。但后来随着现代化运动的推进，随着民族国家的独立浪潮，他们都觉得汉语不方便，甚至很落后，纷纷走上了欧化或半欧化的道路。其中越南人经历了法国殖民时期，吃了法国面包，喝了法国咖啡，革命最先锋，由法国传教士制订方案，一步实现了书写的拉丁化。日语和韩语的欧化多少还有点拖泥带水和左右为难。这是一种偶然的巧合吗？当然不是。其实，不要说别人，我们中国人自己不久以前对汉语也是充满怀疑的，甚至完全丧失了自信心。早在民国时期，国民党政府就成立了语言文字改革委员会，提出了拼音化与拉丁化的改革方向。到二十世纪五十年代，共产党政府不管与国民党政府在政治上、在意识形态上多么不同和对立，也同样坚持这个语言文字改革的方向。只是没有做成而已。你们也许都知道，改来改去的最大成果，只是公布和推广了两批简体字。第三批简体字公布以后受到的非议太多，很快就收回，算是胎死腹中。

中文到底应不应该拼音化和拉丁化？中文这种方块字是不是落后和腐朽得非要废除不可？这是一个问题。我们这里先不要下结论，还是先看一看具体的事实。

学英语的同学可能知道，英语的词汇量相当大，把全世界各种英语的单词加起来，大约五十万。刚才徐葆耕老师说我英语好，只能使我大大的惭愧。五十万单词！谁还敢吹牛皮说自己的英语好？你们考TOEFL，考GRE，也就是两三万单词吧？据《纽约时报》统计，最近每年都有一到两万英语新单词出现，每年都可以编出一本新增词典。你学得过来吗？记得过来吗？相比之下，汉语的用字非常俭省。联合国用五种文字印制文件，中文本一定是其中最薄的。中国扫盲标准是认一千五百个字。一个中学生掌握两千多字，读四大古典文学名著不成问题。像我这样的作家写了十几本书，也就是掌握三千多字。但一个人若是不记住三万英语单词，《时代》周刊就读不顺，更不要说去读文学作品了。汉语的长处是可以以字组词，创造一个新概念，一般不用创造新字。“激光”，台湾译成“镭射”，就是旧字组新词。“基因”，“基”本的“因”，也是旧字组新词，对于英文 gene 来说，既是音译又是意译，译得非常好，小学生也可猜个大意。英语当然也能以旧组新，high-tech，high-way，就是这样的。但是比较而言，汉语以旧字组新词的能力非常强，为很多其他语种所不及，构成了一种独特优势。同学们想一想，如果汉语也闹出个五十万的用字量，你们上大学可能要比现在辛苦好几倍。

第二点，说说输入的速度。因特网刚出现的时候，有人说中文的末日来临，因为中文的键盘输入速度比不上英语。在更早的电报时代，否定中文的一个重要理由，也是说西文字母比较适合电报机的编码，而中文这么多字，要先转换成数字编码，再转换成机器的语言，实在是太麻烦，太消耗人力和时间。在当时，很多人认为：现代化就是机器化，一切不能机器化的东西都是落后的东西，都应该淘汰掉。我们先不说这一点有没有道理。我们即便接受这个逻辑前提，也不需要急着给中文判死刑。不久前，很多软件公司，包括美国的微软，做各种语言键盘输入速度的测试，最后发现中文输入不但不比英文输入慢，反而更快。据说现在还有更好的输入软件，就是你们清华大学发明的，什么智能码，比五笔字型软件还好，使中文输入效率根本不再是一个问题。

第三点，说说理解的方便。西文基本上都是表音文字，刚才说到的日文假名、韩文、越文等也是向表音文字靠拢，但中文至今是另走一路。这种表意文字的好处，是人们不一定一见就能开口，但一见就能明白。所谓“望文生义”，如果不做贬义的解释，很多时候不是什么坏事。有日本朋友跟我说，日文中“电脑”有两个词，一个是汉字“电脑”，发音大致是 den no；另一个是片假名，是用英语 computer 的音译。这个日本朋友说，他们现在越来越愿意用“电脑”，因为“电脑”一望便知，电的脑么，很聪明的机器么，还能是别的什么东西？至于

computer，你只能“望文生音”，读出来倒是方便，但一个没有受到有关教育和训练的人，如何知道这个声音的意思？有一个长期生活在美国的教师还说过，有一次，他让几个教授和大学生用英语说出“长方体”，结果大家都懵了，没人说得出来。在美国，你要一般老百姓说出“四环素”、“变阻器”、“碳酸钙”、“高血压”、“肾结石”、“七边形”，更是强人所难。奇怪吗？不奇怪。表音文字就是容易读但不容易理解，不理解也就不容易记住，日子长了，一些专业用词就出现生僻化和神秘化的趋向。西方人为什么最崇拜专家？为什么最容易出现专家主义？不光是因为专家有知识，而且很多词语只有专家能说。你连开口说话都没门，不崇拜行吗？

第四点，说说语种的规模。汉语是一个大语种，即便在美国，第一英语，第二西班牙语，第三就是汉语了。我曾到过蒙古。我们的内蒙用老蒙文，竖着写的。蒙古用新蒙文了，是用俄文字母拼写。你看他们的思路同我们也一样，西方好，我们都西化吧，至少也得傍上一个俄国。在他们的书店里，要找一本维特根斯坦的哲学，要找一本普鲁斯特的《追忆似水年华》，难啦。蒙古总共两百多万人，首都乌兰巴托就住了一百万，是全国人口的一半。你们想一想，在一个只有两百万人的语种市场，出版者能干什么？他们的文学书架上最多的是诗歌，因为牧人很热情，很浪漫，喜欢唱歌。诗歌中最多的又是儿歌，因为儿歌是一个少有的做得上去的市场。他们的作家都很高产，一见面，就说他出了五十多或者八十多本书，让我吓了一跳，惭愧万分。但我后来一看，那些书大多是薄薄的，印几首儿歌（众笑）。但不这样又能怎么样？你要是出版《追忆似水年华》，一套就一大堆，卖个几十本几百本，出版者不亏死了？谁会做这种傻事？这里就有语种规模对文化生产和文化积累的严重制约。同学们生活在一个大语种里，对这一点不会有感觉，你们必须去一些小语种国家才会有比较。我还到过一个更小的国家，冰岛，三十多万人口。他们有很强的语言自尊，不但有冰岛语，而且冰岛语拒绝任何外来词。bank 是“银行”，差不多是个国际通用符号了，但冰岛人就是顶住不用，要造出一个冰岛词来取而代之。我们必须尊重他们对自己语言的热爱。但想一想，在这样一个小语种里，怎么写作？怎么出版？绝大多数冰岛作家都得接受国家补贴，不是他们不改革，不是他们贪恋大锅饭，是实在没有办法。相比之下，我们身处汉语世界应该感到幸福和幸运。世界上大语种本来就不多，而汉语至少有十三亿人使用。打算其中百分之一的人读书，也是个天文数字。再打算其中百分之一的人读好书，也是天文数字。这个出版条件不是每一个国家都有的。

综上所述，从用字的俭省、输入的速度、理解的方便、语种的规模这四个方面来看，中文至少不是一无是处，或者我们还可以说，中文是很有潜力甚至很有优势的文字。我记得西方有一个语言学家说过，衡量一个语种的地位和能量有三个量的指标：首先是人口，即使用这种语言的人口数量。在这一点上，我们中国比较牛，至少有十多亿。第二个指标是典籍，即使用这种语言所产生的典籍数量。在这一点上我们的汉语也还不错。近百年来我们的翻译界和出版界干了天大的好事，翻译了国外的很多典籍，以至没有多少重要的著作从我们的眼界里漏掉，非常有利于我们向外学习。这更不谈中文本身所拥有的典籍数量，一直受到其他民族羡慕。远在汉代，中国的司马迁、班固、董仲舒、扬雄他们，用的是文言文，但动笔就是几十万言，乃至数百万言，以至我们作家今天用电脑都赶不上古人，惭愧呵。第三个指标：经济实力，即这种语言使用者的物质财富数量。我们在这第三点还牛不起来。中国在两百年前开始衰落，至今还是一个发展中国家。正因为如此，汉语在很多方面还可能受到挤压，有时候被人瞧不起。英美人购买力强，所以软件都用英文写。这就是钱在起作用。香港比较富，所以以前粤语很时髦，发了财的商人们都可能说几句粤式普通话。后来香港有经济危机了，需要大陆“表叔”送银子来，开放旅游，开放购物，于是普通话又在香港开始吃香。这种时尚潮流的变化后面，也是钱在起作用。

以上这三个量的指标，在我来看有一定的道理。正是从这三个指标综合来看，汉语正由弱到强，正在重新崛起的势头上。我们对汉语最丧失自信心的一天已经过去了，提倡拼音化和拉丁化的改革，作为一次盲目的文化自卑和自虐，应该打上句号了。

来自文言的汉语

前面我们是展开汉语外部的比较角度，下面我们进入汉语内部的分析，着重回顾一下汉语的发展过程。

我们常常说，现代中文是白话文。其实，这样说是不够准确的。要说白话文，要说平白如话或者以话为文，世界上最大的白话文是西文，比如说英文。英文是语言中心主义，文字跟着语言走，书写跟着读音走，那才够得上所谓“以话为文”的标准定义。从这一点看，现代汉语顶多是半个白话文。

我们的老祖宗是文字中心主义：语言跟着文字走。那时候四川人、广东人、山东人等各说各的方言，互相听不懂，怎么办？只好写字，以字为主要交流工具。秦始皇搞了个“书同文”，没有搞“话同音”。一个字的发音可能五花八门，但字是稳定的、统一的，起主导作用的。你们看过电视剧《孙中山》吗？孙中山跑到日本，不会说日本话，但同日本人可以用写字来交谈。不是言谈，是笔谈。那就是文字中心主义的遗留现象。

古代汉语叫“文言”，“文”在“言”之前，主从关系表达得很清楚。从全世界来看，这种以文字为中心的特点并不多见。为什么会是这样？我猜想，这与中国的造纸有关系。一般的说法是，公元一〇五年，东汉的蔡伦发明造纸。现在有敦煌等地的出土文物，证明公元前西汉初期就有了纸的运用，比蔡伦还早了几百年。有了纸，就可以写字。写字多了，字就成了信息活动的中心。欧洲的情况不一样。他们直到十三世纪，经过阿拉伯人的传播，才学到了中国的造纸技术，与我们有一千多年的时间差。在那以前，他们也有纸，但主要是羊皮纸。我们现在到他们的博物馆去看看，看他们的《圣经》，他们的希腊哲学和几何学，都写在羊皮纸上，这么大一摞一摞的，翻动起来都很困难，也过于昂贵。据说下埃及人发明过一种纸草，以草叶为纸，也传到过欧洲，但为什么没有传播开来，为什么没有后续的技术改进，至今还是一个谜。

我们可以设身处地地想一想，如果没有纸，人们怎么交流思想和情感呢？如果文字在生活中不能方便地运用，那些古代欧洲的游牧民族骑在马背上到处跑，怎么可能保证文字的稳定、统一和主导性呢？正是在这种情况下，欧洲的语言不是以纸为凭和以字为凭，大多只能随嘴而变：这可能就是语言中心主义产生的背景，也是他们语言大分裂的重要原因。你们看看地图：他们北边是日耳曼语系，包括丹麦语、瑞典语、荷兰语、爱沙尼亚语、德语，等等，原来是一家，随着人口的流动，你到了这里，我到了那里，说话的语音有变化，文字也跟着变化，互相就不认识字了，就成为不同的语种了。他们南边是拉丁语系，包括意大利语、西班牙语、葡萄牙语、法语，等等，原来也是一家，但一旦扩散开来，在没有录音和通讯等技术设备的条件下，要保持大范围内读音的统一是不可能的，要让他们的表音文字保持统一也是不可能的，于是也只好闹分家。

有一个专家对我说过，阿拉伯文在这一点上类似汉语。比如伊拉克人与沙特阿拉伯人，使用同一个字时可能有不同的发音，但含义上相通。我在这方面只是听说。

中国有个研究历史的老先生叫钱穆，十多年前在台湾去世。他在谈到中国为何没有像欧洲那样分裂的时候，谈了很多原因，文字就是重要的一条。在他看来，正因为有了“书同文”的汉语，中央王朝和各地之间才有了稳定的信息网络，才保证了政治、军事以及经济的联系，尽管幅员广阔交通不便，但国土统一可以用文字来予以维系。欧洲就没有这个条件。语言一旦四分五裂，政治上相应的分崩离析也就难免。现在他们成立欧盟，就是来还这一笔历史欠账。

汉语不但有利于共同体的统一，还有利于文化的历史传承。我们现在读先秦和两汉的作品，还能读懂，没有太大障碍，靠的就是文字几千年不变。据某些语言学家研究，一个“吃（喫）”字，上古音读 qia，现保留在湘方言中；中古音读 qi，现保留在西南官话中；现代音读 chi，进入了北方话。读音多次变化，但文字没有变化，所以我们现在还能读懂这个“吃（喫）”。如果我们换上一种表音文字，就不会有几千年不变的“吃（喫）”。同学们可能知道，莎士比亚时代的英语，乔叟时代的英语，现在的英美人都读不懂，说是古英语，其实不过是十六世纪和十四世纪的事，在我们看来并不太古。这更不要说作为英语前身的那些盖尔语、凯尔特语、威尔士语，等等，今天的广大英美人民就更没法懂了。这是因为表音文字有一种多变的特征，不仅有跨空间的多变，还有跨时间的多变，使古今难以沟通。

当然，中国人不能永远生活在古代，不能永远生活在农业文明的历史里。随着生活的变化，尤其是随着十八世纪以后的现代工业文明浪潮的到来，汉语也表现出僵化、残缺、不够用的一面。以文字为中心的语言，可能有利于继承，但可能不利于创新和追新；可能有利于掌握文字的贵族阶层，但一定不利于疏远文字的大众，不利于这个社会中、下层释放出文化创造的能量。这样，从晚清到“五四”运动，一些中国知识分子正是痛感文言文的弊端，发出了改革的呼声。

那时候发生了什么情况呢？

第一，当时很多西方的事物传到了中国，同时也就带来了很多外来语，这些外来语不适合用文言文来表达。文言文的词，一般是单音节或者双音节，所以我们以前有五言诗，七言诗，就是方便这种音节的组合。但外来语常常是三音节、四音节乃至更多音节。“拿破仑”，“马克思”，你还可勉强压缩成“拿氏”和“马翁”，但“资本主义”和“社会主义”，你不好缩写成“资义”和“社义”吧？碰上“二氧化碳”和“社会达尔文主义”，碰上“弗拉基米尔乌里扬诺夫伊里奇”，你怎么缩写？能把它写进五言诗或者七言诗吗（众笑）？想想当年，鲁迅留学日本，胡适留学美国。这些海归派带回来很多洋学问，肯定觉得文言文不方便表达自己的思想和情感，语言文字的改革势在必行。

第二，文言文也不大利于社会阶级结构的变化。大家知道，白话文并不是现代才有的。宋代大量的“话本”，就是白话进入书面形式的开始，与当时市民文化的空前活跃有密切关系。活字印刷所带来的印刷成本大大降低，也可能发挥了作用。那么在宋代以前，白话作为一种人民大众的口语，同样可能存在，只是不一定被书写和记录。我们现在看一些古典戏曲，知道戏台上的老爷、太太、小姐、相公，讲话就是用文言，而一些下人，包括丫环、农夫、士卒、盗贼，都是说白话。这很可能是古代中国语言生态的真实图景，就是说：白话是一种下等人的日常语言。到了晚清以后，中国处在巨大社会变革的关头，阶级结构必须改变。新的阶级要出现，老的阶级要退出舞台。像袁世凯、孙中山、毛泽东这种没有科举功名的人物，不会写八股文的人物，要成为社会领袖，岂能容忍文言文的霸权？在这个时候，一种下等人的语言要登上大雅之堂，多数人的口语要挑战少数人的文字，当然也在所难免。

所以，从某种意义上来说，“五四”前后出现的白话文运动，一方面是外来语运动，另一方面是民间语运动。外来语与民间语，构成了那一场革命的两大动力。现代文学也依托了这两大动力。比如，我们有一些作家写得“洋腔洋调”，徐志摩先生，郭沫若先生，巴金先生，茅盾先生，笔下有很多欧化和半欧化的句子。当时生活在都市的新派人物说起话来可能也真是这个样子，作者写都市题材，不这样“洋”可能还不行。另有一些作家写得“土腔土调”，像赵树理先生，老舍先生，沈从文先生，周立波先生，还有其他从解放区出来的一些工农作家。他们从老百姓的口语中汲取营养，运用了很多方言和俗语，更多地依托了民间资源。这两种作家都写出了当时令人耳目一新的作品，给白话文增添了虎虎生气和勃勃生机。鲁迅是亦土亦洋，外来语和民间语兼而有之，笔下既有吴方言的明显痕迹，又有日语和西语的影响。

外来语运动与民间语运动，构成了白话文革命的大体方位，使汉语文由此获得了一次新生，表达功能有了扩充和加强。我们以前没有“她”这个字，“她”是从英语中的 she 学来的。当时还出现过“妳”，但用了一段时间以后，有人可能觉得，英语第二人称不分性别，那么我们也不用了吧（众笑）。当时就是这么亦步亦趋跟着西方走。包括很多词汇、语法、语气、句型结构等，都脱胎于西文。“观点”，point of view；“立场”，position；都是外来语。“一方面……又一方面”，来自 on this side…on other side；“一般地说”、“坦率地说”、“预备……走”，等等，也都来自直译。同学们现在说这些习以为常：这没有什么，这就是我们中国话么。但我们中国古人不是这样说的，这些话原本都是洋话。如果我们现在突然取消这些移植到汉语里的洋话，现代汉语至少要瘫痪一半，大部分的研究、教学、新闻、文学都可能无法进行。

当然，大规模的群体运动都会出现病变，没有百分之百的功德圆满。外来语丰富了汉语文，但也带来一些毛病，其中有一种，我称之为“学生腔”或者“书生腔”。这种语言脱离现实生活，是从书本上搬来的，尤其是从洋书本上搬来的，对外来语不是去粗取精，而是生吞活剥，半生不熟，甚至去精取粗，不成人话。刚才徐老师说我现在每年有半年生活在农村。这是事实。我在农村，觉得很多农民的语言真是很生动，也很准确，真是很有意思。今天时间有限，没法给大家举很多例子。同学们可能有很多是从农村来的，或者是去过农村的，肯定有这种体验。同农民相比，很多知识分子说话真是没意思，听起来头痛，烦人。中国现代社会有两大思想病毒，一是极“左”的原教旨共产主义，二是极右的原教旨资本主义。它们都是洋教条，其共同的语言特点就是“书生腔”，与现实生活格格不入，与工人农民格格不入。因为这些“洋腔”或者“书生腔”，是从我们一味崇俄或者一味崇美的知识体制中产生的，是图书馆的产物，不是生活的产物。中文系请李陀先生来讲过课，是吧？李老师曾经研究“毛文体”，有人也将其称为“文革”时期的“党八股”，就是一种红色的“洋腔”和“书生腔”，一种极权时代的陈词滥调。“在党的十大精神光辉照耀之下，在全国人民深入开展革命大批判的热潮之中，在大江南北各条战线捷报频传凯歌高奏的大好时刻，我们清华大学今天开学了（众笑）！”这种绕来绕去的语言垃圾，就是当时常见的套话。

在“文革”前后那一段，我们经历了一个白话文非常黯淡的时期。有人可能说，那一个时期离我们比较远了，我们同学们都是新一代，说话也不会是党八股了，但是这个问题其实并没有完全解决，甚至会以新的形式出现恶化。这些年，我常常听到一些大人物说话，发现他们还是满嘴废话，哪怕是谈一个厕所卫生的问题，也要搭建一个“平台”，建立一个“机制”，来一个“系统工程”，完成一个“动态模型”，还要与WTO或者CEPA挂起钩来。这些大话都说完了，厕所问题还是不知道从何着手，让听众如何不着急？这是不是一种新八股？

我们再来看看民间语运动可能发生的病变。老百姓并不都是语言天才，因此民间语里有精华，也会有糟粕，甚至有大量糟粕。口语入文一旦搞过了头，完全无视和破坏文字规范的积累性成果，就可能造成语言的粗放、简陋、混乱以及贫乏。在这方面不能有语言的群众专政和民主迷信。比方说，我们古人说打仗，是非常有讲究的。打仗首先要师出有名，要知道打得有没有道理。打得有道理的，叫法不一样。打得没道理的，叫法又不一样。皇帝出来打仗，国与国之间的开战，叫“征”，皇上御驾亲“征”呵。打土匪，那个土匪太低级了，对他们不能叫“征”，只能叫“荡”，有本书不是叫《荡寇志》吗？就是这个用法。“征”、“伐”、“讨”、“平”、“荡”，是有等级的，如何用，是要讲究资格和身份的。孔子修《春秋》，每一个字都用得很用心，注入了很多意义和感觉的含量，微言大义呵。但现在的白话文粗糙了。打台独，是“打”；打美国，也是“打”。这是不对的（众笑）。站在中央政府官史的角度，打美国应该叫“征”；打台独只能叫“平”，顶多只能叫“伐”，对不对（众笑）？又比如说，打仗打得轻松，叫做“取”。打得很艰难，叫做“克”。力克轻取么。虽然只是两个动词，但动词里隐含了形容词。但现在白话文经常不注意这个区别，一律都“打”。打石家庄打得艰难，打天津打得轻松，都是“打”。这同样是不对的。与“打”相类似的万能动词还有“搞”：“搞”革命，“搞”生产，“搞”教学，“搞”卫生，还有其他的“搞”，不说了（众笑）。总而言之，汉语中的很多动词正在失传，汉语固有的一些语法特色，包括名词、动词、形容词互相隐含和互相包容的传统，也正在失传。这不是一件好事。

口语入文搞过了头，汉语文还可能分裂。这个情况在广东和香港已经出现了。香港有些报纸，开辟了粤语专页，一个版或者两个版，用的是粤语文，是记录粤语发音的汉字，包括很多生造汉字，我们一看就傻眼，基本上看不懂。但他们可以看懂。如果我们确立了以话为文的原则，文字跟语言走的原则，为什么不能承认他们这种粤语书面化的合法性呢？没有这种合法性，粤语中很多精神财富就可能无法表达和记录，普通话霸权可能就压抑了粤语文化特色。但如果承认了这种合法性，那么福建话、上海话、四川话、湖南话、江西话，等等，是不是也要书面化？是不是也要形成不同的文字？中国是不是也应该像古代欧洲一样来个语言的大分家？闹出几十个独立的语种？这确实是一个很难办的事，事关语言学原理，也事关政治和社会的公共管理。有一个英国的语言学家对我说过：mandarin is the language of army，意思是：“普通话是军队的语言”。确实，所有的普通话都具有暴力性、压迫性、统制性，不过是因偶然的机缘，把某一种方言上升为法定的官方语言，甚至变成了国语——而且它一定首先在军队中使用。普通话剥夺了很多方言书面化的权利，使很多方言词语有音无字。这就是很多粤语人士深感不满的原因，是他们忍不住要生造汉字的原因。但从另一方面看，如果所有的方言都造反有理，如果所有的口语都书面化有理，世界上所有的大语种都要分崩离析。即便有表面上的统一，也没有什么实际意义。英语就是这样的。有人估计：再过三十年，英语单词量可能是一百万。到那个时候，任何人学英语都只能学到沧海之一粟，各个地方的英语互不沟通或只有少许沟通，那还叫英语吗？再想一想，如果英语、汉语、西班牙语等这些大语种解体了，人类公共生活是不是也要出现新的困难？

看来，语言主导文字，或者文字主导语言，各有各的好处，也各有各的问题。最可行的方案可能是语言与文字的两元并举，是两者的相互补充与相互制约。这是我们以前一味向表音文字看齐时的理论盲区。

创造优质的汉语

希腊语中有一个词：barbro，既指野蛮人，也指不会说话的结巴。在希腊人眼里，语言是文明的标志——我们如果没有优质的汉语文，就根本谈不上中华文明。那么什么是优质的汉语文？在我看来，一种优质语言并不等于强势语言，并不等于流行语言。优质语言一是要有很强的解析能力，二是要有很强的形容能力。前者支持人的智性活动，后者支持人的感性活动。一个人平时说话要“入情入理”，就是智性与感性的统一。

我当过多年的编辑，最不喜欢编辑们在稿签上写大话和空话。“这一篇写得很好”，“这一篇写得很有时代感”，“这一篇写得很有先锋性”。什么意思？什么是“好”？什么叫“时代感”或者“先锋性”？写这些大话的人，可能心有所思，但解析不出来；可能心有所感，但形容不出来，只好随便找些大话来敷衍。一旦这样敷衍惯了，他的思想和感觉就会粗糙和混乱，就会钝化和退化。一旦某个民族这样敷衍惯了，这个民族的文明就会衰竭。我对一些编辑朋友说过：你们不是最讨厌某些官僚在台上讲空话吗？如果你们自己也习惯于讲空话，你们与官僚就没有什么区别。我们可以原谅一个小孩讲话时大而化之笼而统之：不是“好”就是“坏”，不是“好人”就是“坏人”，因为小孩没有什么文明可言，还只是半个动物。但一个文明成熟的人，一个文明成熟的民族，应该善于表达自己最真切和最精微的心理。语文就是承担这个职能的。

我们不能要求所有的人都说得既准确又生动。陈词滥调无处不在，应该说是一个社会的正常状况。但知识分子代表着社会文明的品级高度，应该承担一种责任，使汉语文的解析能力和形容能力不断增强。正是在这一点上，我们不能说白话文已经大功告成。白话文发展到今天，也许只是走完了第一步。

至少，我们很多人眼下还缺少语言的自觉。我们对汉语的理性认识还笼罩在盲目欧化的阴影之下，没有自己的面目，更缺乏自己的创造。现代汉语语法奠基于《马氏文通》，而《马氏文通》基本上是照搬西语语法。这个照搬不能说没有功劳。汉语确实从英语以及其他西语中学到了不少东西，不但学会了我们前面说到的“她”，还学会了时态表达方式，比如广泛使用“着”、“了”、“过”：“着”就是进行时，“了”就是完成时，“过”就是过去时。这样一用，弥补了汉语逻辑规制的不足，把西语的一些优点有限地吸收和消化了。这方面的例子还很多。但汉语这只脚，并不完全适用西语语法这只鞋。我们现在的大多数汉语研究还在削足适履的状态。我们看看报纸上的体育报道：“中国队大胜美国队”，意思是中国队胜了；“中国队大败美国队”，意思也是中国队胜了。这一定让老外犯糊涂：“胜”与“败”明明是一对反义词，在你们这里怎么成了同义词（众笑）？其实，这种非语法、反语法、超语法的现象，在汉语里很多见。汉语常常是重语感而轻语法，或者说，是以语感代替语法。比如，在这里，“大”一下，情绪上来了，语感上来了，那么不管是“胜”是“败”，都是胜了（众笑），意思不会被误解。

又比方说，用汉语最容易出现排比和对偶。你们到农村去看，全中国最大的文学活动就是写对联，应该说是世界一绝。有些对联写得好哇，你不得不佩服。但英语理论肯定不会特别重视对偶，因为英语单词的音节参差不齐，不容易形成对偶。英语只有所谓重音和轻音的排序，也没有汉语的四声变化。据说粤语里还有九声的变化，对我们耳朵形成了可怕的考验。朦胧诗有一位代表性诗人多多。有一次他对我说：他曾经在英国伦敦图书馆朗诵诗，一位老先生不懂中文，但听得非常激动，事后对他说，没想到世界上有这么美妙的语言。这位老先生是被汉语的声调变化迷住了，觉得汉语的抑扬顿挫简直就是音乐。由此我们不难理解，西方语言理论不会对音节对称和声律变化有足够的关心，不会有这些方面的理论成果。如果我们鹦鹉学舌，在很多方面就会抱着金饭碗讨饭吃。

还有成语典故。我曾经写过一篇文章，说成语典故之多是汉语的一大传统。一个农民也能出口成章言必有典，但是要口译员把这些成语典故译成外语，他们一听，脑袋就大了（众笑），根本没法译。应该说，其他语种也有成语，但汉语因为以文字为中心，延绵几千年没有中断，所以形成了成语典故的巨大储存量，其他语种无法与之比肩。每一个典故是一个故事，有完整的语境，有完整的人物和情节，基本上就是一个文学作品的浓缩。“邻人偷斧”，“掩耳盗铃”，“刻舟求剑”，“削足适履”，“拔苗助长”……这些成语几乎都是讽刺主观主义的，但汉语不看重什么主义，不看重抽象的规定，总是引导言说者避开概念体系，只是用一个个实践案例，甚至一个个生动有趣的故事，来推动思想和感觉。这样说是不是有点啰嗦？是不是过于文学化？也许是。但这样说照顾了生活实践的多样性和具体语境的差异性，不断把抽象还原为具象，把一般引向个别。在这一点上，汉语倒像是最有“后现代”哲学风格的一种语言，一种特别时髦的前卫语言。

今天晚上，我们对汉语特性的讨论挂一漏万。但粗粗地想一下，也可以知道汉语不同于英语，不可能同于英语。因此，汉语迫切需要一种合身的理论描述，需要用一种新的理论创新来解放自己和发展自己。其实，《马氏文通》也只是取了西语语法的一部分。我读过一本英文版的语法书，是一本小辞典。我特别奇怪的是：在这本专业辞典里面，“象征主义”、“浪漫主义”、“现实主义”、“典型环境和典型性格”，等等，都列为词条。这也是一些语法概念吗？为什么不应该是呢？在语言活动中，语法，修辞，文体，三者之间是无法完全割裂的，是融为一体的。语法就是修辞，就是文体，甚至是语言经验的总和。这种说法离我们的很多教科书的定义距离太远，可能让我们绝望，让很多恪守陈规的语法专家们绝望：这浩如烟海的语言经验总和从何说起？但我更愿意相信：要创造更适合汉语的语法理论，一定要打倒语法霸权，尤其要打倒既有的洋语法霸权，解放我们语言实践中各种活的经验。中国历史上浩如烟海的诗论、词论、文论，其实包含了很多有中国特色的语言理论，但这些宝贵资源一直被我们忽视。

瑞士是个小国，但有四种官方语言，差不多每个人都得习惯多语种的交际。这个地方是最应该出语言学家的，后来果然就出了一个，叫索绪尔，Saussure。此人写了一本《普通语言学教程》，对西方现代语言学有开创性贡献，包括创造了很多新的概念。他不懂汉语，虽然提到过汉语，但搁置不论，留有余地，所以在谈到语言和文字的时候，他着重谈语言；在谈语言的共时性和历时性的时候，他主要是谈共时性。他认为“语言易变，文字守恒”。那么世界上最守恒的文字是什么？当然是中文。如果中文不能进入他的视野，不能成为他的研究素材，他就只能留下一块空白。有意思的是：我们很多人说起索绪尔的时候，常常不注意这个空白。在他的《普通语言学教程》以后，中国人最应该写一本《普通文字学教程》，但至今这个任务没有完成。

索绪尔有个特点，在文章中很会打比方。比如，他用棋盘来比喻语境。他认为每一个词本身并没有什么意义，这个意义是由棋盘上其他的棋子决定的，是由棋子之间的关系总和来决定的。“他”在“它”出现之前，指代一切事物，但在“它”出现之后，就只能指代人。同样，“他”在“她”出现之前，指代一切人，但在“她”出现之后，就只能指代男人。如此等等。这就是棋子随着其他棋子的增减而发生意义和功能的改变。在这里，棋局体现共时性关系，棋局的不断变化则体现历时性关系。这是个非常精彩的比喻，让我们印象深刻。那么汉语眼下处于一个什么样的棋局？外来语、民间语以及古汉语这三大块资源，在白话文运动以来发生了怎样的变化？在白话文运动以后，在经过了近一个多世纪文化的冲突和融合以后，这三种资源是否有可能得到更优化的组合与利用？包括文言文的资源是否需要走出冷宫从而重新进入我们的视野？这些都是问题。

眼下，电视、广播、手机、因特网、报刊图书，各种语言载体都在实现爆炸式的规模扩张，使人们的语言活动空前频繁和猛烈。有人说这是一个语言狂欢的时代。其实在我看来也是一个语言危机的时代，是语言垃圾到处泛滥的时代。我们丝毫不能掉以轻心。我昨天听到有人说“我好好开心呵”，“我好好感动呵”。这是从港台电视片里学来的话吧？甚至是一些大学生也在说的话吧？实在是糟粕。“好好”是什么意思？“好好”有什么好？还有什么“开开心心”，完全是病句。“第一时间”，比“尽快”、“从速”、“立刻”更有道理吗？“做爱”眼下也流行很广，实在让我不以为然。这还不如文言文中的“云雨”（众笑）。做工作，做销售，做物流，做面包，“爱”也是这样揣着上岗证忙忙碌碌 make 出来的（众笑）？

我有一个朋友，中年男人，是个有钱的老板。他不久前告诉我：他有一天中午读了报上一篇平淡无奇的忆旧性短文，突然在办公室里哇哇大哭了一场。他事后根本无法解释自己的哭，不但没有合适的语言来描述自己的感情，而且一开始就没有语言来思考自己到底怎么了，思绪纷纷之际，只有一哭了之。我想，他已经成了一个新时代的 barbro，一天天不停地说话，但节骨眼上倒成了个哑巴。就是说，他对自己最重要、最入心、最动情的事，反而哑口无言。事实上，我们都要警惕：我们不要成为文明时代的野蛮人，不要成为胡言乱语或有口难言的人。

今天就讲到这里，谢谢大家。

---

*　演讲整理稿最初发表于 2005 年《天涯》杂志，后收入演讲集《大题小作》。

附录：对金立鑫批评的简要回应

朋友传来网上一篇上海外国语大学教授金立鑫先生对拙说《现代汉语再认识》的批评。我很高兴又一场关于汉语的讨论可以展开。看得出来，金先生是一位语言学家，其专业知识给我启发，但很多问题可能还需心平气和的讨论：

约定 任何对话都需要基本语义约定，否则就会打乱仗。比如我们说人是能劳动的，就一定暂时排除了重残者、婴儿，等等；我们说人是高智能生物，就一定暂时排除了植物人、痴呆者，等等，所以大家说到“人”，才不会说岔。同样的道理，我们说“语言”，有时独指口语，有时兼指语言与文字，而且以后种情况为多。“汉语写作”、“汉语阅读”、“华语文学”、“华语媒体”、“语言学家”、“语言学界”等通行说法即为其例。我的演讲从此例，恐听众大意，还特别在开始处约定：“汉语，在这里指的是汉文、华文或者中文，是中国最主要的文字。”金先生无视这一约定，批评我多处混淆了汉语与汉字的区别，我只能感到无奈。其实就在他自己短短的文章里，他也大量使用“日语”、“韩国语”、“英语”、“语言学家”、“汉语的发展”一类，几乎俯拾皆是，也都是以语代文，或者以语兼文的，岂不是自己也在参与“混淆”？比如，照他自己定下的规矩，“日语”怎么可以借用汉字？应该是“日文”吧？两种语言之间字同音异的现象是不是被说反了？

全文 金先生批评我演讲的“全文”，这不是事实。他所提到的《文汇报》刊载部分，只是编辑做的演讲摘要。演讲的全文发表在二〇〇五年的《天涯》杂志，收入我的《大题小作》（二〇〇五年）一书，并在很多网站刊载。如果金先生看过全文，有些问题可能就不会提出来了。比如他有一大段强调英语中也有成语，这其实是我早已说过的。我在演讲全文中只提到汉语（再次约定：指汉语文，主要指汉文）历史悠久，几千年没有中断，所以成语的存量特别巨大，形成了汉语的相对特色之一。其实这是译员和译家们大多能感受到的事实。

否定汉语 金先生断言：“从来没有人说过汉语不好。”意思是我说很多中国人对汉语失去自信心纯属事实编造。可是，知名语言学家潘文国先生证明：“在中国出现了长达一个世纪的、举国上下对本民族文字（往往还波及本民族的语言）大张挞伐，必欲去之而后快，以‘走世界各国共同的拼音方向’这种世界历史上罕有其匹的现象。”（二〇〇二，括号内为原文——引者注）直到几年前，读书界知名的《书屋》杂志还在头版头条位置发表长文，宣布汉语是一种腐朽的、落后的、愚昧的语言。如此等等，金先生莫非有所不知？

欧化与半欧化 金先生说：“韩少功说他们（指东亚各民族国家的文字）‘纷纷走上了欧化或半欧化的道路’不是事实。”那么事实是什么？我说的欧化与半欧化，意思很明显，是指那种向欧洲表音文字靠拢的拼音化与拉丁化。这有越文的拉丁化为证，韩文的拼音化为证，日文的拼音化成分大增为证，汉字改革一直尊奉的“拼音化、拉丁化”方向为证——这里还暂不说词汇、语法等方面援欧入亚的大量现象。难道这一系列变化不是变化？不是“欧化或半欧化”？而是非洲化？中东化？抑或本土化？

喫的读音 金先生说：“‘喫’在历史上是后起的，没有上古音，只有中古音……”这一说法也许有据。但上古人一定是要吃的，一定是要用语音表示吃的。既然“喫”的读音在中古以后有变，为什么变化之前就一定无变？上古人诚然可以说“食”，但北人南人是否都说“食”？……这些至少可以存疑。笔者在大学时代师从的知名语言学家吴启主先生等根据湘方言的田野调查，发现读音为 qia2 的“喫”在南方民间大量分布（即很多写作人书录的“呷”），曾推论“喫”有上古音，为 qia2，到中古才书面化。这一说可能有点大胆，但至少不是完全无稽。金先生只是依据至今不无争议的拟音成案，断定上古人不言“喫”，可能稍缺学术容异之量。更重要的是，我举“喫”为例，只是要证明音变字不变的汉语一大特色，证明“文字不一定跟着语音走”的另类规律，那么有中古和现代的两音为证已经足够。这才是不应避开的讨论重点。

语言霸权 金先生搬出了索绪尔，强调口语先于文字，“文字是语言的书写符号”，等等。这可说是部分的真实。但据我这个行外人所知，索绪尔只是针对欧洲的语言状况做出理论总结，曾明智地指出汉字是另一码事，“这个符号（指汉字）却与词赖以构成的声音无关”。（一九一六）从那以后，著名哲学家德里达（J · Derrida）、著名语言学家哈里斯（R·Harris），等等，都对索绪尔的语言中心论进行过激烈批评，更反对仅仅把文字当作语言的书面符号。我国的第一部普通语言学著作的作者胡以鲁先生，对中西文字的区别也有清醒看法：“（汉字）缘何而自然发生乎？曰绘画也而适于用，习用之而形态简略，遂发达而为文字耳。故吾国文字发生之当时，代表事物之本体，非直接代表声音也。”（一九二三）再举个日常语言的身边例子，就说一、二、三、四吧，这些字在全中国各方言区范围内一字数音，一字数十音，那么这些字是对哪一种语音的记录？能记录得过来吗？中国人常见的读“别字”现象，难道不也是知字不一定知音的“文字主导”法则（笔者语）在显现？

语法霸权　金先生称：“世界上任何一个民族或社团都不可能容忍自己的语言中会存在非语法或反语法的结构存在！”（似删除最后两字才较为通顺——笔者注）这种语法中心论的强硬传统立场，虽已受到越来越多的怀疑，但他仍有坚持的权利。不过，“不容忍”的标准是什么？谁是语法的最高立法者？仅就汉语语法而言，马建忠、王力、吕叔湘、赵元任、高名凯等语言学权威从来意见有异，各法不一。力求达成共识的努力也一再受挫，一九五〇年代的全国“暂拟系统”，一九八〇年代的全国“试用提要”，都遭到较为广泛的怀疑和争议。合此法者，可能“非”彼法和“反”彼法也。合彼法者，可能“非”此法和“反”此法也。金先生要依据哪门哪派之法来裁决“不容忍”的对象？包括裁决上述他那句话最后两个字的是否合理、应否删除？即便今后有某种绝对统一之法（其实永不可能），从动态和发展的辩证观点来看，成法也并非一成不变，不可一劳永逸，总是被各种“超语法、非语法、反语法”（笔者语）的语言实践所推动，得到一再的调整和改写。那么在新法达成之前，所有为旧法不容的语言新现象（不包括无谓的胡言乱语），不就是“超语法、非语法、反语法”的创新有理吗？没有这种创新，不断发展的语法何来？天上掉下来的？

资格　金先生认为谈语言理论“不该是文学家的义务”，这可能过于傲慢。文学家天天写字，只能在个别语言学家的指挥下民可使由之不可使知之么？陈寅恪、钱穆等史学家可以对语言学界很多主流性说法摇头，文学家就只能紧跟和拥护这些说法么？当今非西方的各种本土经验需要突破遮蔽，需要合身的理论描述。即便在西方，经过几个世纪以来对逻各斯主义传统的反思，现代科学成果和现代人文成果大量涌现，理性至上主义、逻辑至上主义、语法至上主义（语法是理性与逻辑在语言中的体现）等神位已经动摇。很多学术成规，包括语言学的成规，不再自动有效。可惜的是，诸多思想新营养倒是一直被某些语言学家拒之门外。金先生说“专业外人士谈专业问题免不了要被专业人士笑”，又说“外行领导内行也请虚心、慎重”。这都是有益的提醒。我并没有想要“领导”他，更知道像这样的讨论不可能短期内形成共识，谁都不可能轻易说服对方。但金先生如果多看看中外语言学界的情况，就可知道他并不能代表语言学界（再约定：指语文学界），而且他面对着一个行内和行外大大的“他们”，不光是韩少功式的几个“外行”。

所以批评应冷静说理，应尊重不管是不是同行的一切对手，不必一口恶气撒到他大为不屑的“中国现当代作家和媒体”身上来。

以上拙见，仅供金立鑫先生参考。

2006 年 10 月

* 演讲整理稿最初发表于 2005 年《天涯》杂志，后收入演讲集《大题小作》。《对金立鑫批评的简要回应》发表于 2006 年百度网等。

超越民族主义

时间：二〇〇四年十月

地点：青岛　中国海洋大学

一

因特网上很热闹，争论点常常是中日关系、中韩关系或者中印关系。有些争论者爱拿“民族”说事，常常一篙子打翻一船人，比如，把日本少数坏人混同于所有“日本人”，把中国少数坏人混同于所有的“中国人”，于是，不是你骂我“洋奴主义”，就是我骂你“仇外主义”。争论一涉及民族问题就容易情绪化、标签化。

在我看来，洋奴也好，仇外也好，都是政治幼稚病的一体两面。那么在进入这种争论之前，我们最好得知道“民族”是怎么回事。

爱尔兰有个学者叫安德森（B·R·Gorman Anderson），长期研究民族主义理论，曾经有过一句名言，说民族是“想象的共同体”。在他看来，民族这个概念来源于想象，本身十分可疑，差不多是历史误读的产物。在漫长的中世纪，欧洲分裂成数以千计的城邦国家，哪有什么“民族”？辨认身份的时候，那时的人们只知道基督徒与异教徒的区别，只知道你住这个村和我住那个村的区别，并不知“民族”为何物。“法兰西”、“英格兰”等，都是很久以后才折腾出来的说法。“爱沙尼亚”这个词，直到十九世纪六十年代才开始使用。

语言常常被看成民族的重要标志之一。但如果仔细考察，特定的语种其实不一定与民族有什么对应关系。全世界最大犹太人群体，即德系犹太人，以前通用意第绪语，但这种语言后来恰恰被犹太复国运动大力排斥。意大利在建国的一八六〇年，国民中只有百分之二点五的人在日常生活中说意大利语。这一类事实，总是被后来的民族主义者视而不见。

由此看来，“民族”并不是古已有之，更不是天经地义。在罗马天主教霸权体系坍塌以后，“民族”是继城邦国家之后一种新的组织替代，使分崩离析的欧洲，重新找到了群体情感和利益单元，因此它是现代欧洲的一个产物。史学家霍布斯鲍姆（Eric.Hobsbawm）说过，民族与民主颇有关联，是民主的一个载体。你们知道，古希腊式的城邦民主并不是全民选举，占人口百分之九十的妇女、奴隶以及乡下人并没有投票权。到后来，选民的范围逐渐扩大，但选民范围如果需要一个边界，民族当然就是最合适的身份设限。还有兵役制、纳税义务、教育及其他权益的分配等，也都不可能无限制地遍及天下，不可能见人就有一份，必须有对象的选择和设定。这就推动了人们对民族的想象和划分，在历史上催生了民族国家。一七八九年，法国革命者们首创国旗和国歌，更使民族概念获得了一种形象包装，开始向人们的日常感觉层面渗入。

从那以后，“民族”就出现了，而且常常与“国家”同义。一部欧洲的现代化史，差不多同时是一部民族主义的发展史，以至今天的“联合国”，实际上写成了“联合族”，即United Nations。

二

这种欧洲的组织方案应该说很成功，而且很快被世界其他地区的人们争相效仿。特别是在遭遇了十六世纪以后的西方殖民主义压迫之后，欧洲以外的被压迫者，以其人之道还治其人之身，也以“民族”为号召，建立自己的国家。他们凭借血缘、语言、习俗、宗教、行政沿革等方面或多或少的迹象，苏醒各自的民族意识，重绘现代的群体边界，借以凝聚民意和调动资源。二十世纪初，列宁提出了民族解放理论。随后，又有美国的威尔逊总统提出民族自决原则。俄国与美国当时还是新兴国家，没有多少殖民地的既得利益，所以都反对帝国主义，都支持弱小民族的造反，对当时的中国也比较同情。他们的民族理论和民族政策对全世界新一阶段民族主义运动推波助澜，使新兴民族得以雨后春笋般涌现。应该说，这时候的民族主义仍然较多正面功能。正如欧洲的民主曾得助于民族国家，亚非拉后起的民族国家则首先促进了国际民主，对老一代帝国列强形成了四面八方的遏制和打击，也促成了新兴国家的现代体制建设。联合国不论强弱大小，一国一票，就是这种国际民主的体现。为了实现这一点，我们回想一下，当时多少甘地式的民族英雄前赴后继，可歌可泣。在埃及有纳赛尔，在印尼有苏加诺，在越南有胡志明，在中国有孙中山、蒋介石，毛泽东，等等。

不过，细心一点的人不难察觉，此时的民族，有些不再是欧洲那种严格意义下的民族了。比如“泛非洲主义”、“泛阿拉伯主义”、“泛拉丁美洲主义”，等等，只是诉诸文化或者地缘的根据，悄悄模糊了血缘种族的面目，给民族注入了新的含义，实际上是一种泛民族或者类民族主义。“拉丁美洲”是一个民族吗？不是，它只是一个地域。民族主义与地域主义已经混为一谈。我们的孙中山先生把西方民族理论拿过来，照葫芦画瓢，粗粗勾勒了汉藏满蒙回的“五族共和”，其实是绘制了一张让后人争议不休的草图。其中的“回”，是指“大回”，泛指维吾尔等西域族群，而不是指现在我们所说的“回”，即当时俗称的“小回”。这当然让回族民众不满意。这种不满自有他们的道理。说“五族”，可能同时夸张和忽略了辽阔中土上的一些群体差别。因此，后来从“五族”到“七族”，至十多族，二十多族，到五十多族……单子越拉越长了。中国到底有多少民族？构成民族的要件到底有哪些？这些问题并不容易得到解答，也让人疑惑。直至二十世纪五十年代，原来在“汉族”名下的很多群体，以苗族、壮族、侗族、瑶族等名义再次得到区分，带来了民族目录又一次爆炸式的增扩，直到近乎失控时才紧急刹车。在我现在居住的海南岛，有个临高县，语言比较特别。“临高人”就曾经强烈要求独立为一个民族，只是没有被国务院批准，没有赶上末班车而已。

划分民族并不是一项中国人所熟悉的工作，对于中国人来说是一次迟到的补课。历史上的中国，其实是一个民族意识相对淡薄的国家。中国人那时候也谈“族类”，但准确地说，欧洲人以血缘划族，可谓之“种族”；中国古人以文化分族，不妨谓之“文族”。两者义涵并不是一样的。中国人以前只论“夏”与“夷”，都是意义模糊和很有弹性的文化概念。国学大师章太炎先生在《中华民国解》里说过：夏可以为夷，夷可以为夏，“专以礼教为标准，而无有亲疏之别”。中国南方的吴、楚、闽、越，以前都是“夷”，后来融入了华夏文化，就由夷而夏；中国北方有些逐渐半蒙古化或半突厥化的群落，以前也是“夏”，后来疏远了华夏文化，就由夏而夷。不难理解，古代中国虽有文化上的对外歧视，也有国家利益上的对外设防，但不乏民族融合的柔性传统。魏晋南北朝三百年，五代十国一百多年，夏与夷都在大规模杂交。唐代、元代、清代由非汉人执政，也带来了一次次民族大融合，所谓“长城内外是故乡”。“华人”或“中国人”的概念内涵由此变得十分丰富。

我们的老祖宗也没有什么森严的民族对外壁垒。汉代的外交主调是对北边“和亲”与对南边“怀远”，不到万不得已不用兵。唐代长安则是当时著名的国际化都市，各种胡音番调充盈朝野。明代的郑和率两万人的强大船队，直抵东南亚、印度乃至非洲东岸，不过是到处送礼品、拉关系，推广华夏文明，不似葡萄牙和西班牙的舰队那样到处掠杀和敌意昭昭。直到民国建立以后很长一段时间内，中国也还没有明显的边防，甚至没有严格的护照制度。那时候，朝鲜或越南的革命者，波斯或日本的商人，还有逃避迫害的欧洲犹太人，都可以在这里进出自由，基本上未受到民族身份限制的压力。这与同时代的欧洲大有区别。用英国著名学者吉登斯（Giddens）的话来说，中国那时候还是个传统国家，不是现代国家，“国家监视力”很不发达，因此只有“边陲（frontiers）”而没有“边界（borders）”。可以说，那样一个民族混杂和民族淡化的中国，显示了国家建制现代化之前的混沌粗放，也残留着一道中国式世界主义的文化夕阳。

三

我们可以看出，“民族”只是历史上一个阶段性的政治构造。换句话说，不过是特定历史条件下，人类各种交叠的共同体形式中被特别强化出来的一种。中国人以前上有“天下”，下有“家族”，都是非常重要的共同体概念。而强化“民族”，强化“国民”、“公民”一类身份，只是二十世纪才有的新鲜事。

但这种强化需不需要一个界限？越过界限会不会走火入魔？民族主义理论从西方传到中国，其实从来都是马马虎虎的，只是一种临时的政治识别标尺。尤其在当今，“民族”概念更是歧义迭出，五花八门，甚至解释混乱，暗藏祸端。有时候，部族也被视同为“民族”，如卢旺达的胡图族；教族也被视同“民族”，如波黑的穆斯林族；国族同样被视同“民族”，如多民族混成的所谓“美国人”、“新加坡人”、“阿尔及利亚人”，等等。某些特殊的地缘群体，如中国台湾某些居民，也可能披上“民族”的外衣，上演一场分离主义的运动。这就使民族问题变得十分错综复杂和敏感棘手。从社会与政治功能来说，一方面，民族意识可以“载舟”，即可以支撑和掩护某些弱势群体的合理反抗；另一方面，民族意识也可以“覆舟”，即常常把内部的政治怨恨和经济危机转嫁外移，把社会问题一律改装成族际问题，成为某些政客的障眼法——希特勒的法西斯主义和三 K 党的白人种族主义，就是这样一种恶质化的民族主义，给人类造成过重大伤害，实在是血迹斑斑。

正是基于深刻的历史教训，第二次世界大战以后，列宁的理论和威尔逊的原则一直在获得新的调整。“民族”不再是一个不言自明的合理概念。“民族自决”权利在国际社会也不再无条件地自动生效。北爱尔兰想“自决”，英国不答应。魁北克想“自决”，加拿大不答应。加利福尼亚和德克萨斯想“自决”，美国也不答应。如果不说大部分地方，至少在很多地方，“民族”成了一个易燃易爆品，必须审慎以待。当前的“民族主义”，很大一部分不再寻求群体的聚合，而是更倾心于群体的分离，几乎只有单一的分离主义色彩；不再注重对内关切，而是更倾心于对外争夺，无不充斥着排外主义和仇外主义的气味。特别是新技术和全球化的大浪扑来，经济发展失衡和利益分配关系剧变，正在深刻重组这个世界。这个世界失去了天主教这样的全球性宗教制约系统，也失去了冷战时两大阵营这样的全球性政治制约系统，指挥中心一个个失灵，大家各行其是，各行其是又都要有个说辞，于是利益纷争最可能一一披上“民族”的战袍。

这时的“民族主义”，不仅仅经常是名实相离，而且往往是重利而轻义，隐伏着阴谋和贪欲的暗流。比如有些政客高扬“爱国”或“爱族”的旗帜，对同胞的贫困和灾难却视而不见，倒是把巨额私款偷偷存在国外，或是借战争以分军火商的红利，他们是真正地“爱国”或者“爱族”吗？又比如，某些群体在政客的蛊惑之下，己所不欲竟施于人，摆脱了异族的压迫之后，对内部更弱小的异族却又施霸道，阿尔及利亚内部的柏柏尔人，斯洛伐克内部的匈牙利人，就曾经有此悲剧。这些更弱小的“民族”是不是也有自己的权益需要尊重和保护？

古人说，物以类聚，人以群分。人依血缘、语言、习俗、宗教、地缘一类根据，从而产生这种或那种共同体的认同感，不是一件特别不可理解的事情。我相信，安德森说民族有赖“想象”，大概也不能判定“想象”就是完全无中生有的虚构。但无论过去和现在，人类对群体自身的认识，都不止“民族”这一个剖面。这种叙事在一时一地的适用，并不意味着在任何情况下都有效，更不意味着应该永远成为我们画地为牢的神咒，成为我们思想与情感的囚笼。日本军国主义确实让人厌恶，但一个作恶的日本人，可能同时是一个男人，一个高个子，一个 B 型血者，为什么我们不会因此而迁怒和连坐所有的男人、高个子、B 型血者，却独独要求所有的日本人为个别人的恶行承担罪责？有什么说得过去的理由么？著名英国生物学家莫里斯（Desmond Morris）就有过类似的疑问。

在每一条民族界限的那一边，其实都有我们熟悉的生老病死和喜怒哀乐，有普天下人同此心和心同此理的众多同类。当代最精密的基因技术检测，也可证明他们与我们的差别，远远小于我们与动物的差别。为什么我们平时可以善待一条狗、一只鸟、一只熊猫，甚至一只老虎，可以为这种善待洋洋自得大吹大擂，有时却会对另一些同类的生命体怒目相视——乃至执刀相向?

频遭外敌侵凌的时候，中国人无可选择，需要民族主义的精神盾牌，以推进救国和强国的事业。那么，当中国逐步走向世界大国舞台的时候，即便还无法进入民族消亡的融融乐园，但理性地看待民族差异，理性地化解民族矛盾，至少是不可回避的文明责任。敬人者实为敬己，助人者实为助己，超越狭隘民族情绪和培养国际责任意识，实为当今日益重要的课题。

在这种情况下，作为一种文化和制度的资源，中国前人那种淡化民族和融合民族的历史实践，也许应该重新进入当代知识视野。中国前人那种世界主义的"大同"理想，也许有朝一日将重新复活，成为更多黑色头发之下的亲切面容，为这个民族主义喧嚣了数百年的世界，提供一种重新辨认和情意对接的明亮目光。

我们需要争取这样一种可能。

谢谢大家。

---

* 主要内容最初发表于2004年《环球时报》，后全文收入演讲集《大题小作》，已译成韩文与日文。

怎么赚钱

时间：二〇〇五年七月十二日

地点：湖南省汨罗市八景乡

你们要我来讲讲。讲什么呢？讲什么你们最想听？这位朋友说，你们最想知道怎么赚钱。那好，今天就来讲讲赚钱的方法。

要赚钱，首先要会算账。你们都很会算账，但有几笔账可能没有算：

第一，身体健康就是赚钱。现在医药费太贵啦，你赚了个几万、十几万，可能一场病就落得个倾家荡产，所以因病返穷已成了我们这里贫困的第一位原因。二十几岁就血压高，四十几岁就中风瘫痪，什么原因？与烟酒无度乱吃乱喝有没有关系？与你们荒废了油茶、不种油菜、常年大吃猪油有没有关系？与你们不注意学习保健常识有没有关系？与小孩子买零食不警觉伪劣食品有没有关系？你们看看智峰乡、三江镇那边，黑烟滚滚，烟囱林立，毒气呛人，因为很多人在那里做垃圾回收生意。他们可能会赚到钱，但空气和水的污染闹得一家家生病，到底合不合算？

第二，教好子女就是赚钱。俗话说得好：穷人怕崽大。儿女好，穷家可以变富，反之富家必然变穷。人都是要老的，教好子女是父母最重要的中长期投资。有的人丢下孩子不管，到城里去赚钱。就算赚了大钱，但一个孩子吸毒了，或者一个孩子进监狱了，全家生活从此暗无天日。活着还有什么意思？教育子女尤其要重视品德和性格。一个没有责任感的人，在对上司和下属没有责任感之前，首先是对父母没有责任感，拿父母当实践对象。你要他们到外面去占便宜，但这样的人，人见人防，人见人厌，是长沙话说的“不带爱相”，到哪里都是一团毒，能有多大的发展前途？结果，在外面玩不转，只能回家来当血吸虫。家里有了这样的血吸虫，你留下十万、几十万也没有用，管不了他一辈子的。因为只要一个主意拿错了，所有的钱一夜之间可能打水漂。这样的例子还少吗？

第三，警惕时髦就是赚钱。绝大部分时髦都是商家制造出来的，是媒体炒作出来的。要你不买十块钱一件的衣，要买一千块钱一件的衣，其实两件衣都只是保暖，样式差别也不大。还有些舆论，今天说双眼皮漂亮，明天说单眼皮漂亮；今天说红头发漂亮，明天说绿头发漂亮。你要是信以为真跟着跑，就是中了人家的奸计，傻乎乎地给人家送银子。有些电器产品，好几代的升级技术早就有了，但商家保密，不一次性推向市场，而是一轮轮来逼着你升级，一轮轮来掏你的腰包，使你本来只需要一个手机的，到头来买了五个手机；使你本来养了五头猪的，到头来等于只养了一头猪。你亏不亏？我们那些辛苦在城里打工的人，一年没有挣多少钱，回家的时候把钱换了些城里的时髦玩意儿带回来。看到那些不实用的东西，我都觉得亏。

第四，简朴生活就是赚钱。花红一时，草绿四季。这句俗话说出了生活的大道理。富豪奢侈之家的抗风险能力其实最弱，因为成本太大，摊子太大，船大了不好掉头，爬高了摔得最痛。所以说富人是高危险行业，也是高烦恼群体，连每天吃饭都没有我们吃得香，一餐餐吃得皱眉头。这是一定的。经济学家说，这里有“边际效应”。你们不懂这个词，不过不要紧，你们只须看一些事实。比方富人家的孩子是比较难教好的，因为他缺少压力么。富人家也最容易成为犯罪的目标，因为穷人没什么油水，罪犯找你干什么？在这一点上，安全感也是钱，比方说是养保镖、养大狼狗、砌高墙的成本。富人有了钱还要玩乐，开着车来我们这里看山看水，大惊小怪，享受大自然，但你们不花一个钱，天天都在享受这一切，为什么把自己看得那样穷？富人有了钱还要健身，买个会员金卡，吃饱了就去健身房活动筋骨，出一身老汗，但你们不花一个钱，天天也在活动筋骨和出汗，为什么就觉得这不是钱？

最后一点，是说给五十岁以下的人听的：勤学多思也是赚钱。五十岁以下的人记忆力强，应该抓紧时间学点什么。据我观察，现在很多人不能生财，生了财也守不住财，主要原因是上当受骗。做生意上当，买私彩上当，买东西上当，进医院上当，找工作上当，走后门拜门子也上当——有些贪官污吏也没几句实话呵。市场经济以城市为先导，很多新事物首先是从城市里开始的，乡下慢了一步两步，普遍经验不足，以新手对付老手，不就很容易被人家吃掉？在经济学上，这叫“信息不对称”，尤其是城乡之间严重的“信息不对称”。就是说，你有信息，我没有信息；你经验多，我经验很少，双方表面上看起来交易自由，在实质上却很不平等。所谓市场经济，很多人牟取暴利不靠抢，专靠骗，靠的是这个“信息不对称”。比方说产品广告吧，它把好处都说了，把缺点都隐藏着，让你傻乎乎地乱花钱。这还算是合法的行骗，但就原理而言，与非法行骗是同一回事。因此，大家要善于学习，要动脑筋，首先要学会防骗防宰。前不久不是很多人“买码（买私彩）”大栽跟头吗？想一想，为什么这些事在城市里少见？为什么那些“码老板”最喜欢来乡下蒙人？其实，只要有点基本的算术知识，也算得出这是个陷阱。在这里，我建议大家以后少打点麻将，多读点书报，多接触点高人。看电视时少看点武打片，多看些长知识和学本领的节目。不光要学科学技术，还要学习法律政策知识，市场经济的知识，包括学会辨别和判断各种宣传，这样才能缓解“信息不对称”状况，减少自己的无谓亏损。

说的这些，是在座各位都能做到的，不算怎么难。这样说，是希望你们能赚到钱，如果赚不了大钱，至少能赚到小钱，更重要的，是赚来金钱买不到的人生重要财富。

谢谢。

---

* 记录整理稿主要内容最初发表于2005年《文汇报》与《湖南日报》。

情感的飞行

时间：二〇〇六年九月八日

地点：成都　四川音乐学院

今天一走进四川音乐学院，我就有点吃惊。几年前我与音乐家金铁霖先生去国外访问，到过很多欧洲国家的音乐学院，发现那些学院都很小。但川音有这么大的校区，有学生一万六千多人，让人觉得不可思议。听敖院长说，全国有大大小小的音乐学院几百所，大规模的音乐学院也有上十所，这更让我大开眼界。当然，中国应该有庞大的音乐学院，应该有更多和更好的音乐学院。这不仅仅因为中国是一个人口大国，还因为中国有深厚的音乐传统。中国古人行“礼乐之治”。礼是指制度。乐是指文化。礼与乐构成了当时全部上层建筑的两大支点。可以想象，中国古代文化以音乐为龙头，如果那时有中宣部，部长肯定是音乐部长；如果那时有文化部和教育部，部长们也一定是音乐家（众笑）。我们现在发掘的一些汉墓或者秦墓，常常发现那里藏有大型的编钟或编磬，发现各种丝竹管弦，由此可知音乐在中国古代有怎样重要的地位，有怎样成熟的创造和推广。

音乐在世界其他民族文化传统中也极为神圣。有过欧美生活经验的人都知道，在那里见总统和见市长可以穿便装，看电影和看画展也可以穿便装，但如果是进音乐厅，尤其是听古典音乐会，男男女女都少不了盛装礼服，有军功章的军人们还常常把军功章挂满一胸，如同去接受检阅。为什么？因为音乐厅就是圣殿，音乐几乎就是上帝的声音，在很多人眼里代表了文化的最高品级和最初源头。古希腊的缪斯女神就是music（音乐）之神。如果考虑到欧洲漫长历史上音乐与宗教的不解之缘，那么欧美人对音乐特有的崇敬更不难理解。

每个民族都有好的东西和不好的东西。比方说战争总是伴随着偏执和仇恨，就是不好的东西。制度、舆论、习俗、学问一类隐含着利益要求，包括对特定阶级或特定民族的利益分配倾斜，对于不能从中受惠或从中受惠较少的人来说，也常常是不够好的东西。但唯有音乐——当然是指能够流传的音乐——这种不需要翻译的艺术，这种直接沟通心灵的超语言、超逻辑、超观念的表达，具有最敞开、最纯净、最温暖的品质，展现了每个民族至美的一面。

前不久，日本首相参拜供有二战甲级战犯的靖国神社，引起了中国和其他东亚各国人民的不满。中国和日本的民族主义情绪随之有所升温，正邪之争有可能被歪曲成族群冲突。很多日本人厌恶中国人。很多中国人也厌恶日本人。双方的一些愤青在网上对骂得昏天黑地。处理这一难题，我觉得有一个简便办法，就是让日本人多听听中国的音乐，比方说《我的家在松花江上》；也让中国人多听听日本的音乐，比方说《四季歌》《拉网小调》《北国之春》《草帽歌》……这些日本歌曲怎么让我们恨得起来？产生了这些动人歌曲的民族怎么可以被我们一股脑儿地仇恨？我们怎么可以一时脑袋发烧，就在一个伟大的民族与少数几个右翼政客之间画等号？

同样，自从美国总统布什宣布反恐的“圣战”以后，自从他创造了“伊斯兰法西斯主义”这样一个概念以后，所有的伊斯兰教徒似乎都有了准恐怖分子的可疑身份。一些中国人也在跟着瞎起哄。在这些人的眼里，虽然自己的一张黄面孔不是特别高贵，但低贱的人可以看不起更低贱的人，他们也摆出晋升候补的姿态，在伊斯兰族群面前寻找自我身份的优越。其实，这种把恐怖主义与特定民族或宗教挂钩的做法，正中极端恐怖主义者的下怀，是伊斯兰世界里极端思潮的翻版和倒影。本·拉丹可能对此高兴不已。这一条我们暂时不往深里说。我想说的是：我们是否了解伊斯兰？我们在多大程度上了解伊斯兰？如果我们懒惰得不愿去采访和阅读，我们至少可以听一听伊斯兰的音乐吧？至少可以听一听伊拉克、伊朗、土耳其、马来西亚、印度尼西亚的歌曲吧？至少的至少，我们中国人可以听一听维吾尔等境内西部民族的民歌吧、包括作曲家王洛宾先生编写的那些情歌吧？我们一定可以发现，这些歌曲里同样充满着动人的善良以及美丽。歌曲里流淌出来的喜怒哀乐，同样是我们的喜怒哀乐。歌曲的创造者和传唱者几乎就是我们自己，没有任何理由受到蔑视甚至敌视。

音乐是灵魂的表情，是精神的芳香，是直接从心灵出发然后抵达心灵的情感飞行。可惜的是，我们现在听到的音乐越来越少了。像刚才主持人说的，这些年我阶段性地居住乡村。在我的记忆中曾经充满着山歌的乡村，眼下基本上一片寂静，歌手不知去了哪里。只有在办红白喜事的时候，尤其是办白喜事的时候，我才可以听到某些老人聚在一起唱唱丧歌，保留了一点本土音乐传统残迹。我在城市里也很少听到音乐。如果我不是居住在中国少数民族的地区，不是生活在西亚、欧洲、南美有关族群那里，我几乎很难听到咖啡馆里开心的合唱，很难听到地铁里大提琴或长笛突如其来的旋律，很难听到海滩边某个房间里飘荡出来的钢琴乐符，也很难听到深夜的街巷里，一两个或三五个醉汉，互相搀扶着或拉扯着，步履踉跄时唱出怀乡老歌——他们忧伤的嘶哑之声在夜空旋绕。

很遗憾，在我所到过的中国城市里，最常听到的是哗啦啦的麻将声（众笑）。

我们当然还有音乐，有越来越便捷和精密的音乐设备，比方说留声机或 MP3。一些优秀的音乐家们做出了非凡成绩，也是不可抹杀的事实。我对他们充满着感激之情。但我们的乐曲更多出现在商业演出和政绩宣传之中，似乎离利润和权力越来越近，离心灵越来越远。有些“春节晚会”的演唱，花团锦簇，流光溢彩，金碧辉煌，人海战术加人肉战术，耗费了纳税人的巨额资金，不过是一些豪华的三流杂技和激昂的配乐练声。我们的很多商业性演唱已无乐可言，只是刺激，只是造作，是作欢乐状或悲痛状，是假模假式的宣泄，是强加于人的闹腾，与心灵没有多少关系。我们就是在这种听觉环境日益污染的情况下，不知什么时候成了聋子和哑巴。只要离开了宣传和消费，我们已经不太习惯开口歌唱。

清代学者顾炎武在《日知录》里引述古人的话："凡建国，禁其淫声、过声、凶声、慢声。"《孟子》也有过类似的看法，所谓"闻其乐而知其德"。什么是古人说的"淫"、"过"、"凶"、"慢"？那些虚张声势和虚情假意的音乐垃圾就是。这正是世道人心面临危机的一种表征，不是什么好兆头。更进一步说，问题不仅仅在于音乐离心灵更远，而在于很多人的心灵本身在枯竭，在麻木，在冷漠，已经很难分泌出音乐。走在一些大街上，我有时会注意迎面而来的一些表情。我看见很多人穿着时尚而且体态俊俏，但我们很多儿童的脸上已没有天真，很多青年的脸上已没有热情，很多妇女的脸上已没有优雅，很多男人的脸上已没有刚毅，很多老人的脸上已没有慈祥……我看到更多的是目无定珠，神色紧张，面若冰霜，甚至贼眉鼠眼探头探脑，一脑门子官司（众笑）。你们在大街上是否也见过太多这样的表情？

在这种情况下，我们还会有音乐吗？我们还能有什么样的音乐？

音乐并不仅仅是一种技术。哪怕是无调式，哪怕是用噪音，哪怕是最离经叛道的先锋音乐，只要是优秀的作品，就一定是动人和动心的，是情感自然的奔流。现在有很多文艺家误把技术当作艺术，其实技术与艺术虽然互为依托，甚至互相渗透，但两者并不是一回事，完全不是一回事。

最简单地说，技术是没有电的机器，没有血流的身体，有点没心没肺，只是实现价值的手段和载体，但本身并不构成价值。而艺术是人心之术，是有生命价值的技术，隐含着特别的感觉、感情、感动以及感悟，隐含着人生经验和精神取向，是叩问人心和唤醒人心的声波信号或者图像信号。这才是从艺者的“大道”。艺术的这一特点，使艺术与体育、艺术与科学、艺术与其他很多人类活动，有了最大的差别。

技术是可以教育的，而艺术不可以。我这里举一个文学方面的例子。常常有人问：文学写作有什么技术秘诀吗？我的回答是：没有。我的证据是：如果有这样的秘诀，那么普天下所有作家的儿女都一定是作家。因为哪有父母不把一件好东西传给儿女的道理？事实上，古今中外的历史证明，作家儿女当作家的例子虽然有，但为数极少。美国和中国的大学一度很喜欢办作家班，但这种作家班培养出来的作家虽然有，同样为数极少。我们因此而不难明白，文学的技术可以传授和训练，但文学最重要的内核，即作家的生活阅历、情感经验、精神境界，等等，没法通过师生相授的方式，在课堂里进入教学。学位制度、教学改革一类在这方面基本上无所作为。每一个人的精神历程和精神积累都独一无二，是人生实践和长期历练的结果。在几百个或几千个课时之内，一个人的心理蕴藏怎么可能就全面复制另一个人的心理蕴藏？

技术是可以购买的，而艺术不可以。在眼下这个商品化世界里，不管是工业或农业还是别的什么技术，只要你出得起大价钱，大概都不难买到。但正像刚才一位同学在字条上提到的，导演张艺谋和陈凯歌在没有大投资的时候，倒拍出了很优秀的影片。一旦成了世界级的明星导演，一旦有投资商们趋之若鹜争相拍钱，《英雄》和《无极》却多少有点令人失望。他们是缺钱吗？不是。是买不到人才和技术吗？不是。他们在编排、拍摄、制作、宣传等方面大把大把地烧钱，已无所不用其极，但独独忘记了电影不是有情节的广告片，不是一台体育嘉年华或科技嘉年华。电影最可贵之处在于动人和动心，在于感觉、感情、感动以及感悟的有效传递，在于热血生命的和盘托出——而这一切只能由创作者靠长期的历练来积聚和生长，是任何投资商都无法随意占有的无价之物。钱多，固然能买来明星阵营，能买来明星阵营的雇佣劳动，但不一定能买来艺术家们的激情和灵感，以及灵感所依托的兴奋点，还有全部生活积累中沉甸甸的某一份隐痛。在这里，作为张艺谋和陈凯歌的批评者，我并没有对他们丧失信心。相反，我希望并且相信中国优秀的导演们在更多的实践之后，能打掉一些技术迷信，再一次从自己的心灵出发。

几年前，我与几位作家到蒙古访问。因为我们带的蒙语翻译只熟悉中国的老蒙语，不大熟悉蒙古的新蒙语，加上蒙古能说英语的人也不多，我们在很多地方都没法与主人们交谈。那么漫长的白天和夜晚怎么打发？总不能只是傻笑、只是打手势吧？于是我们以唱歌代替交谈。几天下来，我把能想起来的歌都唱完了。有一位同行的广西作家名叫东西，特别能唱，很为中国人挣了些面子。但相比之下，我们对蒙古朋友们的歌唱天赋简直望尘莫及，也被草原上巨大无边和深不可测的音乐宝库深深震惊。一位司机，一位老师，一位官员，一位牧羊老人，他们一开口都成了天才的歌手，都成了蒙古的王洛宾。即便夜以继日地唱下去，他们也不会有曲目的重复，而且几乎每一支歌都朴素，上口，优美，奇妙，崇高，出神入化，变化多端，直击人心，汹涌着历史深处的情感浪潮。在这样的歌声里，再冷漠的心也会变得柔软。我们会为母亲感动，为骏马感动，为狼和小草感动，为泥土和蓝天感动。我们会有不知来由和毫无道理的泪水突然涌入眼眶。

我知道，在那一刻有灵魂之门的打开。我们在平时并不知道自己有这样的门，更不知道这样的门会在何时打开，会在什么信号密码的敲击之下打开。

比较而言，蒙古并不是一个富裕的国家。但我从歌手们的表情看出，他们有一种富裕之外的幸福，是生活得充实、自信而且高贵的人民。

我不是一个音乐方面的专家。我今天来这里说说与音乐稍有关联的话题，只是想拜托和期待在座的诸位，今后不但要当技术家，更要当艺术家，不弃“小机”的同时更要不失“大道”，创作出更多优秀的音乐作品，让我们在一个经济发展和科技进步的时代，同样成为充实、自信而且高贵的人民。

谢谢。

* 最初发表于2006年《天涯》杂志。

一个人本主义者的生态观

时间：二〇〇六年十一月十二日

地点：深圳　平安保险培训中心

生态与生命的关系

感谢会议组织者给了我一个荣誉奖，把我最近一本书《山南水北》推荐为有关“自然写作”的读本。这本书确实是与我近年来的生活有关，记录了我在某个山村的一些感受和思考。

几年前，我到那个村子里面盖了一个房子，阶段性地去住一住。在座的有些朋友去过那里“农家乐”。那里确实是山之南水之北，林木丰茂，至少现在还丰茂。记得我刚去的时候，一位记者朋友跑到乡下找我，说这个地方确实不错，但是你这是不是同现代化背道而驰了？当时我笑了。我说，你在广州当记者，呼吸着比我这里糟糕得多的空气，喝着比我这里糟糕得多的水，为什么你那里就一定是现代化？而我享受着好空气、好泉水、好蔬菜和好瓜果，还享受着比较自在和安宁的生活，倒不是现代化？你先回答这个问题吧。

这一问，把他问住了。可见有一个逻辑前提我们需要澄清：金钱与经济是不是生活的全部？广州是中国发展非常快的城市，珠三角、长三角、渤海湾也都成了中国重要的经济发展带。它们确实正在现代化。但也有一些数据让我们触目惊心。比如在广州血液检查中，人们发现中小学生血液的含铅量大大超标。空气污染也很严重，以至很多广州的朋友都知道，早晨参加户外健身活动反而危险。这都是经济发展带来的一些弊端。

这就有了我们常常面临的选择。我也经常向农民提这个问题：你要命还是要钱？你首先得想清楚。这个提问的背景是：我们那片乡村眼下也出现了一些小造纸厂，是年产量不到三万吨、完全应该关停的那种。这种小纸厂一出现就是十几家，污染非常厉害。刚开始我劝农民抵制这种项目，但他们不以为然，说小纸厂能提供税收，能提供就业机会。但两年过去以后，他们的鸭子和鱼死光了，凡下田的人都得皮肤病，其中很多人还得了怪病，人到中年就夭折。农民们开始恐慌，又是闹事又是上访，要求关停这些工厂。事情就是这样，不撞南墙不回头，农民们吃到苦头才有所醒悟。他们说：还是命重要。即使只算经济账，在眼下医药费居高不下的情况下，一进医院就是几千几万，身体健康本身就是一笔大钱呵。

这些农民暂时想清楚了，但我们好多官员、商人、知识精英经常还犯迷糊。他们常说“以人为本”，但做起事来多是“以资为本”。“资本”这个中文词很好，用来翻译 capital 可对应“人本”，对得还很工整，简洁顺口。“以人为本”是什么？就是要命。“以资为本”是什么？就是要钱。这是最通俗的解释。资本主义在很多时候不把人看作生命，至少不把大部分下层劳动者看作生命，而看作什么“人力资源”，什么“生产要素”。很多单位不都有“人力资源开发部”吗？这里隐含着一种看法，即人只是资本增值的工具，只是生产过程中的因素，是有价格的，是进入成本的。当然，人确实是劳动者和消费者，具有重要的经济性能。经济学家偶尔把人不太当人，不必被我们过多指责。但人命关天，金钱不关天，人的无价性质和无价地位，是不能完全用金钱来界定的。

“以资为本”，才会把人分成购买力强和购买力弱的三六九等，并由此建立森严的社会等级制度。“以资为本”，才会把生态环境当作一种有价或无价的资源，给予不顾社会后果的利用，只要这种利用有助于资本扩张和经济发展。其实，作为一种生命体，人首先需要空气、水以及阳光。这是生命最基本的物质需求，也是大自然平等赐给每个人的免费财富。但我们的某些理论表述和官方政策常常无视这一条，只考虑GDP。有些权贵人物甚至只考虑几个非法所得的小钱。他们往往会说，有“资本”才有“人本”，钱多才能幸福。这种观念通过大众传媒已给大家一次次洗脑。但事情真是这样吗？不，不是这样。至少在很多时候，GDP与人的幸福并没有必然相关。倒是生态环境破坏得很厉害的时候，GDP可能会相应升高。比方说空气坏了，我们就建氧吧。一建氧吧，GDP就上升了。比如说我们的水不行了，我们就喝瓶装矿泉水。一喝上这个，GDP肯定又上升了。再比如人居环境恶变以后，人们就要千方百计往外跑，去旅游区度假，于是航空业、宾馆业、餐饮业、汽车业、旅游业等的 GDP 肯定更上升了。由此可见，“资本”活跃的时候，“人本”反而可能受到威胁。GDP 升高的时候，我们的生活质量反而可能在下降。这种高消费、但低质量的生活，被当作现代化的生活，是一件很荒谬的事。

这里还只说到人的生理状况，没说到心理层面。为什么以前中国很多寺庙都盖在环境优美的地方？所谓“天下名山僧占多”？因为在那些地方，便于排解我们的心理垃圾，调适我们的心态。为什么大家都愿意到山清水秀的乡间去度假？因为“山能平心，水可涤妄”，穿一条牛仔裤去骑骑马，拿条鞭子去放放羊，可以帮助都市的上班族实现心理修复，让他们从星期一到星期五积累下来的怒火或焦虑，在周末得到排解，好好地喘上一口气。古人说见景生情，说山水怡情，都暗含着良好生态有利于心理健康的经验。我曾看到一个统计资料，是西方一些科学家自己做出来的。他们说美国人的心理障碍出现比率占人口总数的百分之二十三，而这个比率在印度是百分之五，在非洲是百分之二。美国不是最有钱吗？不是 GDP 最高吗？不是最为都市化吗？为什么心理问题反而更多？这里面有很多原因，而都市化以后过于拥挤和紧张的生活，由钢铁水泥扭曲了正常生态的生活，可能是其中一条。

当然，有了雄厚的资本，可以改良生态。这也是人类的有效经验之一。我们并不是一看到钱就神经紧张。不过在很多情况下，所谓改良只是转移，只是生态代价的不平等再分配，比如洋垃圾从发达国家向发展中国家转移，比如富裕地区的森林保护，以贫穷地区的森林滥伐作为消耗替代。因此，从总的方面来看，要保护我们的生命，真正从每个细节上来落实“以人为本”，我们应该构建节约型社会，建设低消费但高质量的生活，即二十世纪六十年代初“罗马俱乐部”提倡的“低物耗现代化”。中国人从国情和传统出发，在这方面应该大有所为。换句话说，中国实现人均 GDP 超过美国，充其量只是对世界的一个小贡献。如果中国能找到一种低物耗现代化之路以区别于美国，那才是对世界的一个大贡献。

生态与文化的关系

人不是一般的生命，是有文化的生命。文化是怎么来的？似乎是一些学者、作家、艺术家、宗教家折腾出来的。其实这一看法过于肤浅。

往深层次看，所有文化形态后面都有某种生态的条件和诱因，广义的生态元素，包括地理、气候、物种等，总是参与了对文化形成的制约和推动。比如说我们眼下正迎接二〇〇八的北京奥林匹克比赛。奥林匹克源于古代欧洲，后面就有生态原因，有游牧群体崇拜身体和争强斗勇的一些习俗特征。田径、射箭、赛马等，练出男人的一身肌肉疙瘩，这与游牧人的战争、迁徙、娱乐等密不可分。比较而言，中国人在奥林匹克这方面先天不足。因为古代中国人享受着宜农宜耕的自然条件，以农耕生活状态为主，不会像欧洲人那么好动和好斗，喜欢坐下来扎堆，喜欢喝茶聊天和吟诗作对。投枪、铁饼、击剑、马拉松等，中国古人玩不了，也不会感兴趣。

有一本书曾经说到，法国皇帝在凡尔赛宫前与臣民们一起跳舞，于是作者赞叹法国的皇帝，说多么高雅，多么亲民，比中国的皇帝好多了。当时我看到这一段就想笑，觉得这个作者知其一不知其二。跳舞是游牧文化的遗产，是欧洲人的传统。你想呵，游牧人到处漂泊，野营的夜晚特别冷，烧起一堆篝火之后，能有一些什么娱乐活动？无非就是唱歌跳舞了。我们中国西北、西南、蒙古的少数民族，尤其是没有定居条件的牧民，也是能歌善舞的，没什么奇怪。这与政治的清明或腐败有多大的关系？中国皇帝有毛病，但会画画、会写字、会作诗、会著书的不少，乾隆下江南的雅事还多着呢。法国人不必为此大惊小怪，然后说中国的皇帝一定比法国的好。在这里，跳舞还得有个物质条件：皮鞋。跳芭蕾，跳探戈，跳踢踏舞，没皮鞋就没效果。中国农耕群体习惯穿草鞋和布鞋，没有游牧人那么多皮革制品，起码在行头上就不占优势。

我在这里不是主张地理决定论和生态决定论，但考察文化如果不关注生态，肯定是一种盲目。什么土壤里长什么苗，什么生态里长什么文化，从这个角度出发才能更好地揭示文化的成因和动力。中国人使用纸张比欧洲人早了约一千多年，因为中国的农耕群体习惯于同草木打交道，那么草木造纸就有最大发生概率。有了这一步，较发达的出版，较发达的教育，较发达的儒生阶层以及科举制，随之而来也有了较大发生概率。这是一个重要的因果链，虽然不构成因果链的全部。同样，因为中国人习惯于同草木打交道，那么以植物药为主的中医也就不难理解，《本草纲目》这样的中医宝典才有可能。我们可以比较一下中医与藏医的区别。藏族地区高寒地带，植物品种相对较少，所以藏药多用矿物和动物入药，形成了它的特色。与之相关的另一现象是，当藏民在地广人稀的雪域高原，连求医问药都变得十分困难，可能几百公里之内见不到人，更别说见到医生了。人在恶劣自然环境里，只可能觉得命运不可捉摸。人的无知感、无力感、无常感会沉重压在心头。在这种情况下，宗教也许就会应运而生，应运而强。汉族旅客去西藏参观，常常会觉得很多藏民顽强的宗教意识不可思议。其实，如果我们设身处地细心体会一下他们的生态与生活，就不会简单化地指责他们“蒙昧”。

不仅传统文化后面常有生态原因，现代文化也是如此。美国人特别擅长发明机器，科技和工业特别发达，生态就是诸多幕后角色中的一个。往远里说，欧洲人到达北美洲的时候，一是打仗和屠杀，杀了不少人；二是带去传染病，病死了不少人。五千万印第安人从北美洲消失，整个大陆有点空空如也。作为生态重要一环的人口，出现了锐减。那么有活谁来干？没办法，他们就买奴隶。买了奴隶以后还不够，就得自己干。很多老一代美国总统都是自己盖房子，自己当木匠，以至现在很多美国人还是特别勤劳，节假日里都自己修整草坪。我们常说中国人勤劳。其实中国人总体上来说比不上美国人勤劳，比如富人大多不会去修整自己的草坪。这里的前提条件之一，是美国的人手少，人工贵；中国的人手多，人工廉。欧美新教主张“劳动是最好的祈祷”，其生态根据也是他们人口不够多，比如欧洲进入工业革命时，总人口还不到一亿。

接下来，发明机器当然是解决人手不够这一难题的更好办法，美国人因此发明了很多机器。连开瓶盖和削苹果都有机器，福特汽车、波音飞机等更是顺理成章。欧洲人喜欢听歌剧，美国人折腾出一个电影——

电影就是艺术的机器化。欧洲人喜欢泡酒吧，美国人折腾出一个麦当劳——麦当劳就是饮食业的机械化。在这一方面，好些欧洲人还有文化抵触，觉得美国佬是一些机器狂。

麦当劳也好，好莱坞也好，是美国机器文化的一种特产，因全球化而扩展到全世界。凭借现代交通和传播的技术，这种文化横移现象在当代特别多、特别快，构成强大的潮流。因此，就当代都市文化而言，生态与文化的关系相对来说变得比较模糊。不是吗？我们不是牧民也可以跳舞，不在西藏也可以信从活佛，不在美国也可以吃麦当劳，我们似乎有理由忘记生态这一档子事。但值得注意的是，赖以生长文化的某些生态条件虽已瓦解，但现代都市文化的复制化、潮流化、泡沫化、快餐化，并不总是使人满意，正在引起各种各样的抵制和反抗。在这个时候，人们不难发现，这种多样性和原生性的减退，与全球都市生态单一化是同一个过程，与高楼、高速路、立交桥等人工环境千篇一律密切相关。生态与文化的有机关系，在这里也许恰恰可得到一个反向的证明。在另一方面，当我们看到很多文化创造者坚持多样性和原生性，用独特来对抗复制潮流，用深度来对抗快餐泡沫。他们总是会把目光更多投向自己的土地，自己特有的生态与生活，自己特有的文化传统资源。一些被都市从自然生态中连根拔起的人，似乎正在重新伸展出寻找水土的根须。

他们会成功吗？我们还可以观察。逐渐趋同和失重的现代都市文化，会不会是我们人类文化的终点？我们也需要继续观察。

保护生态从心灵开始

一九九九年《天涯》杂志在海南召开了一个较大规模的座谈会，产生了一个针对生态环境问题的《南山纪要》，后来有了英文、日文、法文等各种译本，在人文学界有一定影响。当时我们就在会上提出，环保不仅仅是一个技术问题，首先是一个利益分配问题。我们要问的是：是谁在破坏环境？谁在从这种破坏中获利？是什么样的体制和思潮在推动和支持这种破坏？

解决环境问题确实需要技术，也需要资金。问题在于，全世界现有的资金和技术已足以解决人类喝水的问题、呼吸空气的问题、食品安全的问题、土质恶化的问题，等等，但是没有解决，为什么？美国那么有钱，但退出《京都协议》，为这一点还同英国盟友闹矛盾。几年前有美国国防部一个秘密研究报告泄密。这个报告说，全球温室效应继续加剧，可能在不久的将来导致大西洋暖流停止。一旦出现这种情况，全球气候激变，雪线大步南移，英国可能成为另一个西伯利亚，荷兰可能全部沉没，如此等等。我看过地图，发现雪线将抵达中国的武汉，长江以北将一片冰天雪地。美国这个报告使很多人震惊。那一年我在青岛见到几位中科院地质科学方面的院士，据说温家宝总理曾把他们找去，问南水北调工程还搞不搞。英国布莱尔首相看来也很关切这个报告。从英国的国家利益出发，他一直向美国布什总统施压，希望美国回到《京都协议》，采取行动降低二氧化硫和二氧化碳的排放。

布什觉得美国反正不会变成西伯利亚，所以不着急。这也是现在很多中国人的行事逻辑：自己的利益最大化高于一切。我在乡下时看到有些农民对林木乱砍滥伐，感到十分无奈。因为木材的行市一涨再涨，于是任何劝说和禁止都没有用。在这一过程中，农民卖原料，赚了小头。政府收取税费，赚了中头。商人倒卖牟利，赚了大头。大家组成了破坏环境的利益联盟。至于造成的恶果，谁都没去想。其实，如果我们把眼光放得更开阔一点，就会发现我们这些局外人，包括很多对此深感痛心的人士，也可能是这一恶行的帮凶，甚至是隐秘的元凶，比他们过错责任小不到哪里去。

为什么这样说？我得解释一下木材价格居高不下的原因。据我了解，村里农民砍下来的木材，一部分拿去给小煤窑做坑木。这个我暂时不去说。木材的另一个用途就是送去造纸。中国眼下的纸张需求太大了。一个月饼可以有六七层的包装，要不要纸？一份报纸可以上百个版面，要不要纸？……纸张需求就是这么强旺起来的，木材的高价位就是这样出现的，农民的砍伐狂潮就是这么拉动起来的。

我记得台湾在八十年代还有个规定，每份报纸的版面不能超过十六版，超过了就要受罚。这是一个很不错的规定，但他们顺应所谓历史潮流，把这个很好的禁令给废了。其实，现在每份报纸的新闻内容并不太多，大部分版面是商业广告。广告同包装一样，是一种促销的商业手段，从某种意义上来说，是一种利用人类愚昧和虚荣的促销手段。比如说我想吃一个月饼，但我缺乏必要的判断能力，就只好去看广告，相信那些广告上的花言巧语。我还想把中秋节过得很体面，于是专买那些豪华包装的月饼。自己吃也好，送给别人也好，都能体现某种不凡的身价。这样，月饼还是那个月饼，我们并没有多吃一点什么。但我们的愚昧和虚荣，支撑了广告业和包装业的畸形扩张，使千吨万吨的纸浆因为一个中秋节而无谓消费，对森林构成了巨大威胁。

在此，我强烈呼吁社会各界来推动立法，就像台湾曾经限制报纸版面一样，就像政府前不久限制月饼包装一样，在更大范围内来限制广告业与包装业，限制那些严重耗物和耗能的非必需产业，保护我们的稀缺资源。市场自由还要不要？当然还要。但市场自由不能凌驾在社会责任之上，只能在保护人类共同利益的限度之内。

当然，如果大家都少一些愚昧和虚荣，少一些贪欲，这些非必需的产业就不攻自破，不限自消。从这个意义上来看，我们建设绿色的生态环境，实现一种绿色的消费，首先要有绿色的心理，尽可能克服我们人类自身的某些精神弱点。

在这一方面，我们很多传统的文化思想资源其实是很宝贵的。佛家戒杀生，说出家人不能吃肉，客观上就有一种环保作用。因为摄取同样的热量，所需要的谷物如果是一，那么通过饲养动物所消耗的谷物大约就是十四。两者差别非常大。我们在这里不一定要提倡素食，但没有必要的大鱼大肉海吃海喝，既不利于身体健康，也无谓增加了生态压力。这是一定的。古代道家主张“见素抱朴”，“顺其自然”，对大自然采取非常尊敬的态度。《礼记》里还具体规定不能伤青苗，不能伤幼畜；不招待客人就不杀鸡，不祭祖宗就不宰羊。《吕氏春秋》里还规定春天不能进山伐木，等等。这些都是着眼于经济的可持续发展。

更值得一提的是，老祖宗们还非常注意克制人的贪欲。宋代儒家说“存天理灭人欲”，被当代知识界主流理解为禁欲主义，其实是制造了一大假案。我查过宋人的原著。程颐是这样说的：什么是“天理”？“天理”就是“奉养”，指的是建宫室、谋饮食等人的正当需求。那么什么是“人欲”？“人欲”就是“人欲之过”，是人为制造的欲望。“欲”在他们的语境里其实是指贪欲，所以他们主张大力铲除之。这与孔子在《论语》里说的“惠而不费”一脉相承。孔子的意思是说：我们要实惠，但不要浪费，要尊重人的正当需求，但限制人的过分贪欲。

这种对“惠”与“费”的区分，对“天理”与“人欲”的区分，相当于西方人对 needs 与 wants 的区分，即对需求与欲求的区分。但西方人很晚才关注这种区别，比如由十九世纪到二十世纪的英国社会学家吉登斯（A. Giddens）来加以强调。在这一点上，中国古人们错了吗？不，没有错，而且对得特别光荣，因为他们很早就区分了 needs 与 wants，很早就提出了健康的生活态度。

“五四”运动以来的中国主流知识界很急切，一心追求强国富民的大跃进，所以戴上有色眼镜，把本土文化传统不分青红皂白地妖魔化，一篙子打翻一船人。他们以为这样做才能“人道主义”或“人本主义”，大家才能幸福。其实，前人不是傻子，也在追求幸福，并没有愚蠢地否定“人本”。之所以反对贪欲，其宗旨正是朴素的人本主义。他们指出“欲以害生”，就是指出贪欲将危害生命和生存。这有什么不对呢？看看我们的周围，过分的饮食，过分的男女，不正在损害很多人的健康吗？把环境破坏完了，把资源消耗光了，人类还能活到其他星球上去?

只有共同的幸福，与生态环境友好相处的幸福，才是真正的幸福。当越来越多的人接受了这样一种思想，我们生态的保护和建设才有希望。

我就说到这里，谢谢大家。

---

* 记录整理稿最初发表于2007年《天涯》杂志和《深圳商报》。

困惑与信心

时间：二〇一二年一月

地点：海口　泰德酒店“韩少功文学写作与当代思想研讨会”

这两天听了很多人的发言，心里很感激。活了这么多年，我到这年纪已经有点毛深皮厚，自以为听好话不会晕头，听坏话也不会上火。有些意见我得再想想，慢慢消化，吸收大家的智慧。

有些朋友以为韩老师狡猾，干什么事都深谋远虑。其实不是这样的。比如说我多面手，又写作、又翻译、又编辑什么的，其实事情的原因很简单，对于我来说，小说不是天天写得出来的，不是天天有写的，写不出的时候总得干点别的事情吧？又有人说，老韩在八十年代、九十年代很像一个战士，现在的写作中怎么多了不少暧昧、模糊、徘徊？怎么不再碰触敏感的热点问题？这话说得不假，至少在某一个层面上是事实。但这与深谋远虑无关，却是我心存困惑、甚至纠结的自然结果。在八十年代，我还是个年轻人，总觉得事情很简单，要改革，要民主，要市场，要现代化……对不对呢？现在看来也仍然是对。不过，如果我们把目光看得更深远一点，也许会发现八十年代以来的战斗也好，批评也好，在眼下遇到了很多障碍，进入了一个陌生的深水区。敌人的面目和方位已不太清楚，甚至自己可能就是敌人。

这里需要说到两点：

第一个问题，通俗地说：心坏了。这不光是中国的问题，也是世界的问题；不光是压迫者的问题，也是受压迫者的问题。我们有一个深重的道德危机，主要表现为价值观的真空状态。包括我们自己，有时候可以扪心自问：我愿意做一个好人吗？准备好到什么程度？是不是准备好到当年的白求恩那样？或者说我愿做一个坏人吗？准备坏到什么程度？当犹大，当希特勒，是不是心一横也可以当了，没什么了不起？这个是莎士比亚式的问题，做，还是不做。但是，我觉得很多人在这个问题一直是暧昧的、躲闪的，或者不敢逼问自己。如果是这样的话，如果这个时代里没有多少人愿意当好人，那么捣乱、造反、革命，会不会只是一种简单的改朝换代？会不会只是赌场上的赢家换人，这个赌场的游戏规则却被我们继续延续下去，被大家永远所认同？如果反抗者只是为了成为新的统治者，那么这种战斗的意义是不是在变味？

第二个问题，通俗地说，是说脑子坏了。换一种说法，就是我以为眼下存在着一种知识危机，不光是中国的问题，也是世界的问题；不光是压迫者的问题，也是受压迫者的问题。孔见刚才评价我的两本书，他的说法很对我心。他说《马桥词典》是力图对公共语言进行一种清理，《暗示》更进一步，力图对语言本身进行一种清理。我一直对自己提出的问题是：语言所推动、所构造、所表达的知识是不是可靠？会不会正在把我们引向一种歧途？韩毓海关于货币和语言的比喻，我很赞成。

语言与事实的分离，确实就像货币与价值的分离，是当前一个普遍的现象，也就是我说过的语言的“空心化”危机。于是出现了书本的左派对抗书本的右派，泡沫化的激进对抗泡沫化的保守，对抗得很热闹，但可能都与复杂而丰富的社会实践相去甚远，完全脱离实际。真理从来不是精英的专利。事实恰恰是，工人们和农民们从来不极端，各种极端主义的荒唐从来都是一些读书人折腾出来的。我在《暗示》里，曾经特别不暧昧的、不模糊地、不徘徊地猛烈批判了当今的教育制度和知识、文化、学术体制，就是基于这一考虑。这种批判得不到多少喝彩，是另外一回事。我只是担心一种院校派的、高学历的、精英化的知识生产，正在把我们的战斗引向一种代价高昂的胡闹，幻象化的自欺欺人。

这就牵涉到“文革”。批判“文革”，否定“文革”，我是非常赞成的。但我们在批判和否定的时候有两个误区。第一是把“文革”的道德假象当成了道德，于是否定“文革”似乎就必须把道德打掉，搞一个去道德化运动。这个逻辑显然是混乱的：如果我们觉得“文革”太道德了，那么我们为什么要求在“文革”中做坏事的人做道德忏悔？既然我们要去道德，为什么要求我们的对手倒是一定要讲道德？第二，是把“文革”对知识的毁灭，仅仅当作书本和学历的蒙难，于是“文革”后的重建知识权威，就成了高学历挂帅，知识生产重新精英化，甚至很多知识分子把以前与工人、农民、士兵打交道的经历，看作一种屈辱，一种苦难，一种蒙昧。这样，一个是去道德化，一个是去实践化，对“文革”的批判就是这样滑向歧途。这也许就是当前“心坏了”和“脑坏了”的重要前提和直接原因之一。

一个是道德危机，一个是知识危机——如果我们不把这两个定时炸弹给清理掉，我们的战斗会变成一个什么？我们大胆介入热点，甚至写出几个文学原子弹，会不会不但不能解决我们的问题，反而会把我们的问题变得更大？会不会不但不能给老百姓带来一些福祉，反而给老百姓带来更大的灾难？在这些方面，我确实困惑，没有想清楚，因此经常有写作的停顿和犹疑。

大家还说到了“左”与“右”。我是“文革”的过来人，经历了家破人亡，看到了更多比我家庭还惨的人和事。不光是中国，还有前苏联、朝鲜、柬埔寨……发生这么多的事情，怎么能说是一个简单和偶然的失误？这当然需要深刻反省。在另一方面，资本主义就没问题吗？从殖民主义，到两次世界大战，到最近欧美的金融危机……只要稍稍诚实地面对事实，就不必相信另一种神话。我以为，一个为中国穷人抱不平的人，也得为美国的穷人抱不平，这样的右派才靠谱。反过来说也一样，一个为美国穷人抱不平的人，也要为中国的穷人抱不平，这样的左派才像话。

前一段，我上网看了一下，发现中国的左派不是一个，是好多个，自己内部也在开打。右派也不是一种，有好多种，也在内部互相掐架。情况特别复杂。但就大体的词义约定而言，“左”是指社会主义，“右”是指资本主义。有意思的是，这两种主义不但互相斗争，很多时候也互相造就，互相强化。这就是说，所谓“左”常常是“右”成就的，“右”又常常是“左”助产的，二者形成了一种互动关系。比方说，“文革”的前夕，一九六五年，美国、英国、澳大利亚支持印度尼西亚的右派发动政变，据后来一些西方调查机构的统计，大概屠杀了两百万左翼人士。这种恐怖，从某种意义上催产了中国的“文革”恐怖，使中国“阶级斗争”“反帝反修”的神经高度绷紧。在另一方面，如果没有“文革”那么多人权灾难，没有知识分子群体对红色时代的满肚子苦水，以及出于人之常情的怨恨，中国九十年代以来的资本主义神话是否会少一点狂热和偏执？中国知识群体主流对西方的崇拜，远远超过了印度、俄国、巴西、南非等国家的同行，但这种国情是怎么形成的？是否正是“文革”的自然反弹？

左中有右，右中有左。左的错误能生右，右的错误能生左。如果缺乏小心的辨析和准确的控制，极左和极右甚至在某些问题上会变成了一家人。正是考虑到这些复杂的情况，在我九十年代以来的写作中，确实出现了不少模糊、犹豫、谨慎、左右两难，多条战线应战，批判指向不再简明和单一，让很多朋友不大满意了。我对此表示歉意。在办《天涯》的时候，我们尽量发出多种声音，包括自由主义大牌人物也来发表过不少文章。但《天涯》并不是无立场，不是左右逢源和到处讨好。韩毓海说《天涯》最先提出“科学发展观”，是过誉了，但讨论贫困问题、三农问题、环境与资源问题等，反对教育、医疗的市场化等，《天涯》从来没有犹豫过和模糊过。如果说这就是“新左”，《天涯》也只能坦然接受。这样做其实并不讨好，九十年代就有一位大人物点名批评我们，其罪名就是我们杂志使用了“弱势群体”这个词，被认为是给社会抹黑，违反了宣传纪律。当然，现在这个词已经不那么敏感了，但当时几篇文章就差一点演化成为主编去职的严重事件，却是事实。

我不是理论家，也没有太多兴趣读理论，不过是喜欢对自己所遇到的问题做一点思考和表达。在一些人认为利益至上的时代，认真的思考似乎有点傻，有点 OUT。《天涯》没法实现畅销，甚至读者还在一点点减少。这没有办法，几乎没有办法。思考者的一切努力，包括政治斗争，都是为了建设一个美好的社会；而美好的社会就是吃得好、喝得好、玩得好的社会，但一旦到了吃得好、喝得好、玩得好的时候，思想似乎就只能退场了，甚至必须滚蛋了。在危机与灾难到来之前，社会需要一种幸福的沉睡，一种安乐的梦乡，需要娱乐，需要开心，不需要刺耳的声音。想一想，那些把读书当作吃药的孩子，难道不值得同情和理解？你们逼着他读鲁迅，逼着他读托尔斯泰，但他为什么要读？他不愁吃饭，不愁穿衣，家里有父母可啃，凭什么要折腾那些艰深和沉重的话题？凭什么不能去热爱更爽的电子游戏？当然，事情会继续发展，危机和灾难会使社会产生对精神、文化、思想的渴求，会重新呼唤真理，重新呼唤英雄，重新呼唤坚定的行动，但我们不能站在职业利益的立场上，比如，为了让我们的声音得到更多的关注，就希望社会多一点灾难，早一点陷入危机——那样做当然也很不道德。这里，也许有一个我更大的困惑。我会心情非常复杂地祝福中国人民越来越幸福，祝福全世界人民越来越幸福，但我知道这种幸福的世界一定是平庸的世界，就像一个少见疾病的时代，必定是良医迅速减少的时代。

眼下，在中东，在非洲，在南亚和中亚，几乎天天出现人肉炸弹，很多地方都在流血。我相信那里的人民对真理特别地渴求，希望有更好的理论和文学，使他们知道该如何行动。至于中国，说一句关起门来说的话，如果现代化建设大体顺利，如果中国人都成功地富裕起来，我们在座的恐怕没有多少好日子——我的意思不是说大家缺吃少穿，而是指大家可能无所作为。在所谓“娱乐至死”的强大浪潮面前，我们得认命，得忍受读者一批批地离去。当然，这不会是历史的终点。人类的末日肯定不是明年的二〇一二年。我曾经在这一点上问答过记者的问题。我说，我近期不乐观，长期不悲观。我认为我们的一切努力仍然是有意义的，甚至是十分重要的，因为一个幸福亦即平庸的时代，不可避免地将会滑向危机和灾难，那么，在那一天到来之前，我们可以准备很多思考，准备很多的理论和文学，就像老鼠挖洞准备粮食一样，以备未来之需。一种良好的文化准备，也许能使全社会将来对危机和灾难的反应，使全社会大规模的行动，更多一些建设性。有建设性和无建设性的反应是不一样的，前者能避免以暴易暴，避免一种黑暗代替另一种黑暗，避免低水平的重复和循环。因此，这种文化准备的意义，不在于眼下市场的畅销或者权力的奖赏，而在于未来的读者，在于我们对真理的信心。

刚才很多人说，老韩在海南也做了一点事情，对我给予了热情的鼓励。我非常感谢你们，也非常感谢同事们一路走来的支持和帮助。其实我并不觉得我做的这些事有什么成效。《海南纪实》曾发行到一百二十万册，《天涯》改版将近一百期，我前后推出十几本书，这一切改变了中国吗？改变了中国的万分之一吗？可能根本没有。但这可能不是什么问题。我在中年以后，已经觉得自己有点没心没肺——这里的意思是，一个人如果不再在乎成果，不再在乎得失和毁誉，就有了金刚不坏之身，就会有一往无前之力，干什么都会高高兴兴。这就是我以前说过的：以出世之心做入世之事。我确实很享受在海南这二十多年的过程，哪怕我为编辑一篇文章花掉一整天的时间，哪怕为此忙得我打出十几个电话，我也觉得十分高兴。哪怕这篇文章发表以后没有什么反响，或者只是影响了两三个人，二三十个人，也足以让我喜出望外。事情的关键，是我觉得这件事有意义，有趣味，值得去做。剩下的一切就不再成为问题。

我有点虚无，但不是彻底的虚无主义者，只是相信，对结果的适度虚无，或者说适度超脱，恰恰是顽强和热情的来源，能使自己少受伤，少颓唐，少抱怨。比方说，今年二月，海南省的文联、作协换届，我准备下台走人，本来写好了一个换届工作报告，用心总结了一下工作，费了不少工夫。但临到开大会，时间有点紧，报告没宣读，估计大多数代表也没怎么看。但没用上就没用上，无所谓呵。以这样一种心情，我一点都不后悔自己的白忙活，一点也不妨碍我兴致勃勃地开会。就算我一个人给自己偷偷地做了一场报告，有什么不好呢？就像我给自己写小说了，给自己编杂志了，有什么不好呢？

最后，我特别谢谢大家来参加这次会，而且我知道大家可能有一点中国人的习惯，顾及我的情面，没有狂轰滥炸。但话里听音，我能听出一些潜台词，会认真地考虑大家的意见。当然，考虑意见并不等于我就一定能够做到你们期望的那个样子，因为能力不行，各种各样的原因会牵制我。但我会把你们的批评作为一种鞭策和推动，这是没问题的。

一个人可能做的事情很少。我这一辈的作家，六十岁左右的，其实大多已进入一种危机状况。创造能量不够了，经验资源和文化资源都不够了，有时强打精神地保持一种产量规模，也只是发挥余热而已。真正的写作像一种恋爱，但老家伙们还能恋多少爱呀？还能再一次激情燃烧吗？好吧，让我再尝试一本书，或者两本书。能亮出多大一点火花，天知道。

* 最初发表于2012年《传记文学》杂志。

村官的为人处事

——在新任村干部培训班上的讲话

时间：二〇一四年五月二十四日

地点：湖南省汨罗市八景乡

这几年乡村发展走上快车道，广大村干部功不可没。沿着大路在这个乡跑上一圈，可以看到七八成农户已盖上了新楼房，其中很多比我老韩住的要洋派，要好。这就是证明。你们盖了这么好的房子，还要我到外面去为你们找“扶贫”单位，我都不好意思去开口，这怪谁（众笑）？

就是在这种情况下，智峰村书记的房子差不多是村里最差的。有些村官屁股下还是两个轮子（摩托），比不上很多农户的四个轮子（汽车）。这不是他们的耻辱，是他们的光荣。古人说：先天下之忧而忧，后天下之乐而乐。这些先忧后乐的村官值得我学习。

当村官要受很多委屈。就像有人说的，头上顶一捆草，任人踩来任人捶。群众的眼睛不是雪亮的吗？大道理是这样讲。但还有一句话：当家三年狗都嫌。你在位的时候，帮人家办了九件事，第十件事没办好，人家还是会有意见。所以只要你在位，不可能听到太多的好话，你放心好了。但群众终究会讲公道的。一般来说，在你退位三五年后，他们与你没有直接利益关系了，有了前后两三任领导的比较了，民意就开始回归正常和理性。群众就会把哪个好哪个不好看得一清二楚。雁过留声，人过留名。最后形成的口碑肯定是恰如其分。这一点你们也放心好了。

以前日子穷，村官不好当。三天两头就要上户去收“上缴”，人见人烦，人见人躲，三五成群叫花子一样（众笑）。现在农业税没有了，叫花子变成了散财童子，不管收钱，只管发钱，村官是不是可以舒舒服服？也不见得。

第一个原因是：钱多事情多。比如定低保户，发补贴款，新事吧？好事吧？但要是定得不公平，大家就要跳脚骂娘。建垃圾站，立几盏路灯，也是好事吧？但后续管理有麻烦，张家说垃圾站离他家太近，有臭气；李家说路灯离他家太近，招蚊子。同样有人不满意。如此等等，都是经济发展以后的新矛盾，只会越来越多。

第二个原因：眼高要求高。眼下人人有手机，天天看电视，因此群众见多识广，看大了一双眼睛。特别是八〇后、九〇后大多学历高，有个性，有进城务工经验，维权意识强，抗争手段多，动不动就给你拍照上网曝光，甚至添油加醋纠缠不休，孙子比老子难侍候呵（众笑）。你要是还老一套，肯定不是他们的对手。

第三个原因：农民增收难度加大。说实话，前些年大家增收主要是靠外部“输血”，比如政府补贴项目不断增加，城镇务工价格一涨再涨。但这些天上掉下来的馅饼要吃完了，这种增收空间不大了。长乐镇的砖厂老板前不久买来四个机器人，雇工减少大半，产量翻了三番。这说明什么？说明务工价格上涨不是无限的，你再涨，人家就去找机器人，没你什么事了。农民增收最终还要靠回过头来，向土地要效益，在田土山水上做文章——这当然比以前要难得多。我的意思你们都明白。

中国的官很多。最难当的是两头，一是总书记，二是村干部——就是各位在座的"土地菩萨"（众笑）。为什么呢？村干部直接面对群众，面对各种琐碎矛盾，但硬手段少。我以前在机关里待过，碰到个别胡搞乱来的员工，可以警告、记过、降职，甚至开除，有一本《公务员法》是尚方宝剑。但你们有这些手段吗？没有。一样也没有。你能开除农民的一把锄头和两只粪桶？村干部也缺少流动性。人家乡上的小赵书记，以后可以流动到其他乡镇，也可以去农业局或者财政局，但你们村干部顶多是从村头流动到村尾，就算到城里置了房，还是这里的"钉子户"，要与村民们永远相守相处。所以义波夫子说到的顾虑我理解。他说要是把后生都得罪了，我百年以后上山，靠自己钻出棺材爬上去呵（众笑）？这样看来，一是硬手段少，二是流动性差，决定了"土地菩萨"很不好当。牌子不大责任大，善始容易善终难。

今天我要给你们几条建议，概括成三个"一"，仅供参考。

一、一身正气。古人讲过，老百姓"不畏严，畏廉；不服能，服公"。村官中凡是讲话硬气的，大家愿意跟着走的，肯定是为人正派一身干净。庙里的那个关帝爷，如果一见好事先往胯下扒，如何能镇邪降妖？大家还会去供他香火？今天，我特地要来了一本《中华人民共和国村民委员会组织法》，你们都要看一看。里面的“村务公开”“民主决策”，都是规定动作，做得好要做，做不好也要学着做。

村官也是人，也想吃香喝辣，这不是错。但你欠了私人的钱没还，那叫民事纠纷；你黑了公家的钱，那叫刑事案件。不是吓唬谁，民事案件和刑事案件的区别大了去了。法律有规定，民事案件诉讼期一般为两年，过期了就不再受理；但刑事案件一旦立案，追诉期可以无限，一直追到你死。民事案件败诉了，大多是被罚款，一般不用坐牢；但刑事案件中定了罪的，肯定要坐牢，把儿孙的脸面都丢尽。换句话说，同样是钱，但公家的钱是高压线，碰不得的。

我建议你们有时间的话去三个地方看看。一是要看看监狱，就知道走多了夜路总要碰鬼，世上没有后悔药。二是要去看看火葬场，就知道钱乃身外之物，一蹬腿，一闭眼，只留下后人一个说法，万贯家财与你没有关系。三要爬到智峰山顶去看一看，一看就知道天地很大，自己很小，自己那点烦恼或者得意更小，没什么了不起。沧海桑田，人间天道，我们对天道得多少有点敬畏之心。

二、一个声音。先说一件事。我一个朋友的子女特别有出息，我去请教过教育经验。这一家的母亲说，有什么经验呵？狗仔都教得好，哪有人不能教好的？原来她以前在电视里看人家驯狗，发现驯狗最要紧的是口令不能乱，始终保持一致。这一条很简单。其实，不光是教子女，带好一个村也靠这个简单的道理。

你想想，你今天这样说，明天那样说，谁还信你的？书记这样说，村长那样说，群众听谁的？下级这样说，上级那样说，村里还不乱成一团？实践证明，凡乱成一团的地方，问题不在群众，一定在领导，尤其在领导的朝令夕改、言而无信，政出多门，互相拆台，不能统一信号，因此公共信用和领导力彻底崩溃。

要防止这样的情况，一把手要特别注意调研和沟通，尤其是班子内部要多沟通，多走走，多听听，不要随便开会。有了七八成把握了才能开会。既开了会，那就要坚决执行决议，打井要出水，杀猪要见血，说到的一定要做到，这样人家才能把你的话当话，一句顶一句。最怕的是这种人：开会时假兮兮地要大家讨论，公议结果他又不认账，这样的会何必开？如果估计公议的结果会抵触法律与道德的底线，那就宁可独断专行，不要讨论和投票；如果不会过底线，那就必须尊重民意，哪怕结果不太如意，一团狗屎也要吃下去。在小事情上，民主犯错了，以后靠民主来纠正和修补就是，重要的是不能自乱规矩。

三、一片钥匙开一把锁。前面说了，村官硬手段太少，只能靠沟通、说服、动员，功夫都在一张嘴上。从某种意义上说，村官就是一个嘴皮子官。中国是一个人情社会，在乡下尤其如此。所谓做人“外圆内方”，“外圆”就是要讲感情，给面子，方法灵活，因势利导。多讲几句客气话会死人吗？好孩子是夸出来的，好群众也是夸出来的。先把感情讲通了，把气氛讲对了，再来讲原则，讲“内方”。

有一次，有个村民因为利益矛盾硬要堵路，谁都讲不通，结果义爹去讲，说当年修这条路的时候你老爹大雪天还来挑土，你爹修的路你当儿子的来堵呵？这一下讲通了。

又有一次，有个村妇因为利益冲突要上门泼粪，谁都讲不通，结果平求去讲，说你泼粪不要紧，打破头也不要紧，怕就怕你家娃儿学了样，今后到社会上去要吃亏呢。这一下又讲通了。

他们为什么能成功？就因为他们知己知彼，因地制宜，一事一策，一片钥匙开一把锁。义爹的道理是，对孝子，就要把道理往先人那里扯。平求的道理是，对慈母，就要把道理往后人那里扯。同样，对求利益的要多算利害账，对好面子的要多算荣辱账，对党员干部要多讲党纪国法，对善男信女要多讲因果报应，对新潮人士要多讲国际规范，对流子烂仔要多讲江湖规矩……这在理论上有个说法：叫找到“路径依托”，利用好对方的文化心理存量。

一娘生九子，连娘十个样。用人也要讲究具体情况具体处理，所谓圆的不稳，方的不滚，丝瓜南瓜各有所长。对那些贪财的，你就不能让他们管钱。对那些只会做傻事的，你就不要靠他们拿主意。这样，避开他们的弱点，发挥他们的长处，全村的工作才能活起来。

一个好村官，好在哪里？好就好在能团结各种有弱点、有毛病、有短处的群众一起来办事，办成大事和好事，而不是靠一些圣人君子来抬举你这个土地菩萨。群众如果都是圣人君子，那就不需要村官了，随便找个木头墩子戳在村委会就行（众笑）。

谢谢大家！

---

* 最初发表于 2016 年 5 月《湖南日报》。

文学的变与不变

时间：二〇一二年十一月二日

地点：武汉　华中科技大学

主持人蒋济永：请来韩老师，我们很荣幸。我们这个“人文基地”的创建，就是缘于九十年代，当精神失落的时候，现已成为国家的人文素质教育基地了。在九十年代的时候，中国的作家群里面，有三位很显著的人物，一个是张承志，另一个是张炜，还有一个就是韩老师，他们高举人文精神的大旗，而且是以自己的实践，这差不多二十年来，扎根在中国这个土地上，以文化寻根和人文精神坚守的姿态，由他们自己建构起来的根来向中国也向世界传达了这种精神。所以我们今天就来聆听他，把他的东西跟我们现身说法。

好，我们欢迎。

韩少功：向各位青年朋友们学习，我们今晚上做一个简短的交流。题目在屏幕上已经有了。说实话，我刚才有一点吃惊，发现来的人特别多，让我联想到八十年代，中国有一个叫“文学的井喷时期”。那时候文学期刊动不动就发行几十万甚至百多万，作家走到哪里都很吃香，如同歌坛的“天王”“天后”，可以听到粉丝们的尖叫。当时很多青年广告征婚，都标榜自己“爱好文学，爱好哲学”。但也就是几十年过去，现在如果还有人那样征婚，肯定被好多人看成神经病。在网络上，“文青”似乎已是一个负面用词。江苏电视台有一档征婚节目，相亲男士们如果在那里宣称自己是文学青年，通常被相亲女士们叭叭叭灭灯最快。国外似乎也好不了多少。有时候我们在那里做讲座，来了十来个人，主持人却喜不自胜，说“今天来的人很多了”。

十来个人就算“很多”，这文学未免也太惨了点吧？到底发生了什么情况？

据实而言，从八十年代到现在，文学确实已经发生了很多变化，我们至少可以注意到以下几个方面：

一是文学的认知功能弱化。在没有互联网、电视、广播、报纸的时代，作家几乎是最重要的社会信息报告人，文学是主要的信息工具。那个时候的文学家很幸运，怎么写都有人看，都让人觉得新鲜、珍贵、很有用。思想家荀子说：“天下不治，请陈诗。”这就是说，中央要了解情况，要安邦治国，要发动文学家来写诗，相当于写现在的国情调查报告。汉代出现了一种叫“赋”的文学品种，其特征就是铺陈白描，如果写到华科大，必定是其上如何如何，其下如何如何，其左如何如何，其右如何如何，日月山川，木石虫鱼，面面俱到，不厌其详。欧洲人也差不多。巴尔扎克写一条街道，托尔斯泰写一个修道院，也可以有几页甚至十几页的静态细节描写，使文学具有某种百科全书的性质，含生物学、地理学、建筑学、民俗学等各科知识，有一点“汉赋”的风格。现代读者可能会觉得那些作家过于啰嗦，差不多是话痨，让人不耐烦。其实那时的文学就相当于今天的电视黄金时段，报纸的头条新闻，作家们的“啰嗦”自有正当的理由。当然，时至今日，我们有了文学之外的各种新兴信息工具，了解彼得堡，不一定要通过托尔斯泰的小说；了解巴黎，不一定要通过波德莱尔的诗歌。虽然文学还是多种信息工具之一，还有个性化、具象化、深度化、虚构化等不可替代的长处，但它的垄断地位或霸权地位确实一去不返。电视、互联网的出现，可能给文学书刊的发行量今年划掉一个零，明年再划掉一两个零。强大的新闻业呼风唤雨，已经使文学的认知功能，在很大程度上转移给了其他的信息工具。

二是文学的娱乐功能弱化。我小时候逃学和旷课，常常是因为迷上了一本《水浒传》或《林海雪原》。那时候的娱乐方式不多，因此诗歌就成了美酒，戏剧就成了节日，小说就成了快乐大本营。在《红楼梦》的大观园里，几个富二代偷偷摸摸读《西厢记》，在正人君子眼里就算“不正经”，是“玩物丧志”。诗歌的地位也很低下。宋代学者朱熹曾经誓言“决不写诗”。陆游是大诗人，却需要经常自我惭愧，说自己的诗不过是“闲言语”，大概大家都觉得诗歌属于不正当场所，高大上人士在那里偶然出入，一旦被曝光就有失体面。戏剧、歌星、笑星一类的地位就更低了，一直被列入“倡优”之列、“三教九流”之列，从业者的身份很 low（低），更别说去当“人大代表”“政协委员”。但时至今日，据说一个“娱乐至死”的时代正在到来。娱乐的方式和装备五花八门日新月异，娱乐业成了呼风唤雨牛皮哄哄的朝阳产业。相比之下，四大古典文学名著和唐诗宋词等突然都成了“严肃”文学，“严肃”得像数学，连某些文科学子也觉得这是一种苦差事，一点都不爽。如果不是为了应考升学，他们何必认识鲁迅这种老头子？他们可能更愿意去打电游、蹦迪、K 歌、旅游、看走秀、看球赛……再不济也要玩玩手机。世界各地都有孩子们在抱怨：你看我老爸老妈多坏，周末还要在家里读小说！在这种情况下，文学还有娱乐性吗？还会有粉丝吗？当然还会有。只是没有经过一定训练和教育的人，对文学不一定乐得起来，因此它越来越像一种“小众”产品，其娱乐性正在大量流失，向其他娱乐方式转移而去。

三是文学的教化功能弱化。“教化”这个词可能让很多人不以为然。不过人类与动物的区别，就在于人类是有文化的、有教化的。假如有人说，你叫他亲爹，他给你十块钱，恐怕多数人都不会干；如果这个价码提到一百万，很多人可能就扛不住了。前一个事实，无非是证明绝大多数人还是有道德准则。后一个事实，则证明道德准则高的人不会太多。这个或高或低的弹性准则，显然就是文明教化的结果，不是天上掉下来的。古代欧洲的主要道德教化工具是宗教，但中国除了西藏、新疆等地，汉区的宗教传统偏弱，其替代工具就是四书五经，其中有《诗经》，“诗”也成了“经”，成了最高指示。乡下老百姓讲道理，动不动就会拿关公、岳飞、孙悟空、诸葛亮、包公来说事，实际上去戏剧和小说里找根据，找天经地义和“心灵鸡汤”。这就是学者钱穆所说：中国人“伦理是艺术化的”。也是北大老校长蔡元培所说：中国宗教力量不够强大，因此得“以美育代宗教”。这个美育主要指文艺，当然包括文学。

自进入工业化的现代社会，宗教或儒学逐渐衰颓，文学的教化功能就更被放大了。“上帝死了”，雨果主义、托尔斯泰主义等应运而生，成了上帝的代用品。“打倒孔家店”以后，鲁迅、巴金、郭沫若、茅盾等文学家的作品，曾是一两代人的精神路标，改变了很多人的人生命运。作家在那时候被誉为“人类灵魂的工程师”，想想看，能管理灵魂的，不就是上帝或准上帝吗？不过，这种情况并不是历史常态，至少在眼下，就总体而言，价值观的迷茫和混乱倒好像是首先从文学家那里开始。作家阿来说过：打开你们的手机，查一下各大文学网站排名前十的小说吧，恐怕大多数都是吃喝玩乐，甚至男盗女娼。在很多时候，鼓不鼓励自己的孩子们读小说，已经让很多父母十分纠结。很多人说，这是一个物质化和个人化的“小时代”，文学家根本不必要、也无能力充当精神教主的角色。因此，每一年都有所谓作家财富排行榜炒作得热闹非凡。作为一个作家，我当然希望同行们都吃香喝辣，但财富如果能够成为评价作家成功的一个标准，那么按照同一逻辑，我们是否也该评选最富的公务员、最富的法官、最富的和尚、最富的新闻记者？……如果这些评选显得荒唐，那么有关炒作是否都在向人们发出可疑的价值信号？

综上所述，认知、娱乐、教化三种功能的弱化，是不可回避的事实。其中哪些属于不可逆的变化，哪些属于可逆的变化，不容易看明白。由此产生的困境不全是因为文学界无能，而是因为文化生态正在出现剧烈变化，我们适应也许还需要一个过程。

世界上的变化有两种：一种是可逆的变化，比如秋天过去了，春天还会再来；另一种是不可逆的变化，比如人死了没法复生，脑袋割了没法接上去。一个电子数码化技术的时代，看来就是典型的不可逆变化，就像人类有了纸张以后，无法再回到没有纸张的时代；有了印刷术以后，无法再回到没有印刷术的时代。不过，当这种不可逆变化与可逆变化两相交错，我们又该怎样小心地辨析和把控？事情常常是这样，变中有常，变中有恒，变中有不变。传统形式的小说、散文、诗歌、戏剧看来正在相对收缩，但换一个角度看，作为广义的文字之学，文学似乎反而进入了一个疯长阶段，正在迅速地扩张和繁荣。手机段子不是新的小品？博客是不是新的随笔？流行歌曲是不是新的诗词？电视连续剧是不是新的长篇小说？……这些新产品虽然跨媒体或多媒体，但都富含文学元素，离不开文学的支撑和推动，几乎就是改头换面的文学大升级。既然如此，那我们就得来看一看，有关文学的哪些基础性命题还值得再提一提。

其一，人类永远需要语言文字。多年前，电话普及的时候，很多人担心大家都不写字了，但一旦博客、微博出现，网友们写字其实更多。到后来，电视、视频出现的时候，很多人又认定"读图时代"到来，文字还是可能要作废。不过这种算命仍然不一定靠谱。我们都相信音像技术及其产品将在未来的文化生活中越来越重要，这没错，但钱锺书先生很早以前就说过，任何比喻都没法画出来。比如说爱情，说"爱神之箭射中了我的心"，你怎么画？画一支血淋淋的箭刺穿心脏吗？用"放电”来比喻爱情，同样是不可画，你画一些插头、插座、电线，还是画电闪雷鸣金光四射？文学的修辞之妙，常常表现词语的错接、重组、巧配、虚拟，超越实体原貌和物理逻辑，因此不可画，也不可拍摄，是“读图”够不着的地方。不仅如此，“窗含西岭千秋雪”，这里的窗、岭、雪都可以入图，但“千秋”没法入图。“门泊东吴万里船”，这里的门、吴、船可以入镜，但“万里”同样没法入镜。抽象功能一直是语言文字的优势，是人类智能的最大动力和基本支撑。“社会”“思想”“文化”“代沟”“生产关系”“存在”……这一切抽象概念更无法图像化，只能交付给语言文字来管理。我们无法想象，如果缺少了这些概念，回到一个只有画面和声响的世界，人类社会会是一个什么样子，会不会回到老鼠和猴子的思维状态？

其二，人类永远需要有情有义的价值方向。一个纸醉金迷的物质化时代，是很多特殊原因造成的，不会是人类历史的终点。钱当然很重要，一分钱难倒英雄汉么，但是在温饱线以上，对于个人幸福感来说，钱的边际效应其实会逐步减退。吸毒、犯罪、邪教、精神病等并不全是贫困的产物，恰恰相反，到常常是物质财富增多时的伴生现象。世界卫生组织的专家们已经宣布，精神病眼下已成全球非传染病中的第一大病患，这当然与全球性的价值观混乱密切相关。在这种情况下，我们需要继续警惕伪善，警惕各种有害的意识形态强制，确保人的精神自由。但二十世纪以来几乎失控的恶搞上瘾，无论右派左派的造反成癖，并不能改变这样一种事实：人终究是一种群居生物，需要共存和互助；终究是一种高智能生物，需要文明和精神。在这个意义上，“有情有义”不过是人之为人的一条价值底线。有一次，我在家门口遇到一场车祸，看见一辆高档豪车撞倒一辆自行车，受伤者是那种穿着破旧的农民工。当时围观者议论纷纷，大体上分为两种。一种是说这个开车一看就是有钱人，这次不被狠狠地讹一笔，恐怕脱不了身。另一种是说这个受伤者肯定倒霉，没看见人家范儿足来头大吗，撞了你肯定只能是白撞！事情就是这样奇怪：两种议论者都只关心钱，却不关心地上的流淌的血，没想到首先要去打一二〇急救电话！在座各位中有过乡村生活经验的肯定知道，一只鸡看到另一只鸡被宰杀时也会颤抖的，一头牛看到另一头牛被宰杀时也会流泪的，为什么人看到人血时反而麻木不仁？这是否也是一种意识形态洗脑的结果？如果连人的动物性本能都被统统洗掉了，这种大规模、高强度的洗脑离社会危机还会有多远？

如果文学与一般的娱乐还有所区别的话，价值观的真伪、高下、清浊当然是鲜明的分野，有情有义当然是最重要的识别标志。其实做到这一点并不难，并不需要多少新观念和新技巧，更不需要高成本和高科技。远古人能做到的，现代人没理由做不好。奇怪的是，眼下有些专家对高成本和高科技用心太多，不惜砸重金，不惜拼老命，一个劲地拼浮华、拼奇异、拼明星阵营、拼三 D 和声光电……偏偏对情和义用心太少，对当代生活中情和义的观察、体验、表现、创造用心太少。戏不够，鬼来凑。戏不够，钱来堆。由此产生的文化空心化和快餐化，与这个时代人们普遍的精神空虚正好构成了一体两面。

其三，好作家永远需要经验和学养两种资源。眼下有一些投资文艺创作的“公司”，以为文学生产可以工业化，是一些可能的吸金项目，因此雇一些枪手，包几间套房，收罗一些资料，搞几次策划，再签合同下定金，似乎就可以像流水线一样炮制精品力作了。有些政府首长也相信这种生产方式，动不动就建园区和赏重金，对这种文化建设“大手笔”感觉特舒坦。要说服他们，说文艺不能如此急功近利，靠钱砸不出来，说好多“神剧”和“雷剧”就是这样闹出来的，不是一件容易的事。其实，文学从来没法大跃进，不可能工业化，要不然华尔街为何没有包揽文学奖？一度富得流油的海湾各国，为何也没冒出几打托尔斯泰或曹雪芹？……文学繁荣有赖于各种条件的因缘聚合，特别是依赖作家们的素质，依赖他们亲历性的生命痛感以及刻骨铭心的人生体悟。一般来说，好作家并不是篇篇都好，好作品也不是句句都好，真正构成核心竞争力的，构成作品之魂的那些所谓“诗眼”“文眼”“戏眼”，其实就那么一点点。但正是这个“一点点”，是开花结果的种子，即使在好作家那里也极为稀缺，而且都是一次性消耗，没法用工业化的手段来加以复制，更没法靠金钱来速成和助长。

这种稀缺资源只能靠作者“行万里路”慢慢熬出来的，靠“读万卷书”慢慢酿出来的。“万里路”不是指旅游，是指经验资源的积累。“万卷书”不等于文凭，是指学养资源的积累。这两种资源互生互动，意味着一个系统性的成长过程，甚至“国家不幸诗人幸”，“文章憎命达”，是一个在困顿和危机中的成长过程。眼下，中国正在迈向小康，作家很容易当了——其实也不那么好当了，因为很多人都都市化、精英化、甚至职业化，靠国家供养和市场庞大这双重福利，日子越过越滋润，越过越热闹。我们肯定不忍心再把他们关进“牛棚”，或逼他们去打仗、耕田、扛包、流落街头，甚至混进流寇海盗……但如果他们对生活的体察，仅仅依靠餐桌上刷的几个段子，靠街头几张八卦小报，靠观光式的若干次“下基层”，恐怕是远远不够的。如果他们只是眼红红的要成功，一开始就没想当一个好作家，不愿接受“万里路”和“万卷书”的长期苦熬，那我们就只能干着急。我们就算砸下成千上万的项目经费，恐怕也还是拔苗助长。

据最新的消息，人工智能已经被引人文学创作，比如日本、美国就有人尝试用机器人写诗和写剧本。这有何不可？特别是对那些配方化的、套路化的、类型化的写作而言，眼下的不少“枪手”——以前叫做“文匠”的，差不多就像肉质的机器人，为什么不能机器来替代他们？为什么机器人不可以干得更好、更快捷？机器人既然可以下棋，干掉一个个棋手，当然也可以生产文学，干掉一个个作家。也许可以相信，在各个生产领域，大部分中、低端劳动将来都可能逐步被人工智能接管，文学没有理由例外。但事情有另一面，人类各个生产领域都永远需要高端劳动，需要创造性奇迹，文学同样没有理由例外。生活是文学创作的源泉。如果机器人不能活得像人一样丰富，不能像人一样生老病死、生离死别、沉浮冷暖、恩怨情仇，那就没法提供这种源泉，就只能“聪明”地翻新一些二手货、三手货、四手货，永远停留在快餐化的低端产能。经验和学养这两种资源意味着特定人生的充分蓄积，是生长某种精神奇迹的长期功课，是文学领域里高端劳动的必备前提。至少到目前为止，谢天谢地，机器人对此还力所不及。而人之所以区别于机器人的最终价值和最高价值，用任何逻辑程序不足以模拟的价值，也许正是在这里昭然若揭。

我就说到这里，谢谢大家。

---

* 最初发表于《华中科技大学人文启示录》，2016 年。

性相近，习相远

时间：二〇一六年十一月二十六日

地点：广州　广东外语外贸大学

几十年前，我是一个初中生，遇上“文革”中全国学校的停课，所有的图书馆也一关了之。但学生们的阅读兴趣仍难以遏止。有一天，在空荡荡的校园里，我和几个同学爬墙上梁，摸到校图书馆的上方，破开天花板，当了一回偷书贼。一大包偷走的图书中，有一本叫《红与黑》。

红与黑？是红道与黑道的血拼吗？是一个关于革命与反革命两条路线的斗争故事吗？我后来才知道，这是一本法国小说，与革命和路线八竿子打不着，却居然有令孩子们惊心动魄的爱情与性。从那时起，在我所在的城市，不少图书馆窃案频发，大批印刷物被学生们偷出，进入了民间“黑书”市场，其中包括巴尔扎克、维克多·雨果、莫泊桑、大仲马、小仲马、梅里美、莫里哀、罗曼·罗兰、卢梭、左拉、福楼拜、波德莱尔、兰波、伏尔泰、乔治·桑乃至拉伯雷的作品……这个长长的名单足以证明，法国文学即便在“文革”前的红色中国也蔚为大观。傅雷、王道乾、李健吾、郑克鲁等翻译家的手笔脍炙人口，给读者们展示了一个丰富多彩的文学异域，以致当时任何一位文青——哪怕是红卫兵，若说不出《九三年》或《卡尔曼》，都不大好意思在圈子里混。

遥远的法国与中国似有不解之缘。早在一八九八年，由林纾主译的小仲马《巴黎茶花女遗事》，就是第一本进入国门的西方小说。林纾一生并不懂外文，靠助手口译才得以完成一百多部译作。可以想象，那一代人的破冰之举艰苦卓绝。中文是一种表意文字。包括法文在内的西文是一种表音文字。双方基质大异，长期绝缘，凝聚其中的生活经验被一万多公里的距离所分隔，被数千年的不同历史所分别塑造，要实现一种全口径对接实在太难。林纾的一些译句就曾引起争议："拂袖而去"，欧洲人没有长衫大袖，如何"拂"？"挑灯夜读"，欧洲人不怎么用油灯，如何"挑"？"抓住我的手使劲摇摆"，这一类让后人摸不着头脑的硬译，与其说是出于对原文的误解，更像是文化差异所造成的寻常事故——中国人从无握手这种礼仪，看不懂两手相接"使劲摇摆"大概也情有可原。

在更抽象、更精微的词意层面，中文里的"道"怎么译？英文里的Being（是，在，存在，生命等）怎么译？哪位译者对这一类词语不是望而生畏，直到把自己折腾得抓狂？后来，《马赛曲》《国际歌》在中国山地红军那里得到广泛教唱，正像毛泽东"造反有理"的语录在更后来的法国"红五月"学生运动中引人注目——二十世纪全球化进程中的这激情一幕令人惊异。中法两个民族之间，文化性格的近似值明显偏高，堪称一奇。然而后人不难看出，全球化不等于全球同质化。激情一幕终究没有持续太久。究其原因，双方革命者的相互认同，自有文化、历史、社会等方面的深刻原因；而他们之间的相互误解，同样受限于双方在文化、历史、社会等方面的深刻差异。

《三字经》是中国民间妇孺皆知的启蒙读物。其开篇第二句就是“性相近，习相远”，源于两千多年前孔子的《论语》。有一次我访问印度某大学，应主人的要求解释这一句，曾将其英译为 People are similar in nature, but diverse in culture。即“人们在自然本性上相似，在文化上却多样”。当时我深深震撼和折服于文化先贤这一对人性最重要、最深刻、最精辟的描写，相信即便在全球化时代，这一简洁表达也仍然颠扑不破。就像我后来在一篇文章里所理解的：“人都只有一条命，都只有一个脑袋一个生殖器以及手足四肢，而这一切无论中西并无二致。由此而产生的文化断不会差异到哪里去的。”比如，“勇敢一类美德而不是懦弱一类丑态，在任何一种文化传统里都受到肯定和敬重，没有什么差异可言”。但“在另一方面，人当然也有种族和性别的生理所属，还离不开阶级、行业、社区、国家、地理、历史的种种生存环境，而这一切从古至今都殊分有异，由此产生的文化却实在共同不到哪里去的”。

在这里，“同”和“异”的交织，或说“相近”和“相远”的两重性，决定了文学上可译和不可译的并行不悖，对于文化交流既构成了永恒的动力，也构成了永恒的障碍。眼下，从动漫到立交桥，从快餐到流行音乐，很多文化现象都呈现出更多的全球化风格，相似甚至雷同的面目屡见不鲜，包括有人争相把肤色做白和把头发染黄。即便如此，全球化仍然只是一种全球的“杂种”化，若往细里看，往深里看，这一种“杂”和那一种“杂”，经常杂得不一样，并非那么整齐划一。

比如堕胎、同性恋等议题的敏感性和严重性，差不多是基督教的伴生物，作为特殊的西方文化品种，让中国人不大看得懂。只有当中国读者了解到基督教对同性恋的严厉压制，包括历史上公开动用死刑的迫害，才可能少一些大惊小怪。美国某机构一九九九年评选出《全球同志小说一百强》里无一中国作品，不是因为中国没有同性恋，或缺少相应的文学表现，而是中国对这种行为虽不乏偏见，却缺少基督教的背景，缺少足够的全方位高压强度，相关的逆反也就很难积蓄出巨大能量。从某种意义上说，欧洲历史上揪心的病亡率和低生育率，与中国“人满为患”的国情迥异，则可能构成了这一文化差异后面更为隐秘的物质条件。

同样，一方水土养一方人，养一方文学。现代西方人多见社会组织的多元化，对中国式的“官本位”生活经验较为陌生，因此对中国长盛不衰的“官场小说”也不易找到感觉。不论是着眼正面的“改革小说”，还是着眼负面的“反腐小说”，这些读物大多以神秘的官场内幕、紧张的权斗情节、个人的传奇色彩、强烈的世俗关切，汇聚大众的注意力，满足读者的好奇心，有效拉升相关的发行量，甚至持续占据各种书店的畅销书架——在西方的同类书架，这些读物的替代品通常不过是一些警匪、侦探的故事。

由此可见，不同文明之间可通又不得尽通，“习相远”仍是一种持续的制约。无论全球化潮流如何覆盖，歌德所提倡的“世界文学”仍会短斤少两，表里有别，亦有亦无。受制于传统和现实的各自引力，全球文化产出并不能一一对齐，包括各种衰减或放大机制、诱发或屏蔽机制、幻化或扭曲机制，总是会隐伏在文明的纵深，造成不同文化之间某些兴奋点和理解力的错位，造成各种对外文化误读，使人类一次次再度面临精神裂痕。

当然，人们大概不必过于沮丧。事实上，若无统一的标尺，世人就无法测出谁高谁低。若无相同的视觉神经，世人也没法区分你黑我白。这话的意思是，人类对真善美的基本价值认同，作为区分差异的"标尺"和"神经"，一开始就是四海同理天下共约的，一开始就是天生天然"全球化"的——哪怕世界上从无道路、海船、互联网一类交流工具。换句话说，"性相近"构成了辨识"习相远"的前提。林纾甚至认为："欧洲小说与中国古文义法完全相通。"这种惊人判断至少也说对了一半，否则我们就没法解释翻译的强大动力为何源源不断，没法解释每一种文化对异质文化从来并不缺乏兼容性。作为这种说法的新近证明之一，是出版商业化及其相关质疑正成为当下遍及全球的议题，也几乎是天然"全球化"的——那种商业化，以疯狂逐利为普遍特征，正在支持一种低俗、弱智、势利、虚情假意的比赛，拉出了一道明显的文明下行线，于是独立变成冷漠，怀疑变成虚无，自由变成轻狂，狗血再狗血成了不少文化奸商的吸金利器，几乎印证了半个多世纪前葡萄牙作家佩索阿的警告："在现代生活中……正确的生活和成功，是争得一个人进入疯人院所需要的同等资格：不道德、轻度狂躁以及思考的无能。"（见《惶然录》，一九九一年英译版）当下宗教之间、族群之间、政派之间、发展模式之间常见的偏执敌意，总是离不开这一类垃圾文化的兴风作浪，比如国人纷纷唾弃却层出不穷的抗日“神剧”，其最大的危害，只能是增加中国受众对日本的厌恶，同时增加日本受众对中国的厌恶。这肯定是军国主义亡灵最为高兴的结果。

不同程度和五花八门的“神剧”化，无论是夸张自我还是社会，无论是折腾恋情还是科幻，作为文化工业的必然产物，正在侵蚀文明根基。这是一个全球性困境。我的很多同行对此都表现出忧虑、困惑、自省以及顽强抗争。毫无疑问，他们当中既有中国人，也有法国人、德国人、韩国人、印度人、阿拉伯人……在这一刻，他们以不约而同的表情和劳作，实现了全球化时代不约而同的精神聚集。

在这一刻，肤色、语种、习俗等都不太重要了，他们也许可以说：

今夜我们都是人。

这个世界有男人和女人，富人和穷人，中国人和法国人，如此等等。但还有一种重要的区分标准：有心肝的人和没心肝的人。这种区别可能比地缘性的文化区别更为重要，也更加难办。

* 最初发表于2016年广东外语外贸大学“作家、翻译家、批评家高端论坛”。

文理互盲，还是文理互补

——在北大网文论坛的讲话

时间：二〇一七年三月三十一日

地点：北京　北京大学中文系

主持人邵燕君：

二〇〇四年我在北大做了一个评刊论坛，带着一帮学生逐年评点最重要的、有创新性的代表作。那一年，我们选的年度作家就是韩少功老师。为什么？因为他那一年他发了四篇小说，每一篇都在不同向度有形式的创新。

评刊工作做了六年，后来不做了。说得白一点，我带不动学生了。八〇后、八五后的学生进来了，迫于学院体制的压力跟着我读，但知识背景已经完全不一样了。我非常切近地感觉到文学的生产机制发生了重大变化。之后我就开始跟他们混在一起，做他们喜欢的东西，刚开始是网络文学，后来是动漫，现在也开游戏课。就像当年您写《马桥词典》一样，一开始我听不懂他们讲话。下课请他们吃饭，让他们“现在说你们自己的话吧”。结果那一顿饭我完全听不懂，不管是他们讲的内容，还是他们用的黑话，我全听不懂。

就像您当年做《马桥词典》，后来经过我们五六年的努力，做成了现在给您看的《破壁书》，就是从亚文化、二次元粉丝文化的各个部落各整理了一套黑话，做成了一部词典。我们有一个最自然的参照、致敬的对象，就是韩老师一九九六年出版的《马桥词典》，它是寻根文学十年之后的硕果。

这算是第二次跟韩老师无意间相逢。没想到，我们这个学期正在做一个研究，本来是关于网络文学抄袭，后来我们发现了背后的软件写作问题。这个问题跟我们此前研究的关于网络文学与整个二次元文化的数据库写作、人工智能、VR 又深切地相连。正当觉得阻力很大的时候，我们突然看到了您的《当机器人成立作家协会》，韩老师又一次走在我们前面，我们又碰到一起了。机缘巧合，我赶紧就抓住机会，把韩老师劫持到我们这里，来跟我们进行深入的讨论。

刚才都是闲话，下面就请韩老师给我们讲一下他最新的想法。

韩少功：

我是来求教的。刚才邵老师讲的那一篇文章，暂定《读书》杂志第五期发表，已提前给一些同学传阅了。（邵：都给了。）那么我今天就不再重复，而是想从一个更大的角度，把人工智能稍微扩大到高科技，看一看高科技时代里文学的处境与可能，看一看文学的主体和客体都可能发生哪些变化。我想至少得注意三点：

第一，科技一直在改变文学以及文化的生态

科技与文学其实关系十分密切。我举两个例子。一是纸张的发明。很多人曾说中国以前没有史诗，事实上，藏族有《格萨尔王》、蒙族有《江格尔》、苗族有《亚鲁王》《开天辟地》，都是长篇史诗。汉族好像确实没有史诗，钱穆先生的解释是，原因是纸张发明早。近几十年的考古发现，证明中国的西汉纸远在蔡伦之前几百年就出现了，就使用了，因为方便书写，不必依赖口传的方式，因此《史记》《汉书》等就成了汉族的史诗。欧洲当然不一样，直到十三世纪以前主要是用羊皮纸，既昂贵又笨重，所以他们古代的文学，从史诗到悲剧，主要靠口耳相传的方式，书写是他们的短板。亚里士多德谈 poetry 有六个标准，台词、情节、人物、主题、场景、声调——完全是一种“剧”的概念，是叙事性的说唱作品，与我们说的“诗”相差较远。总之，欧洲与中国在文学体裁、继而在文学传统方面有明显区别，背后看不见的推手就是纸张。

再举一个艺术上的例子： 绘画。工业时代以前，欧洲的画种主要有二，一是肖像画，二是风景画——当然还有一些宣传宗教的壁画。出现巨大的改变，是在工业革命带来的新技术，特别是视觉领域里照相机的出现，让风景画、肖像画几乎突然就变得多余。后来出现塞尚的印象派、马蒂斯、毕加索等人的超现实主义，都是弱化纪实功能，用中国人的说法，是从“写实”转向“写意”。俄国、中国后来的油画风格潮流

大变，比欧洲晚了一两拍，但也是不得不变，我们现在去中央美院看，很多大一学生也不画素描了。当然，喜欢纪实的、工笔的，就像文学中就喜欢格律诗的，还会有，还可能出现天才，但从总的潮流来看，照相机也是一只看不见的推手，最终逼得绘画艺术的生态体系大为改观。

由此看来，文科生切不可以为科技与自己没关系。

第二，新科技正在改变什么

我不是科技方面的专家，仅仅是与大家做一点杂感式交流，谈一些现象。有一位记者说我善于“前瞻”。哪有什么“前瞻”呢？都是当下已经发生的事。

比如说空间。通讯技术对我们的时空感觉改变最大。我们经常不知道邻居是谁，甚至连亲人都疏远，但地球那一方的某个人可能从早到晚都在与我密切联系，“天涯”与“比邻”在普遍交换位置。以前的文化差异经常是由地缘因素决定，什么南方/北方，亚洲/欧洲，等等。但现在地缘差异越来越小，倒是时间差异、代际差异越来越多。就像刚才邵老师一直在强调八五后、九〇后——哪怕相差几年，都可能造成语言上不相通。网上一个八〇后在一堆九〇后里插话，九〇后可能会说，骨灰级的，一边去。学术体制好像没跟上这种变化。社科院有英国研究所、美国研究所、阿拉伯研究……有没有八十年代研究所、九十年代研究所、一九九五后研究所？

超地缘、超代际的差异也在虚拟空间生成和加剧，暂时叫“网群差异”吧。一方面，是互联网促进全球化，不光中国的孩子追韩剧、美剧，好多国外人也在追中国的网络小说。另一方面，互联网也催生“逆全球化”的强大力量。比如，以前很多国人移居海外后，特别想融入当地主流文化，学外语、交外国朋友、建立当地人脉，好发展自己的事业。倒是现在有了微信，成天活在同胞、老乡的圈子里。我有一个在美国生活了几十年的亲戚，现在每天发十几条湖南的消息，比我还像湖南人。很多海外华人的圈子越来越封闭，完全成了在海外的飞地型和孤岛型的文化群落。据说西方的很多中东、中亚难民也有这种情况，通过社交软件，天天讨论《古兰经》，把欧美的基督徒们给急死。西方曾经大为自信的文化同化能力，曾经美好的全球化愿景，突然被微信这种东西大打了折扣。

再说说知识。互联网等新工具使我们学习越来越方便，知识越来越多，据说将来可用纳米材料做成超微芯片，直接植入人体，省去我们的潜心苦读，省去所有的学校。但也并不全是好消息。比如，我们很多知识都是来自屏幕，很多人是屏幕面前长大的一代，脱离社会、脱离实践的时间越来越长。以前中学毕业就是知识分子，可以开始工作。现在呢，从幼儿班开始，三十多岁还是博士后，几乎半辈子在校园里。我在哈佛大学还见过一个五十出头的老博士生在那里混。不是说实践产生知识和激活知识吗？你要知道梨子的滋味，就必须尝一口梨子。但是现在“梨子的滋味”都产生于书本和屏幕，用一百本书产生第一百零一本书，从 1000 G 文件产生第 1001 G 文件，“知道分子”满天下。知识的碎片化、复制化让人担忧。有一个中国作家写了一部小说，说的是女大学生晚上卖身。其实这故事来自小报上一篇关于日本的报道。凑巧的是，小说发表两三年后，一个日本学者又根据这个小说，写了一篇论文，进而研究整个亚洲的什么什么……一个二手变三手、三手变四手的知识旅行就这样形成了，知识的不断镜像复制就这样形成了。记者、作家、学者在这一过程中都各得其利，但这对社会有什么好处？是不是反而伏下了某种风险？

我以前还只是担心文科太脱离社会和实践，以为理工科毕竟有实验、有实习，比文科要好。但我有位年轻人从美国回来告诉我，眼下很多理工科的实验们也掺水了。以前是用很“原始”的方法做实验，比如，手工操作量杯、试管、试剂，虽有点危险性，但化学实验的体会很深刻，入心入脑。现在呢，大多用模块化的、半成品，甚至半智能化的工具来做实验，就像用傻瓜照相机来学摄影，安是安全了，顺是顺利了，摄影到底学得怎么样呢？对光圈、速度、聚焦等技术要点领会得如何？恐怕是有疑问的。

再来谈谈民生。最近很多媒体和专家在热议人工智能。凯文·凯利最近有三本书在中国翻译出版，其中有一本叫《out of control（失控）》。他是个乐观派，说像维基百科这种东西，大家参与编写都不要钱，使用也不付费，这叫“数字化的社会主义”，好像个个都是活雷锋。马云还说：现在有了大数据，搞计划经济毫无问题。不过知其一，还得知其二。机器曾经替代我们的体力，现在开始替代我们的智力。好事吗？好事，大家更有闲工夫爽一把了？生产效率还会突飞猛进？但由此而来的就业问题可能就比较难办。特朗普在美国上台，雄心勃勃的目标之一就是为美国人创造更多就业。当年美国一个高中毕业生就可以当上中产阶级，赚很多的钱。全球化之后，那种好日子慢慢不见了。很多工作机会流失国外，被日本人、中国人、韩国人、印度人抢走了。其实专家们说，特朗普更大的克星是人工智能。即便这些工作机会今后能回到美国，也不会落到那些高中毕业生手上。郭台铭说，他在中国大陆雇佣了几十万工人，五年之内要裁减掉百分之九十，他的富士康将变成“黑灯工厂”。他去美国会不会也使这一招？

我在文章里也提到，二〇一六年底谷歌宣布他们新一代的翻译机出现，减少旧式翻译机的毛病百分之六十以上。今后除了文学翻译比较难搞定，一般的商务翻译、新闻翻译、旅游翻译大概都可以搞定，那么外语系的孩子还有多少能就业？中文系也很悬。现在很多报社已经开始用机器人写新闻稿，保险公司、司法机构、社会团体等也开始使用机器人秘书。即便是最低一等的，那些兜底性的再就业岗位，保安、保洁什么的也可能好景不长。有人脸识别、指纹识别的软件，完全可以机器化，将不需要那么多保安。保洁可以用扫地机，我女儿家里就有个扫地宝宝，很便宜，没电了它还能自动找插头充电。报纸上有两个数据，一是估计以后百分之九十九的人要失业，二是估计失业率在百分之四十二以上。但不管哪一个数据，都会让整个社会玩不下去。别说社会主义，资本主义也玩不了。你让这些失业者都去干什么？晒太阳、斗地主、跑马拉松？或者都可以白吃白喝？如果那样，干活的人又怎么心理平衡？

最后谈谈价值。基因技术给我们带来了福音，一些以前不能治的病现在可以治了，一些不孕不育的问题可望解决，新的植物、动物、微生物说不定能给人类带来极大的福利，让生活焕然一新。但转基因食品到底是否安全，至今还闹得沸沸扬扬的。更重要的，有一个以色列的学者尤瓦尔·赫拉利，写了一本《人类简史》，一本《未来简史》，在中国都出版了。他是比较悲观的，认为基因技术一旦同市场化原则结合起来，就会造成“生物等级制”。有钱人可以买优秀基因，穷光蛋就只能基因低劣，基因优化权掌握在富人手上，很多人一开始就输在娘肚子里。他说，“我们可能正在打造一个史上最不平等的社会”。

这件事与文科的尤其意义重大。因为人文人文，文科就是人科，文学就是人学，以尊重人类生命为最重要的价值前提，以人道主义为天经地义的立身之本。所谓真，就是确保人类的认知可靠。所谓善，就是追求人类的利益共享。所谓美，就是提供人类感官的愉悦形式。这一切都是围绕人展开的。如果基因技术推出各种仿生产品和类人产品，那它们还算不算“人”？如果那些活物不是来自父母，不过是基因公司的产品，五腑六脏、手足四肢都不过是纳米材料、或其他生物材料，那它们还能不能享有“人权”？伤害一个这样的产品，是犯有反人类罪呢，还是同抛弃一台电脑差不多？高规格和低规格不同配置的基因产品，在“人格”上该平等吗？不断的修补和置换，可以让很多产品不“死”，那么“生”又有什么值得大吹大擂？如果无性、无婚、无亲、无伦的活体产品满天下，那么以“爱”与“死”为永恒主题的文学还有何用，还能让人读得懂？……美国一个大发明家库兹韦尔，说二〇四五年前将实现碳基生物和硅基生物的完全融合，就是人和机器的完全融合。如果他说对了，赌对了，人类漫长的文科历史——包括你们研究的网络文学，差不多就进入死亡倒计时了。

第三，人文精神再次面临十字路口

按照库兹韦尔的说法，新科技不是在扮演上帝，而是已经成为上帝。问题只是在于，新的上帝是否足够仁慈？我们似乎不知道，很难知道。

也许我们眼下只有两种选择：

一是文理互盲，精神危机。因为现代教育体制分科太细、太窄，现在很多文科生无视科技，不懂科技，大概是“君子不器”吧，以为只有一口文艺腔才是高大上，用法文或英文谈点诗歌、戏剧才有范儿，才有×格。与此同时，不少理科生特别迷信科技，认为科技能解决一切问题，其实是用一种对待宗教的态度来对待科学，在我的文章里，被称为“数理逻辑的一神教”。比如，不少专家用医学、生理学来处理社会和精神的问题，说有人不快活，是缺少快乐的基因，说美国人选择当民主党还是共和党，那也是基因方面的问题，是他们的祖宗就决定了的。这也太扯了吧？经济学家们不懂数理方程，都没法在圈子里混，都没法开口。但特朗普上台，你们用那些个方程测算成功没有？二〇〇八年金融危机，你们那些数理逻辑的伟大作用上哪儿去了呢？

十八世纪以后，所谓“上帝死了”，人文学科兴旺并取而代之。没想到，眼下全球性的宗教、邪教大举回潮，甚至极端主义的原教旨化。和尚道士、神父牧师很吃香，眼下家里稍有几个钱的，都要在墙上挂个金刚经或心经，结交一两个仁波切，似乎信仰问题要重新交给神学来解决。人文知识分子干什么去了？他们的影响力、感召力、说服力到哪儿去了？按照世界卫生组织公布的数据，精神病的人数正在不断地攀高，二〇〇五年到二〇一五年的十年之间就增加了百分之十八，每年造成自杀人口一百多万。一方面是高度物质化，另一方面是重新神学化，这已经构成了人类精神危机的基本面貌。

另一种选择是文理互补、重建价值——也是我觉得正确的选择。我们是人，按照庄子说的，“物物而不物于物”，掌握新科技，是要走科技服务人类的正道。既要警惕物质化，又要防止神学化。既不要迷信科技，又不可拒绝、害怕、远离科技。其实我们作为人，并不需要事事都高科技。比如我吃饭，有一双筷子就行，如果给我一个吃饭的机器，我肯定不高兴。我散步、打拳、跑马拉松，也都很低科技，用不着用高科技武装到牙齿。再说，作为一种精神体，我们价值观的创造和坚守，也不一定非高科技不可。李白用毛笔写诗，我们用电脑来写，就一定写得过他？当然，从总的方面来看，文、理双方总是互相滋养、互相渗透、互相推进的。凯文·凯利说，人工智能是“人类的孩子”，需要人类不断给它“灌输价值观”，因为辨识和创造价值观，是人类的长项和优势，恐怕永远无法被机器人所取代。凯文·凯利这种援文入理的态度，是一个有智慧的启示。

启蒙时代以前，人类很多时候靠神学来管理价值观，后来因得益于科技的发展，现代人文学科成长起来，才以文科取代了神学，即尼采说的“上帝死了”。与此同时，也是得益于现代人文学科的发展，科技反过来也有了突破性进展。美国科学史家托马斯·库恩有一本著名的书，《科学革命的结构》。他在书中指出，当年哥白尼的日心说、达尔文的进化论等，并不是来自一个逻辑实证主义的直线积累过程，而取决于新旧“范式”的更迭，取决于这种更迭后面人类主体的心理变化。很多时候，在不利证据更多的情况下，新范式也可能因社会心理、文化潮流、意识形态的变化，实现不可思议的不战而胜。这就证明，人文也一直在促进科技。

库恩这本书被视为二十世纪最有影响力的五本哲学著作之一。它向我们展示了一个文理互补、重建价值的黄金时代。有意思的是，为什么到了二十一世纪的今天，文、理双方反而要那样傲骄，要互相关上大门呢？为什么要那样怯于承认自己知识专业的有限性，不愿以更大的视野来关切当代的重大问题，特别是价值观的重建问题呢？这里面是否多多少少已经暗藏了一些准神学的态度？

没有科技的文科，只能是变种神学。

没有人文的科学，也只能是变种神学。

听说在座的有文科生，有理科生，这很好。虽然我们各有专攻，但就像古人说的，为术有别，为道相通。我们只有在互相补充、滋养、推进中，才能做出非常有意义的工作，迈过二十一世纪这一道大坎。

谢谢大家。

文学经典的形成与阅读

时间：二〇一七年四月二日

地点：北京　北京师范大学国际写作中心

我们身处一个信息爆炸时代。每天产生的文学产品几乎都是天量，铺天盖地，排山倒海，你花一辈子也可能读不完。在这种情况下，也许大家都会同意，应该择优而读，以便提高读书效率，防止精力和时间的浪费。

那么问题来了：什么是“优”？什么是经典？

今天，我们不妨就这个问题略加讨论。

一　什么是经典

所谓“经典”，只是一个弹性概念，一直缺乏精确的、公认的、恒定的定义尺度。首先，市场空间能成为一个衡量标准吗？不能。民国时期的张恨水，鸳鸯蝴蝶派大师，畅销书第一人，其作品发行量总是百倍、甚至千倍地超过鲁迅，但他在文学史上的地位，与鲁迅没法同日而语。艺术上相似的例子，有韩国的“鸟叔”，以“江南 style”骑马舞风靡全球，连美国总统奥巴马也跳，其实就是中国人早就跳过的，《草原上的红卫兵见到毛主席》那种。他肯定是个成功人士，但大概不会有人把他当作一个舞蹈家，不可能拿他与杨丽萍等相提并论。接下来，作品长度能成为经典的一个衡量标准吗？也不能。四书五经——五经稍长一点，就说四书吧，还有《圣经》，唐诗宋词，都篇幅短小，但它们的经典地位无可怀疑。法国的梅里美、俄国的契诃夫、中国的鲁迅、阿根廷的博尔赫斯，都没写过长篇小说，但文学史不可能把他们的名字给漏掉。最后，一时的名声地位和社会影响，似乎也不能成为经典的衡量标准。诗人陶渊明生前名气并不大，钟嵘撰《诗品》，只是把他列为“中品”。他受到推崇是宋代以后的事。孔子似乎比陶渊明更倒霉，生前到处投奔，到处碰壁，有时连饭也混不上，自我描述为“丧家之犬”。他被统治精英集团重新发现，重新加以包装和营销，奉为儒家圣人，是在他逝世几百年后的事。

我们排除上述假标准以后，当然不是不可以设定经典的大致标准。我试了一下，想提出这样三条：

一是创新的难度。前人说过，第一个把女人比作花的是天才，第二个这样做的是庸才，第三个这样做的是蠢才。由此可见创新之可贵。创新是经典作品的首要特征。古典小说《西游记》，实现动物、人类、神鬼的三位一体。虽说此前的《淮南子》《山海经》已含有零散的神话叙事，但像《西游记》这样大规模的神话作品，不能不说是一个大创意，上了一个大台阶，你不服不行。在英美社会的多次经典小说评选中，乔伊斯《尤利西斯》的排名不是第一就是第二。其实这本书对于一般读者来说很难读，我就没读完过。但它被很多人推崇备至，如果有什么道理的话，恐怕就在于它的意识流手法，深入到人类的潜意识，揭破了幽暗、迷乱、但非常真实的另一个精神空间。同时代的伍尔芙、福克纳也尝试过，但乔伊斯做得更彻底、更高难、更丰富多彩，因此成了一座里程碑，绕不过去的一个大块头。

二是价值的高度。创新不是猎奇和搞怪。创新贵在思想艺术的内涵，看作者能回应人类重大的精神问题。中国汉代有个东方朔，是那个时代的笑星，段子王。如果拿他和另一个笑星卓别林相比，相信大家都会觉得高下立见。卓别林不光是搞笑，不光是娱人耳目，他的《摩登时代》批评工业化对人的“异化”，至今还是深刻的启示，能与黑领、蓝领、白领打工仔们的现实感受接轨。他的《大独裁者》抗议法西斯主义和极权专制，发出了时代的最强音。我还看过他晚期的一个作品《舞台生涯》，风格大异，差不多是悲剧。这样，他的笑不止是反讽，经常透出同情、悲伤、愤怒、深思，有很多层次，有多方面的才华释放，显然把那些只会挤眉弄眼的二、三流笑星甩下了几条街。同样道理，我们也可以比较一下谢灵运与陶渊明。谢是著名的山水诗人，他那些诗虽然华丽，虽然优雅，但好像都是旅游诗，是在度假村里写出来的，多少有些花式小资的气味。陶渊明就厚重和宽广得多。他的诗里有劳动，有民众，有情怀与气节。“盥濯息檐下”，这一句是说收工回来，在屋檐下接水，洗洗脸，洗洗脚。“壶浆劳近邻”，这一句是说提一壶米酒或汤水，找农友们聚饮和聊天。想想看，如果没有深切的乡村感受，没在艰难困苦中摸爬滚打，这些句子如何能写得出来？

三是共鸣的广度。这里的“广度”，不是指曲低和众的那种畅销和流行，而是指作品具有跨越时代和地域的能力，跨越阶级、民族、宗教的能力，具有某种普适性与恒久性。鲁迅《阿Q正传》里的主人公就是这样一个文学典型。其“精神胜利法”，以前被人们说成是“国民性”，其实哪止是“国民性”呢，应该说在哪里都有，在哪个时代都有，是一种人类普遍的精神弱点。塞万提斯笔下的《堂·吉诃德》也是一个老“梗”。我们现在看到那些一厢情愿、不自量力、入戏太深的家伙，那些自恋和自大的家伙，通常还会说“这就是个堂·诘诃德”——可见这一形象已深入人心，可能长久留存于人们的记忆。需要说一下的是，这些作品普适天下，并不是因为作者一开始就四处讨好，八面溜光，擅长文学的公共关系。事实上，他们都有强烈的个性，甚至有特定的阶级立场、民族认同、宗教倾向，在有些读者那里可能形成接受障碍。只是他们的文学超丰富，以至对于读者来说，它们的一些异味和苦味已可忽略不计。我们现在读李白和杜甫，几乎不在乎他们是否“愚忠”。我们现在读莎士比亚，也几乎不在乎他是否轻视女性，是不是个“直男癌”。

我暂时想到的就是这三条。

在实际的创作中，这三美俱全当然不容易做到，但一个经典或接近经典的作品，至少要在一两条上达标吧，由此才能产生那些奠基性的、指标性的、具有核心竞争力的文学成果，即我们所说的经典。

在这里，标准可粗可细。你们也可以拿出你们的标准。我这三条并不能保证你们考试得分，你们不必记录，不必在意。意大利作家卡尔维诺曾提出经典的十四条标准，有兴趣的同学不妨也去找来看看。其中有一条是这样：经典不是你在读的书，而是你正在重读的书。我看这一条就很不错，可能是我们日常生活中一个很实用、很简便的鉴别方法。

二　经典如何形成

经典来自一个经典化的过程，常借助文学史、教科书、词典等权威工具的认定。应当指出，这种认定总是来自于一种建构与和淘汰两种力量的对冲，即一个“加法”与“减法”反复博弈的过程。

先来说说“加法”。

政治可以做加法。二十世纪中国有两个著名的女作家，丁玲与张爱玲，所谓二“玲”。两人又都写过以土改为题材的小说。前者叫《太阳照在桑干河上》，在大陆受到热捧，获得了斯大林文学奖；后者叫《秧歌》，在海峡对岸受到热捧，被某本文学史誉为“史上最优秀的小说”，胡适也称之为“不朽之作”。显然，这些热捧都有政治意识形态的背景，来自不同的政治营垒。时过境迁，现在已很少有人再去阅读这些作品。回过头去看，我们会觉这二“玲”虽在意识形态上对立，其实都是都市富家才女，都不大了解乡村和农民，不合适写这种土改题材，至少在我个人看来，写得生硬、单薄、概念化，在所难免。她们可获得一时的宣传效果，但随着时间推移，其作品的光环难免逐渐黯淡。

金钱也可以做加法。我读过台湾导演李安的一本自传。书中说到当年营销电影《卧虎藏龙》。据说光是营销策划书叠起来，就有一米多高。四个营销团队，配上各种翻译人才，分头扫荡全球各大洲。最忙的时候李安一天要接触十几拨媒体，说得自己喉干舌燥。整整一年下来，游说、宣讲、研讨、广告……这全都是烧钱。他们最后成功了，影片获得奥斯卡奖，但这个获奖背后，金钱的作用不言而喻。据说，眼下的烧钱的方法更多了。为了炒热某部作品，动员媒体，请出专家，组织活动，广告轰炸，制造新闻，操纵网上“水军”发帖和打分，安排粉丝献花、献吻、尖叫、泪奔、人海沸腾，甚至给票房、收视率、排行榜造假，这一切都是某些公司的设计和投入，一切都是钱。资本过去就没闲着，眼下更在文化领域里扮演越来越活跃的角色。

宗教也可以做加法。阿凡提是一个文学典型，一个民间智者的形象，在维吾尔族地区几乎家喻户晓。其实在辽阔的伊斯兰文化覆盖区，在乌兹别克斯坦、伊朗、阿拉伯半岛、土耳其等地都有他的陵墓、故居以及纪念物，可见他的影响范围之广。但基督教地区的读者对这个名字大多会陌生，为什么？因为在文学影响力的构成中，有宗教因素的权重。更极端的例子是拉什迪的小说《撒旦诗篇》。很多伊斯兰教民认为它严重亵渎和冒犯了真主，非常愤怒。伊朗甚至悬赏追杀作者，为此引起外交危机，与多个西方国家断交。相反，某西方国家却让这本书获得重奖，使之一时间成为最为热门的畅销书。由此看出，在一个作品是否经典化的问题上，宗教有时也没闲着。

最后，知识界当然在做最重要的加法。知识群体并非一个统一整体，各有各的生存依附机制，但就其职业特点、身份处境来说，还是有一些相近之处。他们像一群棋友，日深月久之后，也会形成共同的兴趣传统，还有大致的游戏规则。如果我们去草根民众那里做一个调查，可发现他们更喜欢《水浒传》和《三国演义》。我的好几位底层亲戚就觉得《红楼梦》没多大意思，成天喝酒、吟诗、生闲气，闷不闷呢？《红楼梦》最终在四大古典小说中位置最高，看来完全是知识群体的偏好所决定。且不说曹雪芹的文字修养，就说那些喝酒、吟诗、生闲气、人生悲情等，读书人偏偏就懂这个，就喜欢这个。中国古代的知识精英，大多是男性，一有科举梦，二有美人梦。一部《红楼梦》触动了他们最敏感的伤口，最“闷骚”的几寸柔肠，戳到了他们的“点”。这与“帝王将相”“才子佳人”戏最受他们欢迎，是一个道理。我们把这一点说破，很重要。文学主要是属于读书人的，是由读书人来创作、来传播、来评论、来教学、来写入历史的，因此在一般情况下，他们掌握了最大的话语权。更展开一点说，是中产阶级或中等阶级，这个文学最大的生产群体和消费群体，这个有闲、有小钱、有文化的群体，掌握了最大的话语权。

法国哲学家福柯（Michel Foucault）有一个重要观点，认为知识并不是中立的、纯洁的、所谓“天下公器”那样的，而是权力运作的结果。这一发现深刻影响了二十世纪以来全球的思想潮流，也有助于我们看清文学经典化过程中的权力之手，即政治、金钱、宗教、知识精英的作用，以及这些权力之间的相互博弈。当然，对福柯可作补充的是，这些权力并非无所不能，也并不能做到一劳永逸。事实上，随着时间的推移，这些权力因素总是被逐渐消解，“加法”是可以被“减法”对冲的。换句话说，一个文学作品能否立得住，最终还是靠思想与艺术的硬道理。一切质量不够的作品，即在创新难度、价值高度、共鸣广度等方面不够达标的，在一个较长时段的沉淀后，最可能被主流民意排除出局。我要说的一个例子是芭蕾舞剧《红色娘子军》。它是“文革”时期的八大样板戏之一，不能说没有一点意识形态的背景和色彩。不过当“文革”这一页翻过去，极“左”的意识形态被消解，像《海港》《龙江颂》等样板戏完全被人们遗忘，《红色娘子军》却是一个例外。它一直在演，一直受到欢迎。我每次看演出，几乎都听到观众们潮水般的热烈鼓掌。特别是它的音乐，出自吴祖强等作曲家之手，确实很精彩，确实很有力量，至今在网上也是下载的热点曲目。在时间这个减法大师面前，在主流民意这个无情的减法大师面前，这个作品成功经受住了考验。这就是说，同样借助了“加法”的作品，能否挺过“减法”的淘汰，结果大不一样。

一般来说，在经典化的过程中，建构是人为的，淘汰却是自然的；“加法”是偶然的，“减法”却是必然的。因此经典化必是一个动态过程。每一本文学史都不是终点，都不是最终判决，都可能被后来N本文学史改写。在这里，时间是必要的检验条件。借用卡尔维诺的话，被“重读”是经典的一个重要特征。那么，这是指什么意义下的重读？是一天之后的重读？还是一周之后？一个月之后？……我以为，较为可靠的门槛，至少是十年，最好是三十年。这就是说，三十年后还能被人们重读和再议的作品，能够成功经受三十年“减法”考验的作品，大概才有了经典的起码资格。

三　如何阅读经典

现在很多青年觉得经典作品难读，不好读。要解决这一问题，不仅得避免自己被流行文化快餐败坏口味，可能还要注意一些方法。

一、现场还原。经典大多是前人的作品，总是呈现不同的社会环境和生活方式，与当下读者有经验隔膜。要克服这种隔膜，需要我们发挥一点想象力，设身处地，知人论世，在阅读时尽可能还原当时的现场，减少进入作品的障碍。眼下活在都市的人，习惯于使用煤气和电磁炉，从没烧过秸秆和柴禾，对“人烟”这个词可能不会有多少感觉。他们从未经历过乡村生活和农业文明，一看到冒“烟”，那还不打电话119报警？当代人习惯于手机视频通话，大概也不容易对长相思、长相忆、长相恋这一类苦情找到感觉，不容易对渡口、远帆、归雁、家书这一类意象怦然心动。还有文学手法的差异也是这样。我曾说过，汉赋作家们为何那样喜欢白描铺陈？托尔斯泰、巴尔扎克为什么那样喜欢写静物，写个街道或修道院，一写就好几页？他们这样写是不是太啰嗦？要知道，那时候他们没有电视，汉代人更没有照相机，作家是让人们了解异域世界的主要责任人。他们不那样“啰嗦”，不那样详细报告，读者可能还不答应，还不满足。他们那样写的合理性，只有放到当时的现场里，才能被我们同情地理解。

二、心智对接。作为现代人，我们不必牛皮哄哄，以为自己有了飞机和电脑，就在一切方面都远超前人。其实，财富、科技是可积累的，是直线进步的，是不妨厚今薄古的，而在道德、智慧等方面却未必。挪威剧作家易卜生的《玩偶之家》，聚焦于女性地位：一个不愿成为男人“玩偶”的新女性，如何打破自己的婚姻困境。鲁迅后来写过一篇《娜拉走后怎样》，继续讨论这一话题。现在时间过去了一两百年，那个时代早已翻篇，但易卜生、鲁迅所说的问题解决了吗？看看时下的电视剧，有多少个新款“娜拉”还有那里哭哭泣泣，叫叫喊喊，一言不合就出走，不是去西藏就是去海南。据几天前报上公布的数据，全国一年之内有五百多万例离婚案，涉及一千多万人，如果以十年计，就是一亿多人。这里面自觉悲愤、深感茫然的“娜拉”何止千万！不难看出，不管生活在什么时代，不论财富和科技积累到什么程度，人的生老病死、恩怨情仇、穷达沉浮，都面临一些长久甚至永恒的难题。前人和我们差不多是同一张试卷面前的考生。那么，如果读经典是有意义的话，无非是这些作品提供了前人的经验和智慧，能给我们帮助。如果我们面对人生考题不得其解，能与前辈同学切磋一番，或向他们打一个“求助电话”，何乐而不为？在这个意义上，读经典就是读自己，读自己的难事和大事，这样才可能读出一种饥渴感和兴奋感。

三、多元互补。经典并非绝对真理，并非万能和终极，而且各有局限与缺失。好药没有用好的话，就是毒药。所以正确的态度应该是“好而知其短”，不要相信一个药方可以包治百病，可以包打天下。

一个小学生，没有恋爱经历，读《红楼梦》肯定是不合适的。一个初入职场的青年，最需要立志，打拼奋斗是第一要务，你给他讲《六祖坛经》，说有就是无，得就是失，打拼就是不打拼，赚钱就是不赚钱，肯定是坑人。一个读书人如果没把亚里士多德、休谟、康德、马克思的底子打好，缺乏坚实的理性和逻辑训练，一上来就“后现代”，天天给你玩“解构”，玩“能指”，肯定也只能把自己给废了。我这样说，并不是说《红楼梦》不好，或《六祖坛经》不好，或“后现代主义”不好。事实上，经典作为一种文化资源，是多元互补的百味良药，但切切不可乱用——使用时必须因时、因地、因人、因条件、因任务目标，组成不同的阅读配方，产生最好的组合效应，否则就无异于东施效颦，甚至是谋财害命。我经常被一些公共媒体要求提供推荐书目，总是感到很为难。因为我从不相信“万能药方”“通用药方”，不相信一纸书目可以适用需求各异的读者，因此只能请小编们谅解。

四、以行求知，以创求知。读经典不是复制知识。饱读诗书如果只是读成个书呆子，读成一部留声机，就不如不读。在这个意义上，任何知识都需要用实践来激活，来检验，来消化，来发展创新。陆游说：“纸上读来终觉浅，绝知此事要躬行。”王阳明说：“知为行之始，行为知之成。”根据这种知行观，读书、上课、拿文凭充其量只是一种“半教育”，同学们戴上方帽子时不必高兴得太早。只有读懂了人生与社会这本“大书”，在生活中尝过酸甜苦辣，才有一个教育过程的相对完整，才能使知识进入我们的血肉，成为真正可靠、可用的知识。各种知识还需要在实践中不断更新升级。有些外国批评家赞扬中国当代文学，常用“中国的卡夫卡”“中国的马尔克斯”这一类概念，倒是让当事的一些作家不高兴。为什么？因为当一个复制品说不上有多光荣，有多大出息。古人早就说过：学我者生、似我者死。只有超越老师，做好自己，有所发明和创造，才是对经典最好的致敬和学习。我相信，任何一个够格的作家都不会不明白这个道理。

今天就说到这里。谢谢大家！

序跋

米兰·昆德拉之轻

一

文学界这些年曾有很多“热”，后来不知什么时候什么地方开始，又有了隐隐的东欧热。一次，一位大牌作家非常严肃地问我和几位朋友，你们为什么不关心一下东欧？东欧人的诺贝尔奖比拉美拿得多，这说明什么问题？

这位作家担心青年人视野褊狭，当然是好意。不过，当我打听东欧有哪些值得注意的作品，出乎意料的是，他与我们一样，也未读过任何一部东欧当代小说，甚至连东欧作家的姓名也举不出一二。既如此，凭什么严肃质问？还居然“为什么”起来？

有些谈话总是使人为难。一见面，比试着亮学问，甚至是新闻化的学问，好像打扑克，一把把牌甩出来都威猛骇人，语不惊人死不休，人人都显得手里绝无方片三之类臭牌，非把对方压下一头不可。这种无谓的挑战和征服，在一些文人圈并不少见。

有服装热，家具热，当然也会有某种文学热。“热”未见得都是坏事。但我希望东欧文学热早日不再成为沙龙空谈。

二

东欧文学对中国读者来说不算太陌生。鲁迅和周作人译述的《域外小说集》早就介绍过一些东欧作家，给了他们不低的地位。裴多菲、显克微支、密茨凯维支等，早已进入了中国的书架。一九八四年获得诺贝尔文学奖的捷克诗人塞浮特（Jaroslav Seifert），其部分诗作已经或正在译为中文。

卡夫卡大概不算东欧作家。但人们没有忘记他的出生地在捷克布拉格的犹太区。

东欧位于西欧与苏俄之间，是连接两大文化的结合部。那里的作家东望十月革命的故乡彼得堡，西眺现代艺术的大本营巴黎，经受激烈而复杂的双向文化冲击。同中国人一样，他们也经历了社会主义发展的曲折道路，面临今后历史走向的严峻选择。那么，同样正处在文化震荡和改革热潮中的中国读者，有理由忽视东欧文学吗？

我们对东欧文学毕竟介绍得不太多。个中缘由，东欧语言大多是小语种，有关专家缺乏，译介并非易事。再加上有些人不乏“大国崇拜”和“富国崇拜”的短见，总以为时装与文学比翼，金钞并小说齐飞。

北美读者盛赞南美文学；而伯尔（Heinrich Boll）死后，国际文学界普遍认为东德的戏剧小说都强过西德。可见时装、金钞与文学并不是绝对相关的。

三

米兰·昆德拉（Milan Kundera）的名字我曾有所闻，直到去年在北京，身为作家的美国驻华大使夫人才送给我一本《生命中不能承受之轻》（The Unbearable Lightness of Being）。访美期间，正是这本书在欧美热销的时候。《新闻周刊》载文认为："昆德拉把哲理小说提高到了梦态抒情和感情浓烈的新水平。"《华盛顿邮报》载文认为："昆德拉是欧美最杰出和始终最为有趣的小说家之一。"《华盛顿时报》载文认为："《生命中不能承受之轻》是二十世纪最伟大的小说之一，昆德拉借此奠定了他世界上最伟大的在世作家的地位。"此外，《纽约客》、《纽约时报》等权威性报刊也连篇累牍地发表书评给予激赏。有位美国学者甚至对我感叹：美国近年来没有什么好东西，将来文学的曙光可能出现在南美、东欧，还有非洲和中国。

自现代主义兴起，世界范围内的文学四分五裂，没有主潮成了主潮。而昆德拉这部小说几乎获得了来自西方各个方面的好评，自然不是一例多见的现象。一位来自弱小民族的作家，是什么使欧美这些书评家和读者们如此兴奋？

四

我们得先了解了一下昆德拉其人。他一九二九年生于捷克，青年时期当过工人、爵士乐手，最后致力于文学与电影。在布拉格艺术学院当教授期间，他带领学生倡导了捷克的电影新潮。一九六八年苏联坦克占领了布拉格之后，曾经是共产党员的昆德拉，终于遭到了作品被查禁的厄运。一九七五年他移居法国，由于文学声誉日增，后来被法国总统特授公民权。他多次获得各种国际文学奖，主要作品有：短篇小说集《可笑的爱》（一九六八年以前），长篇小说《笑话》（一九六八年），《生活在他方》（一九七三年），《欢送会》（一九七六年），《笑忘录》（一九七六年），《生命中不能承受之轻》（一九八四年）。

他移居法国后的小说，多是以法文译本首先面世的，作品已被译成二十多国文字。显然，如果这二十多国文字中不包括中文，那么对于中国的读者和研究者来说，不能不说是一种值得遗憾的缺失。

五

一九六八年八月，苏联军队在“保卫社会主义”的旗号下，以“主权有限论”为理由，采用突然袭击的方式，一夜之间攻占了布拉格，扣押了捷克党政领导人。这一事件像后来发生在阿富汗的事件一样，一直遭到国际社会普遍谴责。不仅仅是民族国家主权遭到践踏，当人民的鲜血凝固在革命的枪尖，整个东西方社会主义运动就不能不蒙上一层浓密阴影。告密、逮捕、大批判、强制游行、农村大集中、知识分子下放劳动，等等，出现在昆德拉小说中的画面，都能令中国人感慨万千地回想起过往的艰难岁月。

昆德拉笔下的人物面对这一切，能出什么样的选择？我们可以不同意他们放弃对于社会主义的信念，不同意他们对革命和罪恶不作区分或区分得不够，但我们不能不敬重他们面对迫害的勇敢和正直，不能不深思他们对社会现实的敏锐批判，还有他们有时难以避免的虚弱和消沉。

今天，不论是中国还是苏联，社会主义国家内的改革，正是孕生于对昨天种种的反思之中，包括一切温和和愤激的、理智和情绪的、深刻和肤浅的批判。

历史伤口不应回避，也没法回避。

六

中国作家们刚写过不少政治化的“伤痕文学”。因思想的贫困和审美的粗糙，这些作品的大多数哪怕在今天的书架上，就已黯然失色。

昆德拉也写政治和社会，但如果以为他也只是一位“伤痕”作家，只是大冒虚火地发作政治情绪，揭露入侵者和专制者的罪恶，那当然误解了他——事实上，西方有反苏癖的某些评家也是乐于并长于这种误解的。对于他来说，伤痕并不是特别重要，入侵事件充其量是个虚淡的背景。在背景中凸现出来的是人，是对人性中一切隐秘层面的无情剖示。在他那里，迫害者与被迫害者同样晃动灰色发浪并用长长的食指威胁听众，美国参议员和布拉格检阅台上的共产党官员同样露出媚俗的微笑，欧美上流明星进军柬埔寨与效忠苏联入侵当局的强制游行同样是闹剧一场。这才是昆德拉。作者以怀疑目光对东西方人世百态一一扫描，于是，他让萨宾娜冲着德国反共青年们愤怒地喊出："我不是反对共产主义，我是反对媚俗（Kitsch）！"

什么是媚俗？昆德拉后来在多次演讲中都引用了这个源于德语词的Kitsch，指出这是以作态取悦大众的行为，是人类心灵的普遍弱点，是一种文明病。他甚至指出艺术中的现代主义在眼下几乎也变成了一种新的时髦，新的 Kitsch。

困难在于，媚俗是敌手也是我们自己。昆德拉同样借萨宾娜的思索表达了他的看法，只要有公众存在，只要留心公众存在，就免不了媚俗。不管我们承认与否，媚俗是人类境况的一个组成部分，很少有人能从中逃脱。

这样，昆德拉由政治走向了哲学，由捷克走向了人类，由现时走向了永恒，面对一个超政治超时空而又无法最终消灭的敌人，面对像玫瑰花一样开放的癌细胞，像百合花一样升起的抽水马桶。这种沉重的抗击在有所着落的同时就无所着落，变成了不能承受之轻。

也许这种茫然过于尼采（Friedrich Nietzsche）化了一些。作为小说的主题之一，既然尼采的"永劫回归（eternal return 或译：永远轮回）"为不可能，那么民族历史和个人生命一样，都只具有一次性，是永远不会成为图画的草图，永远不会成为演出的初排。我们没有被赋予第二次，第三次……生命来比较所有选择的好坏优劣，来比较捷克民族历史上的谨慎或勇敢，来比较托马斯生命中的屈从和反叛，来决定当初是否别样更好。那么选择还有什么意义？上帝和大粪还有什么区别？所有“沉重艰难的决心（贝多芬音乐主题）”不都轻似鸿毛轻若尘埃吗？

这种观念使我们很容易想起中国古代哲学中的“因是因非”和“不起分别”。这本小说英文版中常用的 indifferent 一词（或译：无差别，无所谓），也多少切近这种虚无意识。但是，也许需要指出，捷克人民仍在选择，昆德拉也仍在选择，包括他写不写这本小说，说不说这些话，仍是一种确定无疑的非此即彼，并不是那么仙风道骨 indifferent 的。

这是一种常见的自相缠绕和自我矛盾。

反对媚俗而又无法根除媚俗，无法选择的历史又正在被确定地选择。这是废话白说还是大辩难言？昆德拉像并不多见的某些作家那样，以小说作不说之说，哑默中含有严酷真理，雄辩中伏有美丽谎言，困惑目光触及一个个辩证的难题，两疑的悖论，关于记忆和忘却，关于入俗和出俗，关于自由和责任，关于性欲和情爱……他像笔下的那个书生弗兰茨，在欧洲大进军中茫然无措地停下步来，变成了一个失去空间向度的小小圆点。

七

在捷克文学传统中，诗歌和散文的成就比小说更为显著。不难看出，昆德拉继承发展了散文笔法，似乎也化用了罗兰·巴尔特（Roland Barthes）的“片断体”，把小说写得又像散文又像理论随笔，数码所分开的章节都十分短小，大多在几百字和两千字之间。整部小说像小品连缀，举重若轻，避繁就简，信手拈来一些寻常小事，轻巧勾画出东西方社会的形形色色，折射出从捷克到柬埔寨的宽广历史背景。

他并不着力于（或许是并不擅长）传统的实写白描，至少我们在英译本中未看到那种在情节构设、对话个性化、场景气氛铺染等方面的深厚功底和良苦心机，而这些是不少中国作家经常表现出来的。用轻捷线条捕捉凝重的感受，用轻松文体开掘沉重的主题，也许这形成了昆德拉小说中又一组轻与重的对比，契合了爱森斯坦（Sergei Eisenstein）电影理论中内容与形式必须对立冲突的“张力（tension 或译：紧张）说”。

如果我们没忘记昆德拉曾涉足电影，又没忘记他爵士乐手的经历，那么也不难理解他的小说结构手法。与时下某些小说的信马由缰驳杂无序相反，昆德拉采用了十分特别而又严谨的结构，类似音乐中的四重奏。有评家已指出：书中四个主要人物可视为四种乐器——托马斯（第一小提琴），特丽莎（第二小提琴），萨宾娜（中提琴），弗兰茨（大提琴）——它们互相呼应，互为衬托。托马斯夫妇之死在第三章已简约提到，但在后面几章里又由次要主题发挥为主要旋律。托马斯的窗前凝视和萨宾娜的圆顶礼帽，则成为基本动机在小说中一再重现和变奏。作者似乎不太着重题外闲笔，很多情境细节，很多动词形容词，在出现之后都随着小说的推进而得到小心的转接和照应，很少一次性消费。这种不断回旋的“永劫回归”形式，与作品内容中对“永劫回归”的否决，似乎又形成了对抗；这种逻辑性必然性极强的章法句法，与小说中偶然性随机性极强的人生经验，似乎又构成了一种内容与形式的“张力”。

文学之妙似乎常在于张力，在于两柱之间的琴弦，两极之间的电火。有人物与人物之间的张力，有主题与主题之间的张力，有情绪与情绪之间的张力，有词与词或句与句之间的张力。爱森斯坦的张力意指内容与形式之间，这大概并不是像某些人理解的那样要求形式脱离内容，恰恰相反，形式是紧密切合内容的——不过这种内容是一种本身充满内在冲突的内容。

至少在很多情况下是这样。比如昆德拉，他不过是使自己的自相缠绕和自相矛盾，由内容渗入了形式。

而形式化了的内容大概才可称为艺术。

八

有一次，批评家李庆西与我谈起小说与理念的问题。他认为“文以载道”并不错，但小说的理念有几种，一是就事论事的形而下，一是涵盖宽广的形而上；从另一角度看去也有几种，一种事关时政，一种事关人生。他认为事关人生的哲学与文学血缘亲近，进入文学一般并不会给读者理念化的感觉，海明威的《老人与海》和卡夫卡的《变形记》即为例证。只有在人生问题之外去博学和深思，才是五官科里治脚气，造成理论与文学的功能混淆。这确实是一个有意思的观点。

尽管如此，我对小说中过多的理念因素仍有顽固的怀疑。且不说某些错误的理论，即便是最精彩的论说，即便是令读者阅读时击节叫绝的论说，它的直露性总是带来某种局限，放在文学里，与血肉浑然的生活具象仍无法相比；经过岁月淘洗，也许终归要失去光泽。我们现在重读列夫·托尔斯泰和维克多·雨果的某些章节，就难免这样感慨；我们将来重读昆德拉的论说体小说，会不会也有这种遗憾？

但小说不是音乐，不是绘画，它使用的文字工具使它最终摆脱不了与理念的密切关系。于是哲理小说就始终作为小说之一种而保存下来。现代作家中，不管是肢解艺术还是丰富艺术，萨特、博尔赫斯、卡尔维诺、昆德拉等又推出了一批色彩各异的哲理小说或哲理戏剧。

也许昆德拉本就无意潜入纯艺术之宫，也许他的兴奋点和用力点，在艺术之外还有思想和理论的开阔地。已经是现代了，既然人的精神世界需要健全发展，既然人的理智与感觉互为表里，为什么不能把狭义的 fiction（文学）扩展为广义的 literature（读物）呢？《生命中不能承受之轻》显然是一种难以严格类分的“读物”。第三人称叙事中介入第一人称“我”的大篇议论，使它成为理论与文学的结合，杂谈与故事的结合；而且还是虚构与纪实的结合，梦幻与现实的结合，现代主义先锋技巧与现实主义传统手法的结合。作者似乎想把好处都占全。

九

在翻译过程中，最大的信息损耗在于语言，在于语言的色彩、节奏、语序结构等所寓藏的意味。文学写人心，各民族之间可通；文学得用语言，各民族之间又不得尽通。我和韩刚在翻译合作中，尽管反复研究，竭力保留作者明朗、简洁、缜密、凝重有力的语言风格，但由于中西文水平都有限，加上表音文字与表意文字之间的天然鸿沟，在语言方面仍有种种遗珠之憾，错误也断不会少——何况英译版能在多大程度上保持捷文原作的语言品质，更在我们掌控之外。

因此，对这本由捷文进入英文、又由英文进入中文的转译本，读者得其大意即可，无须对文字过分信任。

幸好昆德拉本人心志颇大，一直志在全世界读者，写作时就考虑到了翻译和转译的便利。他认为捷文生动活泼，富有联想性，较能产生美感，但这些特性也造成了捷文词语较为模棱，缺乏逻辑性和系统性。为了不使译者误解，他写作时就特别注意遣词造句的清晰和准确，为翻译和转译提供良好基础。他宣称："如果一个作家写的东西只能令本国的人了解，则他不但对不起世界上所有的人，更对不起他的同胞，因为他的同胞读了他的作品，只能变得目光短浅。"

这使我想起了同行张承志的观点、更早是哲学家克罗齐（Benedetto Croce）的观点：好的文学是一种美文，严格地说起来，美文不可翻译。作为两个层面上的问题，昆德拉与克罗齐的观点尽管对立，可能各有依据。但无论如何，为推动民族之间的文学交流，翻译仍是必要的——哪怕只是无可奈何之下做一种浅表的向外窥探。我希望国内的捷文译家能早日直接译出昆德拉的这部作品，或有更好的法文或英文译者来干这个工作，那么，我们这个译本到时候就可以掷之纸篓了。

十

我们并不能理解昆德拉，只能理解我们理解中的昆德拉，这对于译者和读者来说都是一样。

然而种种理解都不会没有意义。如果我们的理解欲求是基于对社会改革和建设的责任感，是基于对人类心灵认知的坦诚与严肃，是基于对文学鉴赏和文学创作的探索精神，那么昆德拉这位陌生人值得交道。

1987 年 1 月

* 此文为译著《生命中不能承受之轻》跋，作家出版社，1987 年。

记忆的价值

当那一段用油灯温暖着的岁月渐离我们远去，“知青”这一个名词是愈来愈生疏了——尤其是对于流行歌哺育下的新一代来说。时光匆匆，过去之前还有过去，我们几乎已经忘记了井田制，忘记了柏梁体，忘记了多少破落王府和寂寞驿站，为什么不能忘记知青？

毕竟有很多人忘却不了。

乱石横陈曲折明灭的一条山路，茫茫雪原上悬驻中天的一轮新月，背负沉重柴捆迎面走来的某位白发老妪，还有失落在血色晚霞中一串串牛铃铛的脆响……这一切，常常突破遗忘的岩层，冷不防潜入某位中年男人或女人的睡梦，使他们惊醒，然后久久难以入眠，看窗外疏星残月，听时间在这空阔无际的清夜无声流逝。

对于他们中的许多人来说，最深的梦境已系在远方的村落，似乎较难容下后来的故事。哪怕那故事代表电大或函大文凭，代表美国或日本的绿卡，代表个体户酒吧里的灯红酒绿，它们都显得模糊和匆促，匆促得无法将其端详，更无法在梦境里定格出纤毫毕现的图影——如那远方的村落。

缘由也简单：多因了苦难。

人很怪，很难记住享乐，对一次次盛宴的回忆必定空洞和乏味。唯有在痛苦的土壤里，才可以得到记忆的丰收。繁盛的感受和清晰的画面，存之经年而不腐败。发生在二十世纪六十年代至七十年代的一场巨变是如此盛产记忆。数以百万计的青年学生被抛入穷乡僻壤，移民运动规模空前绝后。这些青年衣衫褴褛，心身憔悴，辗转于城乡之间，挣扎于贵贱之间，求索于文明与野蛮之间，一任命运饿其体肤，劳其筋骨，苦其心志。他们常常守着油灯企盼未来。他们带着心灵创伤从那里逃离时，也许谁也没有想到，回首之际，竟带走了几乎要伴其终身的梦境。

这梦境仅属于他们自己。不仅后辈人将讨厌任何用作炫耀和教诲的苦难，连他们曾密切相关的友人，也毫无义务要把他们的苦难看得特别要紧。我曾返回当年务农的乡村。陌生的新一代农民已行行列列地高大着，对寻访旧地的知青只能漠然。一些旧相识已多衰老，谈起往事也只能闪烁其词只鳞片爪，像谈起远古一个模糊传说。除了找到旧墙上半块褪了色的油漆“语录牌”，算是当年遗迹，那里没有纪念碑。

不会有纪念碑，不会有金质勋章，不会有档案馆史料办离退休老知青活动中心，甚至未能熬过那岁月的一些男女学友，远方的坟前不会有鲜花和新土年复一年。关于遥远村落的梦境，只能默默地属于他们自己。

当然不值得沮丧。时光总是把苦难渐渐酿出甘甜，总是越来越显示出记忆的价值。作为人的证明，记忆缺乏者只能是白痴，是禽兽。作为生的证明，生命留给我们每一个人的除了记忆可还有别的什么？难道是电视和冰箱？或是吃过了又拉过了的酒肉？幸福已存在了上下数千年，并不是电器时代的专利。幸福也将伴随人类继续下去，行将经历谁都阔绰得根本不用电视和冰箱当然更不靠油灯照明的时候。但是，即便在那个时候，也不是任何人都幸福的，不是任何人都能够获得记忆的富有。

步入中年的知青们，历史已在他们记忆底片上，在他们的身后多垫了一抹黄土地，或是一面危崖。这使他们继续长旅人生时，脊梁多了几分承托和依靠。他们也许会因此而欣慰，而充实，而通达，多一些前行的沉着。

由我几位朋友通过一份杂志《海南纪实》开始征稿，并由湖南文艺出版社最后编辑完成的这本《知青回忆录选》，就是献给这些人的。愿他们在睡梦惊醒时，这本小书能悄悄地陪伴他们到天明。

1990 年 5 月

---

* 此文为知青回忆录《我们一起走过》序，湖南文艺出版社，1990 年。

无我之我

一个人不在乎与别人活得一样，也不在乎与别人活得不一样，便有了真正的自由。我记得方方曾经写得很俏皮，动笔就密植刻薄话。她也能玩魔幻，跳大神似的兴云布雨以假乱真。读者鼓掌要她再来一个的时候，她却早已卸装。她似乎没想到要按照读者和批评家的订货单，保质保量地信守什么风格，不负众望地坚持住名牌造型，永远沐浴在聚光灯下。

洞明之人永远是有啥就说啥，想啥就写啥。近几年，“新写实”小说瞩目于中国文坛，方方又被誉为这一潮流的代表性人物之一，成了读者须重新认识的一张面孔。说实话，“新写实”的名目有点缺乏含义，这顶帽子不能套住各种各样的脑袋，即便补上“生活流”“后现代”“生态小说”之类缀饰，尺寸还是过于宽大，不成其为帽子。不过，方方应该由此而感到高兴。当批评家没法从前人的帽店中挑出合适她的一顶，这证明她已经有点不伦不类。 超群者不伦，独特者不类。批评家为难之日，常常是小说家成功之时——创造的性灵已高高飞扬在批评框架之外。

其实，方方的近作很容易理解，只是容易到了有点难的地步。可以想象她动笔时毫无竞技心态，喂过孩子洗过碗筷之后，把近旁的什么随便瞥上一眼，拿起笔就写。她就近取材，不避庸常，特别能体会小人物的物质性困窘，也不轻率许诺精神的拯救，其作品散发着俗世的体温，能使读者们联想到自己的邻居、同事、亲朋及自己。文学与生活已没有界限，就像某些后现代艺术家，能使往后的观众把任何平凡琐屑之物都疑为艺术展品。她力图避开任何理性的价值判断，取消任何创世启蒙的隐喻象征，面对沾泥带土的生活原态，面对亦善亦恶亦荣亦耻亦喜亦悲的混沌太极，她与读者一道，没法借助既有观念来读解这些再熟悉不过的经验，也就把理解力逼到了死角。“这有什么意义呢？”《桃花灿烂》中星子的一句话足以问倒古今哲人。

好的小说总是像生活一样，具有不可究诘的丰富、完整、强大，从而迫使人的理解力一次次死里求生。方方的近作似乎也没有什么高新技术，只能使某些热衷于形式的批评家含糊其辞。她像个群众文化工作者，使用公共化的语言，平易近人直截了当的方式，既是俗事便干脆俗说。她的故事是步行，实用，耐久，自然，便于把读者引向各种视角和各种景观，出入往返十分自由。这种叙述显然不是狐步、蹉步、太空步，没法让读者惊心动魄并盯住局部细看。这有什么不好吗？据说现代人主张创作主体的强化，作者应该成为作品真正的主角，重要的不是“说什么”而是“怎么说”，最好的内容应化作形式……这些当然是十分益智的见解，被我多次热烈拥护。不过，还有另一条见解现在很少有人说，也是应该好好说的。那就是，最好的形式应该化作内容，最好的“怎么说”应该化作“说什么”，最好的作者应该在他们的叙述对象里悄悄消失，从而达到“无我”之境。

无我便是大我。古人的《史记》“荷马史诗”等多是无我亦即大我的作品，以其天真朴素的气象，奠定人类心灵的基石。换句话说，无我之我，说到底不是技巧，而是一种态度。它意味不造作，不欺世，不哗众取宠。它意味着作者不论肤浅与否，聪慧与否，他们留给这个世界的是一种诚实的声音。当越来越多的面孔变成谎言的时候，诚实是上帝伸向我们的援手，是一切艺术最可靠的出发点。从这个意义上来说，方方像其他优秀作家一样，不属于任何文学流派，只属于他们自己的心魂。

1991年1月

* 此文为英文版《方方中短篇小说集》序，中国文学出版社，1993年。

比喻的传统

《女女女》不是一篇关于女权主义的作品，也不是一位男人发泄厌女症的刻毒。事实上，这位作者是热爱女人的，并觉得这个世界的毛病大多要由男人负责，由那些商界政界学界里装模作样的男人负责。《红楼梦》中的贾宝玉说：男人比女人丑恶。男人是泥，女人是水。

但这篇小说并不接触这样的主题。另一方面，作者对任何主题、对任何因果关系的概括都觉得不无可疑。随着叙述推进，他的思考总是充满失败感，比如对肯定与否定的奔赴，对乐观与悲观的奔赴，常常适得其反。中国有些古人（如禅宗）曾用闭口不言或打哑谜来应付这种困境。同样，作者在这里也只能回归到“吃了饭就去洗碗”这样原始而简单的生活信念。在他看来，持有这种信念的人，其心灵比较安全，能够抵御浩繁哲学教条的侵扰——虽然这并不是一种积极的解决。

幺姑是一位东方礼教训练之下贤良克己的女人，与我们十分敬重的其他善良人不同，造物主给了她一个中风致瘫的机会，使我们得以窥视她内心隐藏的仇恨，并以此测试了周围更多善良人的同情心。她似乎是长在人类脸上的一个痂疮，使体面的我们不免有些束手无策。她的死亡也是一句漫长难耐的符咒，揭发人性境况的黑暗，呼唤上天仍赐给万物以从容而友好的笑容。

如果我们把世界大战或五谷丰登都看作某句符咒的应验，并不会使某个中国乡下农民感到特别荒唐。我也是一个乡下人。没有西方科学理性的侵入，中国乡下人并不缺乏对世界的见解。比方说，他们会振振有词地断定，某个人的死亡与地震有某种关系，某一棵怪树与邻近一位妇女的不孕有某种关系。民间传说中这一类丰富的见解，是另一种知识，另一种逻辑。它不过是把假想当成了真实，或者说，是把假想中或多或少的真实因素加以强化，用来支撑自己面对世界的信仰。

从某个方面来说，这当然是荒唐的、不实用的、有损国计民生的。但有意味的是，迄今为止我们笃信不疑的种种“真实”，不也是不断被查证出或多或少的假想因素吗？地心说与日心说都过去了，牛顿力学与量子力学什么的也将要过去，科学理性总是有局限的，有时还会使我们心胸狭窄，性灵呆滞，比方说我们真的认为，某个人的死亡与接下来的地震这两者之间毫无关联——尽管这个想象有些夸大甚至永难证实。

事实上，科学并不能做所有的事情。假如征兆、报应、机缘、参悟、幻觉、宿命、巫术、神话等全部被科学排斥，假如真实不能得到假想的滋养的佑助——就像西方早已发生而中国正在发生的情况一样——那么美就没有了，生命的丰富性就没有了，文学作品乃至语言中的比喻也不会有了。几乎每一个比喻都隐含着对科学的背叛，都是假想对真实的拒绝和超越。把女人说成花，这是最普通的比喻。一个是人，一个是植物，把人说成是植物，这不真实，不符合科学。但比喻通常就是在这一些毫不相关的事物之间，寻找它们的相关，指示它们某种共同的本质。比喻不过是把科学所割裂的世界，予以艺术的联系和整合，表现或还原另一种真实。因此越是精彩的比喻，本体与喻体之间就越具有科学所判定的差异、阻隔、距离，八竿子打不着，风马牛不相及。人们不会把女人比作女人，只会比作花、星星、流水、鸟或诗。在这个意义上，比喻总是在寻找对科学最强烈的对抗。

比喻是文学的基因，几乎寓含了文学最基本的奥秘——在语言日益科学化和理性化的今天，它仍然顽强固守人类的神性，人类的美。那么中国的文学传统之一——尤其是民间文学传统之一，就是不仅仅把比喻当作修辞手段，而是当作对生活本质的理解，由此建立审美化的人生信仰。这样的作品会有些似是而非，甚至鬼鬼怪怪。我希望法国的读者能够给予理解。

如果我的小说无助于这种理解，那是笨拙无能所致。我表示深深的歉意。

1991 年 5 月

---

* 此文为法文版《女女女》自序，PHILIPPE PICQUIER 出版社，1991 年。

平常心，平常文学

黄茵这本书本来不适合由我作序，因为我遇到什么事爱瞻前顾后，寻根究底，而她想什么似乎都不愿往深里去，瞬间即止，感觉便可，女性化喜乐哀愁飘忽而零碎，全无定数，不能让我过瘾。

但读完这一百篇，我又庆幸她不似我这般拘泥于前后与根底，才保持了自己生活感受的率真、简捷、鲜活以及稚拙，才能在生活里俯拾皆美。美是不可能有什么定数的。淡抹是美，浓妆亦美。自由之轻与责任之重都可闪耀光辉，全看你有无对美的敏悟。黄茵爱吃，爱旅行，爱音乐，爱交朋友且爱把男士统统称为“男孩”，常在凡人小事中捕捉开心根据和爱慕目标，形成了她特别的人生。这等好福气，恐怕主要是因为她尚未被成人思维污染太甚，有时发点小脾气，生点小哀怨，闹点小事故，也不会怎么严重，只存在于一个个瞬间世界。

她是着着实实如孩童般生活也希望别人都如孩童的。说这不深刻，也对，这一百篇自然不是《圣经》，不是《资本论》，甚至适宜在儿童商店出售，但深刻也常有危险，常被我等平庸之辈拿来肢解美感，干些成年人的蠢事。正如一些半吊子学者，倘若他们一看见花，便想起花的拉丁学名以及纲目科属、产地、用途、化学成分，或想起花的传说掌故以及名言警句、人格比附、意旨寄托，那么深刻倒是深刻了，但较之于一位叫叫喊喊的采花少年，他们心中少了多少花季里的惊喜！

说黄茵完全是孩童也不对。在这本书的后半部分，忧患的低声部渐强。她居然开始羡慕活得完全传统的父母，开始思考自己烧菜与挣钱的某种终极意义，开始茫然于自己对潇洒与平实的两难选择……在黄昏时空荡荡的居室里，活得如一位沉重哲人。当这些现代的超级自疑冒出来时，我暗暗为她捏了一把汗。这些问题不去深究也罢，若深究又不得彻悟，用她的话来说是不得“通透”，高处不胜寒，便会苦矣哉黄茵。

一个人要有点智慧并不难，智慧得有些傻头傻脑就不容易了。普天下知识人士（尤其是知识女性）谈起人生多悲苦之言。他们一读书便心大，想追求某种高层次活法，但他们的知识又往往不够通透，悟不到平平常常才是真才是福才是美的大道理，所以常被知识所累，倒不如愚笨一些的草民，多少还能守住几分执著与宁静。

古人推崇平常心，这实是人生智慧的精要。我愿黄茵穿越超级自疑的惊涛骇浪后，仍能通向一片平常心的绿岸，仍能通向她快快活活的厨房和旅途，并在那里收获更多不瞻前不顾后不寻根不究底的美。倘若不是那样，她就只能被所谓知识活活毒害了去——如同时下众多焦灼男女，苦海无边。

黄茵对写作也是平常以待的，拿起笔就像聊天，于是运用短章随笔这种体裁也是很自然的结果。很久以来，小说太像小说，散文太像散文，太显技巧与规则，种种专家化的文字面目日渐生异，最后只能退到自家圈子里热闹，与读者没有多大关系。看那种文字，如同观赏舞台上的高难度表演，端坐而仰视，看久了难免乏力。因此很多人眼下更需要亲切而随意的聊天，需要某种聊天式的文学。小说家们重拾随笔、小品、游记、书信、日记等“日常体”，便是可能的一种动向。自然，这不应成为取巧和偷懒，而且并非所有的聊天都是文学，比如在主席台上对着话筒聊的，多是政策；在菜市场或办公室里聊的，多是新闻；唯有夜深人静之时与密友对床长谈的内心隐秘，才可能是文学。黄茵的这一百篇里，很多篇便是这样的文学，读者不难从中读出雨的凉意和夜的静寂，读出孤灯余晖。

黄茵的平常心给我快乐，她使文学重返平常人的努力，我也很赞成，于是便说几句这样不咸不淡的话。

1991 年 7 月

* 此文为黄茵《咸淡人生》序，上海人民出版社，1995 年。

在后台的后台

一

我有一个朋友，肌肤白净举止斯文，多年前是学生民主运动领袖。当时有个女大学生慕名而来，一见面却大失所望，说他脸上怎么连块疤都没有？于是扭头而去，爱情的火花骤然熄灭。

认为英雄脸上必有一块伤疤，这很可能是英国小说《牛虻》在作祟。由此看来，很多人的血管里是流淌着小说的。也就是说，他们是按照小说来设计和操作自己生活的。于是，贵族可能自居聂赫留朵夫，罪犯可能自居冉·阿让，丑女们可能争当简·爱，美女们可能争当薛宝钗或林黛玉。文学一再塑造出很多人的履历。

同样道理，六十年代的很多青年穿上旧军装奔赴边疆，九十年代的很多青年穿上牛仔装投奔股市，双方也许并无生理自然的不同——都是一个脑袋两只手，都得吃喝拉撒，其热情和兴趣迥别，那只能是文化使然。他们的用语、习惯、表情、着装时尚，都不难在他们各自看过的文学或影视片里，找到最初的出处和范本。

文学的作用不应被过分夸大。起码它不可能把人变成狗，或变成高高在上的上帝。但它又确确实实潜藏在人性里，在很大程度上改写人和历史的面貌。比如，在我那位朋友的崇拜者那里，它无法取消爱情，但能为爱情定型：定型出一块脸上的伤疤，以及因此而来的遗憾或快乐。

二

从“人”身上读出“书”来，是罗兰·巴尔特（Roland Barthes）最在行的活。用他的话来说，就是从“自然”中破译出“文化”。他是个见什么都要割一刀的解剖家，最警觉“天性”“本性”“自然”“本原”等字眼，眼中根本没有什么原初和本质的人性，没有什么神圣的人。解剖刀一下去，掏出来的只有语词、句法、文化策略一类，条理分明来路清楚并且充满油墨和纸张气息。他甚至说过，法国人爱喝酒也不是什么自然事件。酒确实好喝，这没错。但嗜酒更是一种文化时尚，一种社会团结的隐形规范，一种法国式的集体道德基础和精神图腾仪式，差不多就是来自意识形态的强制——这样一说，法国人酒杯里的意识形态还那么容易入口？

面对人的各种行为，他革命性地揭示了隐藏于自然中的文化，却不大注意反过来从文化中破译出自然，这就等于只谈了问题的前一半，没谈后一半。诚然，酒杯里可能隐含意识形态，但为什么这种意识形态选择了酒而没有选择稀粥？没有选择臭污水？文化的运行，是不是也要受到自然因素的牵引和制约？

这个问题也得问。

事实上，文化不是天上掉下来的，不是几千年来单性繁殖自我复写来的，不是天下文章一大抄。凡有力量的作品，都是生活的结晶，都是作者经验的产物，孕育于人们生动活泼的历史实践。如果我们知道叔本华（Arthur Schopenhauer）对母亲、情人以及女房客的绝望，就不难理解他对女性的敌意以及整个理论的阴冷。如果我们知道萨特（Jean-Paul Sartre）在囚禁铁窗前的惊愕，就不难理解他对自由理论的特别关注，还有对孤独者内心力量的特别渴求。理论家是如此，文学家当然更是如此。杰出的小说，通常都或多或少具有作家自传的痕迹，一字一句都是作家放血。一部《红楼梦》，几乎不是写出来的，四大家族十二金钗，早就进入曹雪芹平静的眼眸，不过是他漫漫人生中各种心灵伤痛，在纸页上的渐渐飘落和沉积。

所以说，不要忘了，从“书”中也可以读出“人”。

三

文化的人，创造着文化；人的文化，也正创造着人。这就是文与人相生相克互渗互动的无限过程。人与文都只能相对而言，把它们截分为两个词，是我们语言常有的粗糙。

当今很多学人从罗兰·巴尔特那里受到启发，特别重视文本，甚至宣布“人的消亡”。应该说，这种文本论是对人本论的有益补充，但如果把文本论变成文中无人的唯文本论，就可能成为另一种偏视症，成为某种意义上的纯技术主义，不过是一种封闭修辞学的语词虚肿和句法空转。到头来，因漠视作品的生命源泉，失去批评的价值支点，唯文本论就有点半身不遂，难以远行。

其实，文学不论如何变，文与人一，还是优秀作品常有的特征。知人论世，还是解析作品不可或缺的重要方法。本着这一点，林建法先生和时代出版社继《撕碎，撕碎，撕碎了是拼接》之后，又推出《再度漂流寻找家园融入野地》，把读者们读过作品的目光，再度引向作家，作一次文与人的互相参证。这一类书，好像把读者引入小说的后台，看作家在后台干了些什么，离开舞台并且卸了装后，是不是依然漂亮或依然丑陋，是不是继续慷慨或继续孤独，是不是还有点扶危济困的高风亮节，是不是依旧成天寻乐并随地吐痰。作为很重要的一个环节，编者这次没忘记另一些幕后人物——编辑。把他们也纳入视野，后台的景观就更为完整。

看一看后台，是为了知人论世，清查文学生产的真实过程。论世暂且不说，知人其实很难。后台并不一定都是真相的保管箱。这里的人虽然身着便装，言说口语，都是日常态，但真实到了什么程度却不好说。印象记一类多是当事人或好友来写，看得不一定全面，有时还可能隐恶扬善以便悦己或谀人。即便下决心做一个彻底透明的人，也还有骨血里的文化在暗中制约。虽然不至于会对照一本《牛虻》来设计和操作爱情，但每个人从小就接受的伦理道德，现实社会里国籍、地位、职业、习俗、流行舆论、美学潮流、政治处境等规训，都可能让人们不自觉地改变自己，矫饰自己，伪造自己，把自己的扭曲、变态、异化当作真实的“自我”——换句话说，后台不也是一个广义的前台？

周作人投靠侵略者政权。是真心还是假意？是虚无失态还是怯懦媚权？是某种文化背叛的政治延伸，还是某种私愤的政治放大？抑或他只不过是偶然的一时脑子里进水？……也许这些因素都存在，不过是在不同情况下随机重组而已。他扪心自问，可能也不大看得清自己，更遑论旁人和后人。有些人根据他的政治表现，把他的前期定为革命文学家，把他的后期定为反动文学家，显得过于简单，也不无失真的危险。

由此可知，知人论世也常常落个一知半解，不一定总是很可靠。

生活是一个更大的舞台。这个舞台的后台纵深几乎无限，不是轻易能走到头的。

四

人的真实越来越令人困惑，也是一个千古难题。

戏剧家布莱希特（Bertolt Brecht）对真实满腹狐疑，提倡“疏异化”，就是喜欢往后台看，把前后台之间的界限打破，对文学的看家本领“拟真”大胆怀疑。小说家皮兰德娄（Luigi Pirandello）让他笔下的人物寻找他们的叙述者，写下所谓“后设小说”，即关于小说的小说，也就是将小说的后台示众。这些方法后来侵入音乐、绘画、电影，已成为文艺新潮之一。创作本身成了创作的主题，艺术天天照着镜子，天天与自己过不去。艺术家们与其说仍在阐释世界，毋宁说更关注对世界阐释的阐释。

这是本世纪新文化的特征之一。这个自我清查运动的特点是长于破坏性，短于建设性。它不断揭破虚假，冲击得真实感的神话防不胜防和溃不成阵。但造反专家闯入后台的消极结果，是真实无处可寻，真实从此成为禁忌。神话一个个被消解后，一层层被消解后，先锋们只好用反秩序的混乱、无意义的琐屑、非原创的仿戏，来拒绝一切理解和知识，来迎头痛击人们的认识欲求，给满世界布播茫然。

这种认识自戕，具有对伪识决不苟且的可贵姿态，但它与自己的挑战对象一样，也有大大的软肋，比如过于理想主义地看待真实，似乎觉得凡真实必须高纯度，容不得一点杂质，因此它就像宝矿一样藏在什么地方。问题是，世上有这样高纯度的真实吗？事实上，那样的矿点并不存在，但矿点并不存在并不值得人们绝望。真实是什么？真实不是举世难寻的足赤金，而是无处不在的空气，就像虚假一样，或像虚假的影子一样。对任何虚假的抗争，本身就是真实的显现。当布莱希特从战争废墟和资本伪善那里汲取了愤怒，当他对人们习以为常的世界假象展开挑战，他本身就是在呼吸真实，就活在真实之中——不论他对戏剧追求“真实”这一点是多么狐疑。

当然，一旦他成为明星，成为沽名者和牟利者的时尚偶像，相关反抗也可能沦为作秀和学舌，成为虚假透骨的表演、毕业论文、沙龙趣谈、纪念酒会以及政客嘴里的典故。这就是说，真实离虚假只有一步之遥。

五

真实差不多是一种瞬间事件，依靠对虚假的对抗而存在。因此它是重重叠叠文化积层里的一种穿透，一种碰撞，一种心血燃烧，这在布莱希特以及其他作家那里都是如此，在任何文学现象里都是如此。

人们远离襁褓时代的童真，被文化深深浸染和不断塑造，自觉或不自觉地进入了各种文化角色，但未尝不可呈现自己的自然本色。只是这种本色不可远求，只存在于对虚假的敏感和拒绝，存在于不断去伪存真的斗争。在这一过程中，本色与角色相对而言，自然与文化互生互动。在文学领域里，这既是作家走出层层后台展示自己的过程；也是读者越过层层前台去理解作家的过程。每一次智巧的会意，每一次同情的共振，每一次心灵的怦然悸动，便是真实迎面走来。

读任何书，读任何人，大概都是这样的。

1991 年 7 月

---

* 此文为林建法等主编《中国作家面面观》序，时代文艺出版社，1991 年。

多嘴多舌的沉默

我所说的，我并不那么相信。

甚至连刚才说的这一句，也可以立刻使我陷入踌躇和犹豫。

比方说，“我”是什么意思？物质的我为男性，七十多公斤，由骨血皮肉组成，源于父母的精卵以及水、空气、阳光、粮食、猪肉等一切“非我”的物料，“我”就由它们暂时组合并扮演着。那么心智的“我”呢，从儿时学会第一个词开始，每个人都接受了先于他存在的文化，脑袋里的概念来自父母、朋友、教师、邻居、领袖、学者、新闻编辑、广告制作者、黑压压的大众等一切“非我”的存在。从某种意义上说，我从来只是历史和社会的某种代理，某种容器和包装。没有任何道理把我的心智单独注册为“我”，并大言不惭地专权占有它。

换一个主词来看吧——“相信”是什么意思？人类几千年来“相信”的真理，总是不断被新的认识超越，暴露出不值得过分相信的褊狭和肤浅。而且“相信”意指赞同、信任、认定，是一种理智行为。我们使用这个词时，已暗示了一种前提：人是理智的，是能够而且乐意接受真理的，是一些讲道理有礼貌也不会随地大小便的高等物种——我们在描述猪狗时从不用“相信”这个词，就自证了这个词的高尚人性。但是，“相信”在欲望面前一直是脆弱的，我们“相信”人类应洽处自然，同时却会毫不犹豫地污染和破坏环境。我们“相信”暴力十分邪恶，同时却会一直漠视甚至制造这里那里的流血。贪欲一次次在心底暗燃，常常不被理智遏止；相反，“相信”一再成为这种隐形改造工序的许可证和障眼法，成了一种习以为常的自欺欺人。

只要稍加注意，语言就显得如此令人举步艰难。那么语言所垒砌的思维大厦，如何能使人安居？

任何一个词，都是某种认识的凝定，也是对现实大大简化了的命名，就像用一纸结婚证来象征婚姻和爱情。认识的主体在不断流变，认识的对象也在不断流变，它们组成并不断置换词语的隐秘含义，层层叠盖，错综复杂，暧昧不清。它们只有在某种读解默契之下，才能被人们有限地跟踪和探明。因此，结婚证不等于婚姻和爱情。语言符号总是与真实所指或多或少地疏离，如同禅宗宣称的：凡说出口的，不是禅。

语言同时体现着人类认识的成就和无能，语言使人们的真知与误解形影相随。如果说语言只是谎言的别称——这也是至少说对了一半。但我们还是需要言说。包括禅宗，除了棒喝踢斩之类公案，他们不比别人说得更少。

于是，一种新的言语观出现了。言语者总是对自己的所言保持一种批评性距离，对语言的信用指数深怀戒慎——当他抨击“恶”时，他知道恶也是人类文明的动力之一，甚至是激发、孕育、锻造、标测“善”的基本条件。他“表现”孤独时，他知道孤独一经表现，就已悄悄质变为炫示、哗众、叫卖、求赏，成了一种不甘孤独、不愿孤独，而且渴求公众目光的急迫展销，如此等等。在这里，人们面对陷阱密布的语言当然不必闭嘴，各种表述仍将是有意义的。新的言语者只是强调：为了让心智从语言困境中解放出来，人们也许不必许诺任何终极结论，不必提供任何稳定的一点，不必设置任何停泊思维的港湾。

对于艺术家来说，恐怕尤其是如此。科学求真，是有限之学，最终落实于对物的操作，在操作中必须非此即彼。艺术求美，是无限之术，一开始就是心的梦幻，免不了虚实齐观是非相因物我一体，更少一些确定性。科学家与艺术家都会有言语的自疑，都习惯于多嘴多舌的沉默，但科学家可能会说：我虽然不那么相信我的话，但在眼下既有的条件下，只能相信。艺术家可能会说：我虽然相信我的话，但面对时空无限，我只能不那么相信。

好吧，暂且让我武断地相信这一切。

1992年12月

---

* 此文为散文集《夜行者梦语》自序，上海知识出版社，1992年。

走出围城

这本书是三方对话，一方是批评家，一方是创作家，一方是编辑家——其实编辑常身兼二职，既有批评也有创作，只是把批评意见和创作构想都写进了稿笺，融入别人署名的作品之中，隐在出版物的万千气象之后。

三方均为文学的生产者，但各有所司，各有所专，具有不同的实践历程与知识视角。因两位主编的促成，他们相约于此书，以文解人，以人证文，算是一次借助笔墨的近距离交流。

自九十年代来，文学热潮渐退，文学活动趋少，圈内人见面机会不如从前，倒也有一份相忘于江湖的散淡和自在。即使有缘把臂，似乎也鲜有八十年代那种激情的切磋和争论，鲜有战友式的同仇敌忾与甘苦相知。时光飞逝，八十年代的朴质和浪漫俱往矣，九十年代显得更加成熟，也更加世故；有更多的独立，也有更多的疏离——人们相会之际仍能妙语连珠大笑生风，只是文学话题越来越少。扑克、古董、保龄球、养身术、流行笑话、欧洲杯足球赛等，正占据文学原有的位置。

是文学已经谈完了吗？或者说，成天表现出亢奋的文学反而涉嫌小儿科的弱智和多动症？

生活是文学的母胎，而九十年代以来的生活正在模式化。作为出版市场大国的受益者，文人们眼下大多有了中等阶层的滋润日子，房子住大了，家具换代了，职称升高了，赴宴与出镜也多了，穷乡僻壤穷街陋巷的往事已渐模糊。屈辱生涯成了透支的自叙，穷小子们大多退出了视野，正远离沙发和浴缸所侍候的神经末梢。文人们终于有了应有的幸福，但幸福的代价，是他们从各个社会层面和各种生活经历中拔根而出，不再是来自遥远现场的消息报告人。他们大多被收编到都市白领的身份定位，不经意中已被训练出通行的消费习惯，连关闭电视后的一个哈欠，也有差不多的规格。正像俄国老托尔斯泰说的： 幸福者有共同的幸福，不幸者有各不相同的不幸。他们正是因为幸福而变得彼此雷同，与圈内人的相见，差不多是镜中自照，差不多是自己戴上假面前来握手寒暄。在这种情况下，即便双方来一次掏心掏肺的深谈，能获得几多惊讶？

观念是文学的种子，而九十年代以来的观念正在流行化。据说有人已宣告“历史的终结”，实际上是指对历史的认识已终结。怀疑到此止步，批判逾期作废。善与恶，独与群，意识与潜意识，现代与前现代……这一套知识已经构成了圆通的解释体系，完全够用的几把尺子，似乎足以测示世界上任何悲剧或闹剧，勘定我们身边任何一个人。对于有些文人来说，他们不再用生活孕育思想，就只好尾随大街小巷里的众口一词，把自己的脑袋交给流行媒体。即便还偶有商榷，还偶有争议，也不过是我用这把尺子时你刚好用了另一把，或是我从下量时你刚好要从上量，我量左时你刚好要量右——度量的标准本身并无不同。一本本流行的哲学或经济学，批发出太多相似的观念、口吻、修辞手法以及衍生读物，传染病一样改变着文学，使太多言说变得似曾相识又无迹可求，使八十年代的个性解放，终于会师于某些脱口而出的套话。事情到了这一步，交流岂不是有点多余？那么多研讨会、报告会、名人对谈是否热闹得有点空洞？

新时期的中国文学步入中年，有了中年的厚重也有了中年的迟缓，有了中年的强健也有了中年的疲乏——生活模式化和观念流行化不过是常见的文明病，是现代社会里文人被专业化、科层化、精英化、利益体制化后新的危局。在这个意义上，文学要永葆青春，就得再一次走出围城，再一次向广阔的生活实践和敏锐的知识创新开放，再一次把自己逼入陌生的前沿。事情得从头开始，甚至得从文学以外的功夫开始。

眼下这本第三辑《当代作家面面观》，为文学带进了很多新面孔，也带进了很多新的话题和背景，在很大程度上具有开放的意义。作为读者之一，我把它看作一张缓缓打开的大门，引我进入围城之外新的风光。

1994 年 8 月

---

* 此文为林建法等主编第三辑《当代作家面面观》序，时代文艺出版社，1994 年。

圣战与游戏

如同文学中良莠混杂，佛经中也不缺废话胡话。而《六祖坛经》的清通和睿智，与时下众多貌似寺庙的佛教旅游公司没什么关系。

佛学是心学。人别于一般动物，作为天地间唯一的高智能物种，心以身囚，常被食色和沉浮所累。《坛经》直指人心，引导一次心超越物的奋争，开示自由和幸福，开示人的自我救助法门。《坛经》产生于唐，一个经济繁荣的时代。我们可以想象那时也是物人强盛而心人委颓，也弥漫着非钱财可以疗救的孤独、浮躁、仇憎、贪婪等“文明病”。《坛经》是直面这种精神暗夜的一颗明敏、脆弱、哀伤之心。

追求完美的最好思辨，总是要发现思辨的缺陷，发现心灵无法在条理分明振振有词的思辨里安居。六祖及其以后的禅学便大致如此。无念无无念，非法非非法。从轻戒慢教的理论革命，到最后平常心地吃饭睡觉，一次次怀疑和否定自身，理论最终只能通向沉默。这也是一切思辨的命运。

思辨者如果以人生为母题，免不了总要充当两种角色：他们是游戏者，从不轻诺希望，视一切智识为娱人的虚幻。他们也是圣战者，决不苟同惊慌和背叛，奔赴真理从不会趋利避害左顾右盼，永远执著于追寻终极意义的长旅。因其圣战，游戏才可能认真、顽强以及精彩；因其游戏，圣战才更有知其不可而为的悲壮，更有明道而不计其功的超脱——这正是神圣的含义。

所幸还有艺术和美来接引人们，如同空谷足音，让人们进入一种丰沃的宁静。

1994年10月

* 此文为繁体中文版《圣战与游戏》自序，香港牛津大学出版公司，1994年。

美丽的大眼睛

刘舰平第一本小说集名为《堂堂男子汉》，其人体魄雄健，臂力超群，在角力游戏中鲜有对手。尽管如此，朋友们还是愿意用“漂亮”甚至“妩媚”这些较为女性化的词，来描述他的面容——尤其是他的眼睛。

大约十多年前，这双美丽得几乎让人生疑的眼睛开始夜盲，继而视野残缺，最后被确诊为一种极其罕见的先天性眼疾。在一般的情况下，这种眼疾将在十到二十年的时间里，无可避免地导致患者完全失明。

一切可尝试的治疗方案都尝试过了，还在尝试下去。但坦白地说，他的双眼里已经渐生黯淡、涣散、迟钝，就像灿烂星星正缓缓熄灭。他和亲友们仍在等待奇迹。但如果现代医学最终不能保住他的视力，他就将进入一片永远的黑暗——这种沉重的可能一直悬在他头上，甚至已经超前进入他一次次自我调侃式的心理预习。在那片黑暗里，当然还会剩下很多声音。凭借这些声音，一个人可以找到它们各自的来处，一些大的或小的、软的或硬的、冷的或暖的、动的或不动的物体。世界万物将被一个最简单却是最重要的标准来区分：是障碍或不是障碍的，能把腿脚撞痛或不撞痛的。

对于他来说，腿脚上的痛感将成为世界一切事物的形象和意义。

这就是盲人的世界，某一类残障人的世界。在我看来，“残障”的定义有些含混不清。如果一个人患上胃病、关节炎、高血压，甚至割去半个肺或拿掉一只肾，抑或血液里流淌癌细胞，同样是损坏身体，但人们并不会将其称为残障。可见“残障”是一个特殊概念，并不完全是一个测定健康的概念。“残障”指涉人的视、听、触、言、行、思等能力，与佛经里“六根”与“六识”的范畴相当接近，虽然所言生理，意旨却偏向心理，几乎是一种佛学化的生理概念。

其实，从个人感知世界这一方面来说，有谁可以逃脱生理局限？有谁可以无所不能？我们无论有多么健康，也缺乏狗的嗅觉、鸟的视觉、某些鱼类的听觉。我们听不见超声波，看不见红外线，声谱和光谱上大部分活跃而重要的信号，一直隐匿在我们感官之外。在生物界更多灵敏的活物看来，整个人类庶几乎都是“残障”的。直到最近一两个世纪，我们依靠望远镜才得以遥望世界，依靠航天机才得以俯瞰世界，依靠核反应堆和激光仪才得以洞察世界。在拥有更高科学技术的人们看来，前人可怜得连一张高空航拍照片都不曾领略，对世界的了解是何其狭窄和粗陋。这种状态与健康人眼中的“夜盲”或“视野残缺”，似乎也没有太大距离。

局限总是相对而言。人不是神。人一直被局限所困，还将继续被局限所困——即便正常人也是如此。从这个意义上说，人类依循介入世界的无限欲望，以不断突破和超越自己生理局限的过程，构成了迄今为止的历史。人们靠科学拓展对物界的感知，同时也用哲学、宗教、艺术拓展对心界的感知，比如，从文学史上最初一个比喻开始，寻找声音的色彩，或色彩的气味，或气味的重量，或重量的温度，或温度的声音，就像一个盲人要从一块石头上摸出触觉以外的感觉，摸出世界的丰富真相。这几乎就是文学的全部所为。文学不是别的什么，文学最根本职事，就是感常人之不能感。文学是一种经常无视边界和越过边界的感知力，承担着对常规感知的瓦解，帮助人们感知大的小，小的大，远的近，近的远，是的非，非的是，丑的美，美的丑，还有庄严的滑稽，自由的奴役，凶险的仁慈，奢华的贫穷，平淡的惊心动魄，耻辱的辉煌灿烂。文学家的工作激情，常来自他们的惊讶发现，发现熟悉世界里一直被遮蔽的另一些世界。

舰平起步于诗歌，后来远行于小说和散文，可见眼疾并不妨碍他看到这个世界上更多的东西。

他最近刚经历了一次眼科手术。不管这次手术的效果如何，他今后的新作将展示出越来越宽阔的视野。

1996 年 5 月

---

* 此文为《刘舰平小说选》序，湖南文艺出版社，1996 年。

一个有生命的萝卜

我与张柠还没见过面，只是看过他几篇批评文章，又因为《天涯》一篇文稿的关系，与他有过一两次电话的交谈。老实说，对于他的研究，我还不具备评价的资格。他的很多阐述在我的知识范围之外，他的博学常令我惊异。从我已读到的有限几篇文章来看，这位批评家至少已经配置了结构主义的、历史主义的、存在主义的、东方神秘主义的（如佛学与易经）等多种批评方法，学接今古，识涉中西，理法操演不拘一格。对多种知识资源的汲纳和占有，使他的批评总是不时洞开文明史的纵深空间，接引读者与人类的智慧相遇。

更使我感兴趣的是，作者似乎并不执迷于方法，在使用这种或那种方法时，表现出了应有的审慎。他不是方法的仆役、发烧友或者宣传推广机构，一方面是大胆运用各种方法，另一方面则较为注意特定方法对于特定批评对象的适用性，眼药水不会抹在脚上。他也明白方法的局限，用他自己的话来说，“解读可以从多个不同的角度进行”，他的批评“不过是众多互文的一种”。这种实践者的通达当然赢得了我的信任——因为看破了方法之短，所以最有可能用好方法之长。

二十世纪从独断论之下解放出来，加上文化资本的超常膨胀，一串串的新主义、新学派、新方法正从学院里涌现，让人目不暇接。随手捞上一个作家，都可以变成课题，然后养活几个文学教授。随便摘取文学作品中的一只蝴蝶、一纸病历，或两个特异的修辞句型，也足以让某些批评家展开言之凿凿的逻辑体系和话语空间，在学术讲坛上建构流派。这是一个众声喧腾的时代，方法辈出和方法超产的时代。

照理说，方法没有什么不好。方法是以逻辑组结起来的知识体系，既是认识的成果，也是认识进一步逼近事物真相的手段。没有相应的方法，我们如何能够检测出萝卜里面的维生素？没有其他方法，我们如何知道萝卜里面还有糖？还有氨基酸？还有水？还有空气？……对文学的深度分析就是这样展开的。但问题的另一方面在于，文学是这样一种萝卜，并不是萝卜中各种成分简单的相加，更不仅仅是其中的某一种成分。测出维生素固然很重要，但维生素这东西萝卜里面有，白菜里面同样有，而且臭烘烘的垃圾里面也会有。执迷者最常见的错误，就是“维生素主义”治天下，于是杰作与垃圾无从区别，真前卫与仿前卫成了一回事，优质解构与蹩脚解构成了一回事。他们甚至会把根本不会写小说的人，把最可笑的学生腔，也当作文学的流行品牌，来印证自己方法的胜利。

由此可见，批评的方法并不能等于批评。批评的方法载舟覆舟，即便是最高明的方法，也有它的边界，也有它的陷阱，弄不好就有可能使批评离艺术更远。批评最重要的功能是明心见性，是美的发现。在这一点上，万法同宗，批评家也许更需要倚重于他自己用来创造、选择、运用、超越乃至扬弃各种方法的生命感受。这种感受是他们与作品最本质的相互关切。张柠潜心于他的作品论，并且说过，他对忽略“文学性”的批评抱有警惕，也不赞成“用不合国情的西方术语来强说”中国的作品。我不知道他这些说法的全部具体所指，但我相信他正在获得一种驾驭方法的眼界和能力，正在保护和复活理法中的智慧，器识中的性情，方便多门之下精神的无限丰富性。

一个成熟的作家或作品常常是多解的代数式。如果要借用“主义”来抽象，这个作家或作品可能既是现实主义的，也是现代主义的；既是古典主义的，也是浪漫主义的；既是形式主义的，也是历史主义的；既是理性主义的，也是直觉主义的……严格地说，优秀的文学总是超主义的心智奇迹——至少是一个有生命的萝卜。

其实，优秀的批评何尝不也是如此？没见过面的张柠也许能同意我这一点感想。

1996 年 9 月

* 此文为张柠《叙事的智慧》序，山东友谊出版社，1997 年。

傩：另一个中国

《圣经》中记载了人类远古时期的洪水故事，中国很多民族的古代传说里同样有洪水的故事。《圣经》中的人类始祖叫NOAH（诺亚），中国传说中的人类始祖则叫NOYA（傩亚）。这些巧合和相似意味着什么呢?

这仅仅是很多历史谜团中的一个，也是林河先生这本书极力要探明的问题之一。本世纪以来，有助于揭破这些谜底的文化人类学获得了长足发展，改写和重构了人们的一个个历史观、文化观、哲学观、艺术观。但对于很多中国知识分子来说，文化人类学的方法还相当陌生，以致他们在大谈弘扬传统或反叛传统时，在投入中西文化比较一类时髦话题时，甚至还没有听说过或还不大认识这一个字：傩。

傩，音nuo,或no,意为神鸟，后引申为以鸟为图腾的民族及其原始宗教活动。中国广大农村至今还十分活跃的傩戏、傩祭等，显示出这个字极强的生命力。林河先生研究“环太平洋傩文化圈”，把他以前的楚、越文化研究纳入了傩文化这个更大框架中，为清理中国古代文化资源提供了一个新视角，进而做出了有关的新解释。

除了少数学者认为中国文明源于西方，很长一段时间以来，中华文明发源于黄河流域，似已成了学界定论。北京周口店六十九万年以前的“北京人”，陕西一百万年以前的“蓝田人”，曾被理所当然地认为是中华民族的祖先。但七十年代以来一连串考古新发现大大拓展了人们的眼界，特别是长江流域金沙江畔元谋地区，发现了距今四百万年以前的直立人化石，继而又发现了大溪文化、高庙文化、屈家岭文化等，使“黄河源头”说出现了根本性的动摇。林河先生从考古学取“死”证，从民俗学取“活”证，重新梳理和描述中华文明发展脉络，包括把“龙文化”与“旱粮文化”连接，把“凤文化（傩文化）”与“水稻文化”连接，以丰富的材料，证明后者就是神农氏族的原始宗教文化，从长江流域发轫，辐射全国，最后登堂入室，在商、周时代达到了权威的顶峰并且统一中国。在“龙”与“凤”的文化融合过程中，“凤”文化是更早熟的文化主体，只是到了周代以后，礼制确立，神权旁落，“傩”才被驱逐到中华文明圣殿之外，成了文人雅士们不屑一顾的“怪力乱神”，被两千年来的宫廷正史所遮蔽。

在林河先生看来，周代以后的文化已经分为上、下两层。作为上层的儒家正统的礼制文化当然是重要的，但它的深度影响范围，毕竟只在占人口百分之五以下的士大夫之中；而作为下层的傩文化，在百分之九十五的人口中一直长盛不衰直至二十世纪，更能引起他的同情和关注。换一句话说，后者是他心目中的“民间中国”，从某种意义上来说也是更重要和更真实的中国。这将导致对有关中国文化的一系列结论的挑战：中国是雅驯的？是君臣有序的？是男女有防的？是重农轻商的？……凡此上层文化的特征，一旦到了宽阔的傩文化世界里，无不可以被迥然有别或截然相反的结论所替代。于是，中国到底是什么，不得不重新成为一个问题。

如果说，文化人类学曾经或正在破除文化史上的欧洲中心“一元论”，那么林河先生的傩史研究，至少也在中国范围内显示出消解性和颠覆性的力量——一个是“黄河文化中心”，一个是“儒家文化中心”。这两点不再是无可怀疑。

我曾随林河先生作过一些田野调查工作，在民族文化史方面尊他为师，从他那里学到了不少知识，度过了一些难忘的日日夜夜。当然，我并非这方面的专家，对他在今后研究中更多注意方法论的希望，更多注意西学资源及相关工具的建议，只是出于一个局外人的感觉，仅供他参考。同样是从这种感觉出发，我一直相信，林河先生的研究——尽管眼下还不是特别完善和周密，是人们至今重视得远远不够的一笔宝贵财富，终将使我们对中国文化的认识别开新局，获得一种革命性的拓展和推进。

1997 年 3 月

* 此文为林河《古傩寻踪》序，湖南美术出版社，1997 年。

当年对床夜语

我在中学时语文成绩不好，作为知青下乡后，逐步学习文学写作，得益于很多老师的指引和帮助，胡锡龙先生便是其中一位。他中文科班出身，这在当时的小小县城里并不多见。可惜那时节“文革”阴云悬之不去，使他的身上多了一些拘谨之态，在机关里供职免不了总是低眉顺眼。两只粗布袖套常随身配备，显示出当时知识分子终于工农化的流行形象。

他其实是一个开朗人，不乏村夫式的朴质和热心，毫无某些读书人的酸腐。他一手筷头行草的绝活和有求必应的楹联创作，更使他与城乡百姓尤其是引车卖浆者流建立了天然的联系。下班之后，如果有了二两酒或一壶好茶，他也少不了朋友面前的天南海北放言无忌。我有幸是他当时私下里过从甚多的朋友之一，有幸从他那些坦诚交谈里获得了许多语文的知识和经验，算是补上了社会动乱给我耽误的部分课程。有一次，我在大会上发言的效果不佳，自己也有些沮丧。他事后及时把这一失败诊断为“体裁错误”： 该写成小品的，你居然做开了论文么。这话一语破的，至今留给我的印象很深。作为一种实践心得和临场判断的智慧，这种诊断能力不仅很难从一般课堂学取，在时下诸多博士和教授那里似乎也不多见。

我离开汨罗已有二十年，与锡龙偶有书信往来，但并无太多联系。近日读到他写的一些散文，倍觉亲切和欣喜。常常穿戴粗布袖套的他，在文书和楹联中毕其大半生，大概无意靠文字来轰动或传世，但他关于告别父母爬上大山远游求学的动人记忆，让我鼻酸；他关于潇洒看透权势与金钱的夫子自道，让我亮眼；他在文史、民俗、文字、思想时论等方面的拾遗补阙，为文明建设事业不可或缺的一砖一瓦，让我增长了不少见识。当然，这些文章里透出我熟悉的口气，熟悉的生活，熟悉的情怀，更使我的思绪不时飞向当年，飞向当年金黄色的油菜地，或大雪掩盖了的乡间小路。在那条小路的尽头，在乡间某个黄泥小屋里，一盏闪闪飘忽的油灯之下，锡龙与我抽着最廉价的香烟对床夜语，有不知人间汉魏的飘然世外之感。待起身小便之时，忽听屋顶之上一只大鸟呼啦啦惊飞而去而不知所终。

我想，有那样的夜晚，一生便不再贫乏，也不再冷寂了吧。

1997 年 5 月

---

* 此文为胡锡龙《村夫野语》序，湖南人民出版社，1998 年。

文学是纸上的梦

文学是纸上的梦——这样说大体不错。这些梦可以表现得清晰，如托尔斯泰的作品；也可以表现得狂乱，如尤奈斯库的作品；可以是对美好的向往，如沈从文的《边城》，也可以是对现实的呕吐，如卡夫卡的《城堡》。梦当然也有高下之分。比如同做人生美梦，沈从文梦得凝重和素雅一些，而畅销书作家琼瑶的俊男美女和花前月下，便梦得轻浅和华丽一些——于是有些苛严的批评家，便将后一类作品称之为“中学生的白日梦”，视为梦的次品。

反过来说，既然文学是纸上的梦，那么梦当然也是无墨的文学，至少也是文学的重要基因。这就是说，无论年老或年幼，无论其知识孰多孰寡，每一个人其实都从不缺少文学创作活动；作家与非作家的距离，也就并无万里之遥。夜深人静之时，一个呵欠过后，人人都可能有些昏昏然的文学勾当，进入半个沈从文或半个琼瑶的身份。

这种枕上的全民文学活动，在很久以前只是被文士们偶尔拿来，给予技术性的采用，于是成为贾宝玉对太虚幻境的一段魂游，成为蒲松龄笔下诸多美色妖精，如此等等。直到奥地利人弗洛伊德（Sigmund Freud）的潜意识理论被广泛接受，梦与文学的关系才更为密切，梦的资源才在文学家们那里得到更多的关注和开发。首先，较之显意识的浅梦，潜意识的深梦逐渐成为人们主要的破译对象。其次，作为对现实和理性的超越，梦境的非现实、非理性一面，终于登堂入室，喧宾夺主，移为许多作家的心智主体，成为他们构建世界新的框架、动力、底色、兴奋点以及语法总则。在这个意义上，一部所谓现代主义的文学史，看来不过是把人类的梦越做越大了，也越做越深了。

很久以前，我对做梦这件事也很有兴趣。而眼前这本《黑狼笔记》的作者，集三百余梦于一书，对梦的研究当然比我要做得更认真，也更富有成果。这本书是一个人心理暗区的袒露，也是公共社会生活的折射和倒影；是现实世界的破碎，也是碎片在个人精神深处的重新组合与链接。这样的记录和分析有什么意义吗？我不能说它是一部文学作品——但是我读到它时会不时想到卡夫卡的小说、波德莱尔的诗、尤奈斯库的剧本，而那些经典篇章确已拓展了我们对文学的定义。我也不能说它是一部心理科学作品——因为“心理”能否“科学”起来，能“科学”到什么程度，首先就是一个问题，在我心目中一直存疑。接下来，科学要求量化，而梦很难量化。科学注重可重复性，而梦很难重复。那么一些高度个人性的素材片断和零散表达，在何种意义上能纳入学科研究的视野？

不管怎么样，这是一本有趣也有益的读物，是一个人追求自我深度认识的尝试。当然，人是文化的动物，对人的任何认识都不可能抵达所谓纯粹和绝对的自我，包括我们的梦，也难免受到文化的制约，必有时代和社会之别，必有族群和阶级之异，必有他人的文本和信号渗透其中，不是什么天降神物，很难拿来孤立地求解。我们对梦的破译，即使有录梦如实的前提，也会受制于我们既有的知识准备，特别是在当下，受制于弗洛伊德所开启的精神分析范式。在这一点上，我倒觉得这本书的释梦部分虽然益智，但有点过于“弗洛伊德”化，稍有削足适履、刻舟求剑之嫌。我相信，由义生象，由象生义，在心理转换过程中都有无限可能，是一个多元和多向的开放空间，任何一一对应的象/义关系勘定，即便有很多道理，也仍然会留下局限。读者不妨把这些说法当作释梦的多种角度之一，当作多种可能性之一。

从江湖术士的旧式释梦，到各种文学和心理学的现代释梦，我们的知识越来越接近各种心象的谜底，当然也有可能正在越来越远离这样的谜底——那掠过心头的一轮海上明月，我们的文字最终能将其打捞起来？

这是一个疑问。

我们这些捞月者，无法最终捞到月亮，却可能摸索到心智的美玉和宝石，还有色泽缤纷的彩贝。这至少是一种希望。

1998 年 6 月

---

*　此文为陈立平《黑狼笔记》序，长江文艺出版社，1999 年。

与遗忘抗争

与廖宗亮好些年没见面了。最近接到他的信，很高兴为他这一本作品集写序。

我翻阅他的部分书稿，发现其中有一篇竟是写我的，写某年寒冬我曾为他新生的孩子取名。我十分吃惊，对此事已毫无印象。

我能够记得他当年黑黑脸庞上的笑容，记得他敦厚的惊讶或焦急之貌，当然还记得我们曾一起渡过汨罗江，沿堤岸观看牛和飞鸟，坐在乡村小学的操场里看星斗与流萤，凑在他家昏黄的油灯下推敲诗歌和剧本……问题是，他是否还能记得起这些情景？是不是他也会对江边的某一头牛怎么也想不起来？

人的记忆很不可靠。我们的往事总是在遗忘中流散，被时间慢性谋杀，于是身后常常只留下一片空白。贵贱沉浮，冷暖忧乐，在这一片空白中当然已经都无从区别，于我们来说也就毫无意义。如果事情就是这样，那么一种向身后无限倾泻着空白的人生，与猪狗的状态，与痴傻者的状态，其实并无二致。这种失记如果不造成迷狂错乱，倒会是生理学上的一件咄咄怪事。正是在这个意义上来说，写作是对遗忘的抗争，是对往事的救赎，甚至是一种取消时间的胆大妄为——让难忘的一切转化为稿纸上的现时性事件，甚至在未来的书架上与我们一次次重逢。

只有在这一过程中，人性才能够获得记忆的烛照，才能够获得文明史的守护和引导。本书作者在写作中珍藏、清理、复活自己的记忆：关于阴暗岁月里铭心的耻辱，关于清贫日子里访友的欢欣，关于沉醉高山流水时的物我两忘，关于观察一虫一草时的偶有所思……毫无疑问，他的笔迹实际上也是在编织一个精神世界，让自己在一个物欲横流的世俗现实中再次寻求和确证人生的意义。在这里，我不能说他的第一本集子已完成了这一点，也不能说他在体验、知识、写作技能等方面的局限不再构成他的障碍；恰恰相反，每一个写作者都面临漫漫长途，作为业余作家的他更是这样。但写作并不是一种历史丰碑预制活动，不是一种意在赢得喝彩的竞技表演，从最本质上说，写作是个人与自己的对话，是对自己记忆的咀嚼和消化，从而养育自己的未来，与他人并无太大关系。

我被他的记忆所打动，也为他记忆的富有而深感欣慰。

1999 年 6 月

---

* 此文为廖宗亮《走出青青山》序，中国文史出版社，1999 年。

老体裁遇到新世俗

在历史上，作家们曾是大众娱乐的供给方，因此每一种文学体裁都受到过道德家的歧视。

先是诗词歧视。古希腊人柏拉图曾经宣称，哲学与诗歌之间永远有“旧仇宿怨”，这正是中国道学家们“诗词害道”说的意思。宋代程颐指诗歌为“闲言语”，朱熹发誓“决不作诗”，连大诗人陆游也申明“文词终与道相妨”，对自己写诗常加忏悔。

后有戏曲歧视。中国诗歌在唐宋后总算获得了正统地位，歧视对象便轮到了戏曲。元代的戏曲最为繁荣，但被当时最权威的典籍文库《四库全书》排斥在外，拒不述录。《西厢记》一类作品被儒士们视为“淫词艳曲”，连暗中神往的林黛玉一开始也要假惺惺地斥之为“混账话”，以示自己一身清白。这情形，如同当今优等女生为讨得教师和父母的欢心，便夸耀自己一心热爱数学和钢琴，不可招供玩了电游。

小说歧视的故事当然更长。清末王国维一改学界偏见，著戏曲研究多种，使戏曲终有高尚名分。于是京戏遂为“国戏”，政要巨商鸿儒纷纷以充当梨园票友为雅事。新文化主将郭沫若、田汉、曹禺、老舍等也多涉笔戏剧，让进步和革命的男女们把剧院入得更加放心。我当时随长辈去看戏，就有去博物馆或科技馆以继承严肃伟业之感。比较起来，当时的“小”说虽也在政策宽大之列，但仍有“小”的卑琐出身，而无“国说”之尊，仍让很多人暗暗存疑。比如“爱情”、“接吻”“破鞋”一类让人心惊肉跳的直白字眼唯小说里可觅，于是孩子们在书包里藏一本这样的野书，大有前面所说林黛玉式的惴惴不安，算不上正大光明之举。

到二十世纪结束，小说歧视基本上已得解除。但是从诗词到戏曲再到小说，诸多体裁所受道德歧视的一步步减压，其实也是这些体裁一步步告别盛期的过程，是大众的感官满足和欲望宣泄在这些体裁里一步步潮退的过程。这真是得中有失，乐中有忧，历史的辩证法竟如此无情。

文学本是俗事，以近俗、容俗、言俗为发达之本。然山外有山，俗外有俗，小说再怎么俗，一晃眼就已经俗不过商业化电子视听产品了。不久前，我去一个街头影视放映厅闲逛，发现一大群青年正拍椅子起哄，要求老板把王朔的一个作品换成香港“猛片”。我记得王朔多年前还被批评家指认为中国“俗”主，可仅仅时隔数年，他在这些观众眼里已太啰嗦了，太正经了，太高雅了，太不怎么“猛”了，必须在起哄声中退场。可以想象，其他那些作家累人不浅的小说，更是热销地位渐失，娱乐功能锐减，不再成为大众文化主潮，差不多已成为无韵之宋词和无乐之元曲，有了青铜色彩和文物意味。古代道学家们倘若活到今天，面对声色迸放的电游、MTV、动作片和色情片，恐怕是宁可让子女们正襟危坐大读小说的。

小说不大能追得上世俗化的更新换代，小说即便浓妆艳抹，也渐多沉静和端庄的面容，这是小说的不幸还是小说的大幸？

时运交移，质文代变。小说当然不会消失，盛期已过的诗词和戏曲也依然有用武之地，足以使我们宽心。不过就大体而言，小说的功能弹性，并不能取消体裁特点对作者的制约。这个形式选择内容的道理，只要想一想用七律来做广告的别扭，用京剧来唱星球大战的荒唐，用胡琴来拉爵士和摇滚的力不从心，大概就不难体会。这就是说，小说不是什么都能做的。小说可以多变，却无法万能。每一种体裁都有所长也有所短，都有审美能量的特定蕴积，因此便有这种能量的喷发或衰竭之时，非人力所能强制。这也意味着，随着社会生活的流变，随着一些新兴媒介手段不可阻挡地出现，每一种体裁都可能出现悄悄的角色位移，比如从青春移为成熟，从叛逆移为守护，或者从中心移向边缘。

小说家们呼风唤雨的时代已远，小说的“边缘化”越来越多地成为业内话题，这当然与人类的感官开发和欲望升级有关。可以设想，也许要不了多久，更为新潮的大众文化产品——包括直接植入大脑和肉体的娱乐芯片便可轻易跨越技术障碍，被商家们一一推向市场，连电影电视都很快会沦为夕阳产业。这难道不是已见端倪的前景么？老体裁总要遇到新世俗，炫目的现代化正使一切文化成规迅速地过时和出局，正使人们被自己的欲望驱赶得气喘吁吁而不知所终。这是一个小说曾经为之前驱和呼唤的时代，也是一个小说正在因此而滑入困顿的时代。今天的小说，能否避免昨日宋词和元曲的命运？

或者问题应该是这样：面对这种可能的命运——

小说还能够做什么？

小说还应该做什么？

1999 年 12 月

* 此文为王山主编“末路狂花——世纪末小说系列”总序，花山文艺出版社，2000 年。

一个守约者

所谓七七级是“文革”结束后最早考进大学的群体，也是比较特殊的一届。同学们中除了少数高中应届的娃娃生，大多带着胡须或面皱，是来自农村、工厂、军营的大哥大嫂甚至大叔大婶。人人都有苦斗血泪，个个都有江湖功夫。这种高龄化使校园里多了一些沧桑感，于文科教学来说则不像是坏事。先读生活这本大书，再来读教材这本小书，七七级眼中的字字句句也许就多了些沉重。

我与本书作者杨晓萍就是这一届的同学，考进了同一所大学，分配在同一个班，同一个小组。岳麓山下，枫林似火，四年的同窗岁月现在回想起来恍若一梦。印象里，她在组里同学中年龄偏小，身体也弱，却是一种热情开朗和急公好义的高能物质，声音很占地方，公共事务中多有她的存在。她发动群众扶贫济困，主持公道惩恶纠顽，自然也少不了登台献艺载歌载舞，有一次跳出木偶舞，给我很深的印象。

毕业前夕，全组同学在我家临别聚会，约定五年后的同月同日再来这里相见。说实话，这一浪漫约定并没有被所有的人当真，或者很快被多数人在忙碌日子里忘却。对于散布在天南海北的同学们来说，这一规划大概也确实难以实行。但五年后的敲门声还是响起来了，不是邮递员上门，也不是左邻右舍来访，而是一张风尘仆仆的笑脸出现在门口，让我吃了一惊。

说实话，我也把这件事忘了，好半天才明白她冒出来的理由。

只有杨晓萍没有忘。只有她一个人来了，越过漫长的时光，越过山山水水，从遥远南方来到我所在的城市，赶赴一个同学们差不多都忘却了的约定。她孤零零离开我家的时候，踏几缕斜阳，想必心中一片黯然。

如果有人问：什么是文学？那么我想说：这就是文学。文学不是大学里的教科书和繁多考题，不是什么知识和理论。从本质上说，文学是人间的温暖，是遥远的惦念，是生活中突然冒出来的惊讶和感叹，是脚下寂寞的小道和众人都忘却了的一个微不足道的约定。在一个越来越物质化、消费化、功利化的时代，这样的东西越来越稀缺罕见，却也越来越珍贵。

五年之后又是五年，我因工作需要移居海南，七七级同学都不常见面了。即算碰上有些热热闹闹的大型重聚活动，那些名录册里关于官职或学位的显目标注，那些从来都属于资助者或成功者的讲台，总是让我找不到多少同学的感觉，更找不到多少文学的感觉。我常在这种场合搜寻缺席的人影，包括杨晓萍。幸好，最近接到了她的电话，又读到了她的文章，算是知道了一点她后来的情况。当年我目送她背影远去的时候，我就知道她心中是能够生长出文学来的，是能够生长出诚挚和智慧的，这甚至不需要用什么出版物来加以证明。我甚至想说，当出版更多受到市场或权力的制约，更多关涉到稿酬、名声、职称、官位，一句话，当文学越来越像一门产业时，书本里的文学倒可能流失一尽。

这值得一切写作者悉心警觉。

尽管如此，我还是为杨晓萍的新作感到高兴。我希望同学们都能读到这本书。我们这些失约者，也许可以通过这本书把她多年前那次扑空的来访永远接纳在我们深夜的灯下，接纳在我们的心里。

1999 年 12 月

---

* 此文为杨晓萍《枫叶红了》序，花城出版社，1999 年。

给孩子们一条建议

了解作家们的当代写作，从这种前沿性写作中获取经验，增强自己在语言把握、结构营造、意旨提炼、情感表达等方面的能力，对于青少年来说确有必要。湖南少儿出版社编印这本《当代作家短文示范精品》，对于小读者们来说很有意义。

当然，写作并无绝对真理，再优秀的作家也不是什么不可逾越的高峰，再精美的文章也不是什么不可超越的极限。人皆有短长，文皆有得失，因此小读者面对范文，大可不必顶礼膜拜，更不必亦步亦趋，而应养成一种独立分析的习惯，好的就取而学之，不好的就弃而戒之，使自己对前人写作有一种多角度把握。

这样做并不是要对作家吹毛求疵，更不是与前人们较劲从而虚构自我的优越。正如古人说：不知其短，焉知其长。知其短是知其长的必要条件，正如阴影是光明的必要条件。发现作家们笔下的不足，或者说还可以改进的空间，其实是为了更好地领会和学习他们，也是对前辈们最可靠的尊敬。

因此，我常劝一些小读者，一方面要悉心揣摩范文的长处，另一方面又不妨去敏锐发现作家们笔下一切可增删、可修改、可调整、可润色的地方，甚至不妨当一当小老师或小编辑，试着去改一改范文。能改一字就改一字，能改一句就改一句，能改一段就改一段，看能不能改得更有意思。这种修改其实可作为作文训练的一个重要项目，即便改糟了也不要紧——改糟了同样能得到宝贵心得。

学习的目的不是复制，而是创造，是服务于创造的鉴赏和判断——而这一切只能在比较、选择、尝试、验证、推敲、斟酌的实践过程中才能真正完成。换句话说，那种不别精粗和不分高下的囫囵吞枣，那种见名人就全面崇拜和全面模仿的鹦鹉学舌，只能与有效的学习背道而驰。那种对范文只讲优点，不讲缺点，只准盲目叫好，不准大胆质疑，结果总是把范文讲得枯燥乏味，像一道致人两眼昏眩手足无措的强光，掩盖了范文的真实面目，也扼杀了学生们可能的亲近和热爱。

文有法，却无定法；文有范，却无恒范。这是我们读各种范文时务必胸中有数的大前提。小读者们，上面这两句话可能不大好懂，却是值得我们背诵并且永远牢记在心的。

2001 年 3 月

---

* 此文为《当代作家短文示范精品》序，湖南少儿出版社，2001 年。

知识危机的突围者

作为一个琢磨文学的人，当一个经济学的合格读者尚且不易，为一本经济学论文集作序当然更是十分不合适。抱愧地说，我缺乏相应的知识准备来评价这本书里的观点和思路，还有背景和影响。

好在这些文章并不都是为专业读者而写的，好在经济学本身关乎大众的世俗生存，是一门社会性很强的知识，一般来说常常透出日常生活的体温。一个普通读者即使不熟悉某些术语，仍可大体感受到字里行间的亲切或冷漠、坚实或虚浮、准确或紊乱，甚至用鼻子一嗅，就不难判断些说道能否与自己的经验接轨。很长一段时间以来，有些理论家越来越多文字的空转和语言的迷宫，是必要的高深还是无根的病相？说是谈中国，但有英国公式而没有中国农民佝偻的背影，有美国概念而没有中国工人汗渍的气味，有某种学术规范所要求的大堆图表、引征、注释、索引，却永远没有中国老百姓的惊讶、迷惑以及一声叹息。这种从书本到书本再到书本的中国经济操典，岂能不让人生疑？

“读万卷书行万里路”，为诸多前辈所尊崇，在现代却继之不易。一个现代学者可能是这样生存的：从小学到中学到大学再到博士后，除了偶有假日旅游，几乎大半辈子都封闭在语词和书卷里，然后有了高薪、轿车、网球、出国签证以及高尚社区寓所。他们研究军事却可能从未经历战火，研究政治却可能从未斩获政绩，研究经济却可能从未在车间、农田、工地、货栈、股市、海关那里摸爬滚打，甚至从未独立地赚过一分钱。英国一位著名学者D·莫里斯说过：将军一旦可以远在后方，一旦不再直面鲜血和尸体，是否会使战争变得更加轻率和残酷？这一悬问其实点破了现代知识的严重危机：不仅仅是理论正在远离实践，而且理论者正在更多地受制于利益分配区位的局限。

知识是生活的产物。丰富多样的当代中国正在孕育人类新的大知识和大学问。作为一个具有独特而深厚文化传统的国家，一个资源、人口、地理、历史等国情条件迥异于西方的国家，中国这个庞然大物卷入了现代化和全球化的进程，正盛产各种新的经验和新的想象，使无论欧美左派或右派的思想遗产，都无法准确描述这样一个发展中大国的现实。这是一个正常的空白，也是知识界千载难逢的机会。人类新思想和新学术的增长点之一，最可能出现在这里而不是在别处，最可能出现在中国、印度以及非洲等这些沉默之地，而不是某些案头的精装译本里。可惜并不是所有学者都敏感了这一点。可惜现代知识体制和现代生活模式常常阻碍某些人看到这一点。对于这些人来说，迈开两腿、出身臭汗，走出书卷局限和身份束缚是很困难的。他们的真理永远在别人的嘴上，在流行和强势的话语那里。他们宁愿鹦鹉学舌，一万遍重复“买跌不买涨”的所谓一般需求定律，而无法像本书作者那样，在一个服装厂那里发现靠涨价反而促销的另一种真实；他们宁愿邯郸学步，一万次重复所谓“边际效用递减”的一般满足公式，而无法像本书作者那样，在一个富有的收藏家和一个饥饿的打工者之间，发现了价值的曲变，发现理论的断裂，发现了经济学后面深深隐藏着的利益制约和文化制约——因此一个生活领域里的真知一旦进入另一个生活领域，就完全失效（见本书内文）。他们似乎并不缺少知识，比方昨天曾熟悉报纸上的莫斯科，比方今天正熟悉电视里的纽约曼哈顿，他们只是对自己身边的穷乡僻壤和穷街陋巷总是盲视。在这种情况下，除了折腾一些空转和迷宫，他们还能说出些什么?

卢周来在这本文集里奔波于社会的各区域和各阶层，出入于古今中外的各种学理和感受，知行相济，道术相成，展现了一位中国年轻学者知识创新的勃勃生机和闪闪锐锋。我再说一遍，我几乎无法具体评价他的成果，而只是信赖他的治学态度。我相信，作为现代知识危机的突围者之一，周来与他的众多同道者一起，正在做一件大事，一件继往开来于人间正道的大事。

因此，他的理论求索无论长短得失都弥足珍贵。

2002 年 1 月

* 此文为卢周来《穷人经济学》序，上海文艺出版社，2002 年。

找回南洋

海南岛在汉代已设置郡县，并入中央帝国的版图，但仍是“天高皇帝远”，与中原的关系处于若即若离和时密时疏的状态，于是才有南北朝冼夫人率一千多黎洞归顺朝廷的故事。没有疏离，何来归顺？

北宋以后，在蒙古、突厥等北方游牧民族板块的挤压之下，华夏文明中心由黄河流域向长江流域偏移，帝国对海南的控制和渗透渐次加强。特别是从明朝开始的大批移民，沿东南沿海推进，渡过琼州海峡，汉人群落在海南形成了主导地位。“闽南语系”覆盖闽南、台湾、潮汕以及海南，给这一次移民留下了明显的历史遗痕。丘浚、海瑞等一批儒臣，后来都是在闽南语的氛围里得以成长。

至此，海南最终完成了对华夏的融入，成为中原文化十分重要的向南延伸。但观察海南，仅仅指出这一点并不够。处于一个特殊的地缘区位，海南与东南亚相邻与相望，与南洋文化迎头相撞，同样富有南洋文化的血脉。所谓“南洋”，就大体而言，“南”者，华夏之南也，意涉岭南沿海以及东南亚的广阔地域，其主体部分又可名之为“泛印度支那”，即印度与支那（China，中国）的混合，源自南亚的伊斯兰教与源自东亚的儒学在这里交集并存，包括深眼窝与高颧骨等马来人种的脸型，显然也是印度人与中国人在这里混血的产物。至于“洋”，海洋也，从海路传入的欧洲文化也，在中国人的现代词汇里特指十六世纪以后的西风东渐，既包括荷兰、西班牙、葡萄牙等第一批海洋帝国的文化输入，也包括英国、法国、德国等第二批海洋帝国的文化输入。“洋火”“洋油”“洋葱”“洋灰（水泥）”等，就是这一历史过程留下的各种新词，很早就被南洋居民们习用。

眼下从中原来到海南，人们会常常发现岛上风物土中寓“洋”。街市上的骑楼，有明显的欧陆出身，大概是先辈侨民从海外带回的建筑样式。排球运动的普及，同样有明显的欧陆烙印，以至文昌县为全国著名的“排球之乡”，几乎男女老少都熟悉这种洋体育，对太极拳与少林拳倒是较为陌生。还有语言：“老爸茶”频频出现于海南媒体，但明眼人一看便知“爸”是 bar 的误译。体育习语如“卖波（我的球）”，“奥洒（球出界）”，当然也分别是 my ball 与 out side 的音译。如有人从事跨语际比较研究，肯定还可在海南方言中找到更多隐藏着的英语、法语、荷兰语——虽然它们在到达海南之前，可能经过了南洋各地的二传甚至三传，离原初形态相去甚远。

有些历史教科书曾断言中国在鸦片战争以前一直“闭关锁国”，其实这种结论完全无视了汉、唐、元、明等朝代的“国际化”盛况，即使只是特指明、清两朝，也仅仅适合于中原内地，不适合同属于中国的东南沿海。当年郑和下西洋，并非一个孤立的奇迹，其基础与背景是这一地区一直在进行大规模的越洋移民，一直在对外进行大规模的文化交流和商业交往，并且与东南亚人民共同营构了巨大的“南洋”。据说海南有三百多万侨胞散居海外（另说为五百多万），足见当年“对外开放”的力度之大，以至于现在还有些海南人，对马尼拉、新加坡、曼谷、西贡的街巷如数家珍，却不一定知道王府井在何处。

南洋以外还有东洋，即日本与高丽。两“洋”之地大多近海，其中相当大一部分，曾是中央帝国朝贡体系中的外围，受帝国羁制较少，又有对外开放的地理条件和心理传统，自然成了十六世纪以后亚洲现代化转型的排头兵。在很长一段历史时期内，在西方的“民族国家（nation-state）”理念广为流播之前，亚洲多数国家的管辖边界和主权定位并不怎么清晰，海关、央行、国籍管理等诸多国家体制要件尚未成熟——以至于中、越两国的陆地边界到二十世纪末才得以勘定签约。在这种情况下，孙中山先生领导的民主主义革命最初以南洋为基地，是一件再自然不过的事情。这场革命以改造中国乃至亚洲为目标，但最初完全依赖南洋的思想文化潮流、资金募集、人才准备，几乎就是南洋经济和文化所孕育出来的政治表达——海南的宋氏家族以及黄埔军校里一千多海南子弟，自然成为革命旗下活跃的身影，其倡导现代化的纷纭万象，非后来的海南人所能想象。南洋人民相互“跨国革命”的现象也屡见不鲜，侨民们穿针引线和里应外合，新派人士天下一家，与法国大革命以后欧洲的各国联动颇为相似，直到反美的“印支战争”期间仍余绪未绝，比如在胡志明的人生故事里，国界就十分模糊。

不过，“民族国家”的强化趋势不可遏止。以蒋介石为代表的江浙资产阶级，以毛泽东为代表的湘川农民大众，成为革命的主力，是中国现代史上后来的情节。这是孙中山革命阵营的进一步扩大，是从南洋开始的革命获得了中原这个更大的舞台，当然也是中国革命者们“民族国家”理念初步成型的表现。有意思的是，作为一个象征性细节：孙中山先生正是在获取内地各种革命资源之后，才放弃了文明棍、拿破仑帽、西装革履等典型的南洋侨服，创造了更接近中国口味的“中山装”。他肯定有一种直觉：穿着那种南洋侨服，走进南京或北京是不方便的。也就是从这时开始，随着民族国家体制的普遍推广，东方巨龙真正醒过来了，只不过这一巨龙逐渐被分解成中国龙、越南龙、泰国龙以及亚洲其他小龙。九龙闹水，有喜有忧。印尼、马来西亚、越南等地后来一再发生恐怖的排华浪潮，而中国岭南地区的很多革命者，也曾在“里通外国”“地方主义”“南洋宗派主义”一类罪名下，多次受到错误政治运动的整肃。作为一个民间性的共同体，“南洋”已不复存在。“南洋”不再是一个温暖的概念，而是一段越来越遥远并且被人们怯于回忆的过去。

南洋历史，南洋与中原的互动历史，还有南洋与中原互动历史对现代中国的影响，其实都是了解中国与世界的重要课题——其研究需要更多人力投入。眼下，随着欧洲殖民主义从香港和澳门最终撤走，随着“10+1”（东南亚十国加中国）互助蓝图的展现，随着经济跨国化与文化全球化的大浪汹涌，重提“南洋”恐怕并非多余。

这并不是要缅怀往日中央帝国的朝贡体系，而是在民族主义与国家主义之外，获得一种人类共同体多重化与多样化的知识视野——还有善待邻人与远人的胸怀。

2003 年 3 月

---

* 此文为蔡葩《有多少优雅可以重现》序，山东画报出版社，2005 年。

心学的长与短

孔见是一个比较温和的人，有时甚至退避人后沉默寡言，对世事远远地打量与省察，活得像影子一样不露形迹。但他笔下文字奇像竞出，学涉东西，思接今古，一行行指向时空的宽阔和深远，让人不免有些惊奇。

从这些文字里，可以看出他的学识蕴积，但他不愿有冬烘学究的生吞活剥；可以看出他的文学修炼，但他无意于浪漫文士的善感多愁；可以看出他的现实关切，但他似乎力图与世俗红尘保持一定距离，不会在那里一脚踏得很深；还可以看出他的精神苦斗，但他大多时候保持一种低飞和近航的姿态，谨防自己在信仰或逻辑的幻境里迷失，一再适时地从险域退出，最终停靠于安全而温暖的日常家园。于是他的文字有一种亲切和从容的风格，举重若轻，化繁为简，就像朋友之间的随意聊天。即便有深义，有险句，也多藏于不动声色之处，成为一种用心而不刻意的自然分泌，一种深思熟虑以后的淡定与平常。

孔见锁定了一些高难度的人生逼问，把自己抛入一片片古老的思想战场，关于生命的意义，关于知识的可能，关于道德与事功，关于幸福与死亡……这些逼问历经数千年人类文明而仍无最终谜底示众，于是在一个竞相逐利的工业化和市场化时代里，如果没有被人遗忘，就可能致人茫然或疯魔。但孔见是一个披挂着现代经验和现代知识的古老骑士，顽强地延续着人类对人生智慧极限的挑战，也是对自己理解能力的挑战。

在一般的知识谱系里，这些悬问是虚学而非实学，属于上帝而不属于恺撒，在一个越来越务实的知识界那里日渐处于边缘位置，其正当性正在被经济、社会、历史等学科的诸多人士怀疑。但作者所遭遇的逼问人皆有之，在当下甚至人皆累之，正是经济、社会、历史等方面深刻运动的产物，本身就是实学不可忽略的部分。而离开了这一切心灵的牵挂，忽略了人类精神运行的坐标和轨迹，任何经济、社会、历史等方面的知识都只适用于机器人，无法描述活生生的生命实践，没有理由值得人们特别信任。孔子从“洒扫应对”通向他的治国安邦，是以人为本的；柏拉图视人格为“内在政治制度（inner political system）”，从人格剖析开始他的社会设计，甚至是以心为本的——这些先贤在求知中内外并举，虚实相济，并不像某些后人想象的那样幼稚。

当然，世上没有抽象而普适的人，没有抽象而普适的心，就像形形色色的病以外并没有一种标准化的“病”。青年之我异于老年之我，富人之我异于穷人之我，连婴儿也有遗传差异，并无统一规格。如果剥离了具体人心形成过程中经济、社会、历史等方面的制约因素，寻求一种放之四海或放之万世而皆准的“我”，只能是一种常见的语言事故——无非是“我”这个词让人真以为有了这样一个东西，可以将其抽出来孤立地求解，可以将其供起来放心地依恃。

事实上，各归其“我”的抚慰万能亦无能，虽然用心向善，却无助于揭示和排除任何人生疑难。有人已经这样做过。他们才智过人心志远大，于是求解生命终极之 being（所是，所在），求解一切知识的元知识，一切学科的元学科，如同要谋得一个包治百病的药方，结果呢，无不滑入迷宫般的 nonbeing（虚，虚无）。这一类语言事故发生在本质主义的思路上，是虚学最容易落入的陷阱。他们如果没有成为西方式的神学家，囿于一种专断的虚无；就会成为中国式的玄学家，溺于一种圆通的虚无。而纵欲主义、实用主义、物质主义、科学主义等并不能因此得到理性地克服，甚至恰恰成为这些神学和玄学的必然变体。原因很简单，除非自杀，虚无是无法操作的——当心灵独守虚无之际，一旦进入社会行为的操作，这份虚无就一无所用了，心灵就自动缺席和弃守了，让位于世俗的随波逐流乃至无所不为，是最可能的结局。

盛产神学的地方多见偏执和战争，盛产玄学的地方多见苟且和腐败，这样的例子还少吗？

这是迄今为止人类历史提供的启示。

因此，人心之学如果是必要的话，如果能够更为成熟和坚实的话，应更善于在具体现实条件下展开问题和解决问题，更善于将经济、社会、历史等学科知识援入人生思辨，从而将终极关怀落实为现实方案，使天道真正实现于人间，所谓良医“因病立方”和圣人“因事立言”是之谓也。出于特定的知识资源和个人喜好，孔见这些文章里还残留一些神学和玄学的传统表述方式，颇有商榷余地，但也不被我过于在意。他心事浩茫所针对的现实处境和现实对象，还有在切入这些处境和对象时相关的精神标尺，也许更值得我们会心地解读。

2003年6月

* 此文为孔见《赤贫的精神》序，中国人民大学出版社，2004年。

为语言招魂

学语言，其实是最简易之事。一个人可能学不好数学，学不好哲学，学不好园艺或烹调，但只要没有生理残障，又有足够的时间投入，再笨，也能跟着姥姥或邻童学出流利的言语。即便是学外语，一般也不需要什么特殊的天赋和才华，你把几百个或几千个小时砸进去，何愁不能换上一条纯正的伦敦皇家之舌？

自二十世纪八十年代以来，中国加速现代化建设，出现了举国上下的英语热。近两亿学生娃娃哗啦啦大读英语，热得也许有点过了头，在英语发展史上也算罕见的奇观。但英语热了多年，有些中国人一旦用英语，还是挠头抓腮，半生不熟，有七没八，上不着天下不着地，于是自觉愚笨无比——其实，这种自惭也过了头。

英语难学至少有以下原因：

汉语以方块字为书写形式，是一种表意语言，与英语一类表音语言有天然区隔，在历史上风马牛不相及，长期绝缘，基质大异，各有固习和定规。比较而言，印欧语系虽然品种繁多，但同出一源，其中有拉丁语一分为多，有日耳曼语一分为多，分家兄弟仍分享着几分相似的容颜，是大同小异或明异暗同。此后，英语在英伦三岛上形成，作为“三次入侵和一次文化革命"的产物，被丹尼尔·笛福（Daniel Defoe）视为"罗马/撒克逊/丹麦/诺曼人"的共同创造，其中包括了日耳曼与拉丁两大语流的别后重逢，可视为发生在欧洲边地的远亲联姻。由此不难理解，英语虽为混血之物，仍承续着印欧语系的自家血脉，与各个亲缘语种有千丝万缕的联系。一位南欧或中欧人学习英语，或多或少仍有亲近熟悉之便，不似中国人一眼望去举目无亲毫无依傍，没有进入的凭借。

另一方面，汉语曾被沙漠和高山局限在东亚，是十六世纪以后一个民族逐渐沦入虚弱时的语言，虽有一份恒定与单纯，却缺乏在全球扩张的机会。可以比较的是，英语凭借不列颠帝国和美利坚超级大国的两代强势，在长达近三百年的时段内，由水手、士兵、商人、传教士、总督、跨国公司、好莱坞影片、BBC 广播、微软电脑软件等推向了全球，一度覆盖了和仍在覆盖着世界上的辽阔版图。在这一过程中，物种一经遗传就难免变异，规模一旦庞大就可能瓦解。英语离开母土而远走他乡，实现跨地域、跨民族、跨文化的结果，竟是变得五花八门和各行其是。尽管"女王英语"通过广播、字典、教科书等，仍在努力坚守标准和维系破局，但不同自然条件、生活方式以及社会形态的有力推动，使散布在欧、美、澳、非、亚的各种英语变体，还是无可挽回地渐行渐远。到最后，世界上不再有什么标准英语，只有事实上"复数的英语"——包括作为母语和作为第二语的各式英语，包括贫困民族和贫困阶层那里各种半合法的"破英语"。高达五十万的英语词汇量，比汉字总量多出十几倍，就是分裂化带来的超大化，大得让人绝望。一个英美奇才尚无望将其一网打尽，中国的学习者们又岂能没有力不从心的沮丧？

更重要的是，生活是语言之母，任何绕过相应生活经历的语言学习必定事倍功半。当英语仅仅作为一门外语时，在学习者那里常常只是纸上的符号，无法链接心中的往事，于是类似没有爱情的一纸婚书，没有岁月的一本日历，庭院房屋已经消失的一个住址，没有生命感觉的注入，不是活的语言。学习者们不一定知道，英语中所有寻常和反常的语言现象，不是天上掉下来的，不过都是历史的自然遗痕。在过去的几个世纪里，英语是先民游牧的语言，是海盗征战的语言，是都市和市民阶层顽强崛起的语言，是美洲殖民地里劳动和战争的语言，是澳洲流犯、南洋商人以及加勒比海地区混血家庭的语言，是南非和印度民族主义运动的政治语言，是资本主义技术精英在硅谷发动信息革命的机器语言……中国人置身于遥远的农耕文明，没有亲历这诸多故事，对英语自然少不了经验障碍；如果对这一切又没有足够的知识追补，真正进入英语无异于缘木求鱼。

正是在这个意义上，对于一切学习英语的人来说，眼前这本《英语的故事》十分重要。作者罗伯特·麦克拉姆（Robert McCrum）等人给学习者们提供了必要的补课。它拒绝语言学中的技术主义和工具主义，从语言中破译生活，以生活来注解语言，用一种近似语言考古学的态度，将读者引入历史深处，其细心周到的考察，生动明快的笔触，恢复了语言与生活的原生关系，重现了语言背后的生存处境和表达依据，使一个个看似呆板和枯燥的词语起死回生。这是一本为词典找回脉跳、体温以及表情的书，是为语言学招魂的书。它甚至不仅仅是一本语言史，而是以英语为线索，检索了英语所网结的全部生态史、生活史、社会史、政治史、文化史，在史学领域也有不可替代的重要地位。

文化史当然包括了文学史——读过此书之后，像我这样的文学读者，对莎士比亚、詹姆斯·乔伊斯、惠特曼等西方作家想必也会有新的发现和理解，对一般文学史里的诸多疑团可能会有意外的恍然大悟。

因此，在一个中国全面开放的时代，一切对西方有兴趣的读者，一切知识必须涉外的学者、记者、商人、教师、官员以及政治家，都能从这本书中获益，都能透过英语之镜对西方文明获得更加逼近和入微的观察。

本书的译者欧阳昱，长期旅居英语国家，是一个诗人兼小说家，有汉语写作和英语写作的丰富经验，在此书的翻译中经常音意双求，源流兼顾，形神并举，有一些译法上别开生面和饶有趣味的独创，颇费了一番心血。个别词语如“币造”（coin 原意为币，引申意为生造或杜撰），出于词汇上援西入中的良苦用心，虽不易被有些读者接受，却也不失勇敢探索之功，为进一步的切磋提供了基础。

2004 年 2 月

---

* 此文为欧阳昱译著《英语的故事》序，百花文艺出版社，2005 年。

归家的温暖

当水泥和钢材在世界上任何一个地方都能繁殖出彼此相似的高楼、道路、超市以及加油站，各种地貌特征逐渐模糊和消失，我们的家乡记忆还何以寄托？当一种物质化的个人主义态度，正逐渐割断人与历史的关系，人与群体的关系，使任何家园都被换算成开发和经营的数据，不过是计算器上一笔笔商业价值，我们还有什么理由要对家乡保持特别的思念？在这种情况下，现代文明使我们富裕和强大，却可能把我们从日常情理中连根拔起，在精神上无家可归。

作为一个定居农耕民族，中国一直以家庭为价值基点——家族只是这一概念的延展，家乡则是这一概念的再延展。叶落归根，游子悲乡，美不美家乡水，亲不亲故乡人……众多有关家乡的词语都浸透了一种动人情感，在世界文化之林中并不常见。比如那些从欧洲走向美洲、澳洲、非洲的亿万移民，习惯了马背或航船，多少带有喜迁乐游的性格，目光总是投向前方而不是身后。其中有多少人能像中国人一样常常惦记家乡、歌颂家乡、投资建设家乡，乃至愿意回迁和终老家乡？老华侨们千里寻根的故事，我们能在其他国度听到多少？

对于很多中国人来说，家乡是乡土、乡亲、乡谊、乡俗的生动舞台，也是秘藏情感记忆的一片重要矿脉。那一片祖居之地，总是使怀古追远的意境油然而生。那一片生养之地，总是使和亲睦邻的气氛扑面而来。中国传统文化中的历史感和群体感也许原产于斯，并且在世界文明交汇中，至今仍默默释放出恒久而强大的磁吸能量。事实上，家乡是一个人走向世界的入口，也是人们把握世界的坐标轴心。不可以想象，一个对过去缺乏关切的人，对未来能有多少担当；一个对脚下这片土地冷漠的人，对遥远异乡的土地能有多少热情——这个世界确有很多美丽丰饶之地，人们完全可以移居这个星球的任何地方，并没有特别的理由定要固守热土一隅；但一个没有家乡情怀的人，一个永远在忙碌追逐而无暇回望的人，不管到了哪里，大概都只有欲望的漂流，而缺失爱愿的方位。

一个社会化和全球化的进程，正在使安土重迁不合时宜，家族裙带和地方壁垒一类旧习也行将瓦解。中国人的定居农耕文明因其滞重和衰老，不得不接受浴火再生的阵痛，包括接受现代生活对家乡这一概念的洗刷。但这一洗刷如果意味着家乡的取消，意味着疲惫心灵对乡土、乡亲、乡谊、乡俗不再感光和留影，事情则变得有些可疑。文明以人为本，不是以物为本，因此人的情感、人的审美、人的心灵皈依仍有不可或缺的重要地位。

作为一个灵敏测点，家乡也许仍可继续为我们测出文明的品格。正是在这个意义上，家乡是现代文明反思的起点之一，因此它不是一个向后看的话题，而是一个向前看的话题；不是一曲怀旧者的挽歌，而是一个进取者的自我逼问。

由湖南省汨罗市文联组织的这一次“汨罗美，家乡美”征文，历时一年多，佳作迭出，华章满目，是一次生动活泼的群众文化活动，也是现代化进程之下众多心灵苏醒之后的一次激情相聚。我有幸以汨罗为第二家乡，又有幸阅读了这次征文的部分作品，再一次感受到了归家的温暖。

2004 年 8 月

* 此文为湖南省汨罗市文联征文集《汨罗美，家乡美》序，2004 年。

重新生活

写小说是重新生活的一种方式。

小说作者与其他人一样，经历着即用即废的一次性生命。但小说作者与其他人又不一样，可在纸上回头再活一遍，让时间停止和倒回，在记忆的任意一个落点让日子重新启动，于是年迈者重历青春，孤独者重历友爱，智巧者重历幼稚，消沉者重历豪迈。

因为小说，过去的时光还可以提速或缓行，变成回忆者眼里的匆匆掠过或留连忘返；往日的身影和场景还可以微缩或放大，在回忆者心里忽略不计或纤毫毕现。从这一点上来说，重新生活也是修改生活和再造生活，是回忆者们不甘于生命的一次性，不甘于人生草图即人生定案的可恶规则，一心违抗命运的草草从事，力图在生活结束后再造另一种可能，就像拿着已经用过的一张废车票，在始发站再一次混进车厢里远行。

捏着废车票再一次获准登车旅行，让世界上所有的人生废车票在一个想象的世界里多次生效——这就是小说写作及其阅读的特权。

收集在这本集子里的，是笔者的一些中短篇小说，也是笔者在重新生活时不得不多看两眼和多待一刻的驿地。这里只有一些凡人小事，在这个浮嚣的时代没有什么特别之处。但如果笔者在这里补上一些端详或者一些远眺，添入一些聆听或者一些触摸，作者的第二生命就已经上路。哪怕是一条隐没在大山里的羊肠小路，也可能在这里焕然一新和别有风光，其陌生气息让自己吓一大跳。

小说于我有什么特别重大的意义吗？比方说，小说能够果腹和暖身吗？能够取代政治、经济、法律、宗教、哲学以及新闻吗？恐怕不能，恐怕很难。但小说至少能弥补过去的疏忽和盲目，或者说，至少能洞开一种新的过去，使我增收更多惴惴于心的发现，增收一种更加有意义和有趣味的生活。我对此已感激不尽。如果读者们能从中分享到一丝微笑或一声叹息，我更有理由感到心满意足。

2005年3月

* 此文为小说集《报告政府》自序，作家出版社，2005年。

行动者的启示录

从此就记住了这样一个作者的名字：阿宝。

从此就知道身旁又多了一个这样的人：在沉沦的时代奋进，在迷乱的时代清醒，在侏儒的时代做孤胆英雄。

事情发生在海峡对岸的群山之中，在一片累积雾珠、云影、鸟音、落叶以及静静月光的山坡谷地。一位现代知识女性寻求环保农业的可能，历时数载，独身躬耕，披荆斩棘，摩顶放踵，只为了用一颗心灵来亲证真理，使文明的价值变得可以触摸和抓握，不再是高谈阔论者的概念。

她带回了一本科学的书。虫鸟、草木、水土、建筑、果农技术等，在这里都得到了细致的检验和研究，不失为第一手的宝贵知识。其图文配合的教科书样式，更透出作者的认真、严谨以及耐心。如果我们要深度了解自然，完全可以把这本书带在身边，当作野外作业时小小的百科指南。

她带回了一本文学的书。山野生活的细致镂刻，涉世感受的灵动速写，一再受挫时的情节多变，山水放怀时的诗意凝沉，都使这本书成为充满情趣的散文和小说，成为现代社会的牧歌。哪怕是书中一段议论体的穿插，其文字也大多挟风带雨，明快甚至凌厉，不时迸溅出感觉的光点，让我们一次次动心。

她带回的这本书还是尖锐和炽热的人文哲学。当现代化、全球化、市场化、资本化的洪流淹没一切，环境问题既绷紧了人与自然的关系，更绷紧了人与人的社会关系，正在出现深重的恶变。各种强势话语致人昏昏，构成了危机本身的一部分。在这种情况下，作者从繁荣中看到剥削，从发展中看到亏损，从优雅中看到杀戮，从科学中看到偏执和欺诳，甚至从贫弱者那里看到了与权势者同构相仿的心理倒影。她并没有高调的精神洁癖。相反，正因为她投身最底层和最前沿的实践，每一步都纠缠着自省下的道德两难。也许，只有把自己逼入这样的两难，一个人才能真正体会出历史的丰富与诡异，才能分辨出必要的代价和强加的代价，诚实的正义和虚夸的正义。

其实，她带回的不是什么书，而是无法用体裁和学科来分解的血肉生命，是一个知识游侠成败荣辱皆成文章的说了就干。六年前，我移居中国南方一个山村，在那里盖了一栋房子，每年大约有半年时间在那里种菜，养鸡，植树，结交农友，参与一些乡村建设。在读到这本《女农讨山记》之后，我才知道此山远非彼山，才知道世上还有更多猛士的背影足以令我欣喜，也令我惭愧，催我更加坚定和奋发。

无论在哪个时代，真理永远只是“心身之学”而非“口舌之学”，无行之知不为知也。这个时代不会比以往任何一个时代困难更多或困难更少。区别只在于，这个时代比以往时代更多一些真理的面具：论坛、著述、文凭、学衔以及项目的申报与评审，常常使求知者陷入暗中逐利的知识迷局。因此，求知之道在于言词更在于行动，在于说法更在于活法，常常只以决于求知者能否收拾行囊走向实践，能否走向充满着尘土、汗水以及伤痛的长途。

从这个意义上说，这本书是行动者的启示录。

2005 年 7 月

* 此文为阿宝《女农讨山录》序，湖南文艺出版社，2005 年。

“文革”为何结束

对于“文革”产生的原因，社会主流似乎已有共识。有人会提到中国的专制主义传统，还有人会提到斯大林主义的影响，并上溯俄国大革命和法国大革命的是非功过。更多的人可能不会这样麻烦和耐心，干脆把“文革”归因于“权力斗争”或“全民发疯”，一句话就打发掉。

我们暂不评说这些结论，但不妨换上另一个问题：“文革”为何结束？

既然反思了“产生”，就不能回避“结束”。既然产生是有原因的，那么结束也必有原因。如西方某些人士断言，凡暴政不可能自动退出历史舞台，必以武力除之——这就是当今美英发动伊拉克战争的逻辑。但通常被视为暴政的“文革”看来在这一逻辑之外。因为“文革”既不像晚清王朝结束于各地造反，也不像二战时期日本军国政府结束于外国军队的占领。粉碎“四人帮”基本上未放一枪，整个过程还算和平。标志着彻底结束“文革”的中共十一届三中全会，只是依托一场有关“真理标准”的大讨论，在一两次会议中完成了实权转移，过渡可谓平稳。这就是说，结束“文革”是成本很低的一次自我更新。

其原因是什么？如果说“权力斗争”和“全民发疯”，那么这一切为何偏偏在这一刻停止？如果说“专制主义”或“斯大林主义”，那么这些东西为何恰好在这一刻失灵？它们是被什么力量克服而且如何被克服？

任何转折都有赖于社会大势的缘聚则生和水到渠成。个人作用在历史进程中诚然重要，但对于一个体积庞大的国家来说，其相对的效用概率必定微小，换人（领袖去世等）的小变并不一定带来改制的大变。即便是改制，也需要更多相关基础条件的配置，甚至离不开某一项生产技术的悄悄革新。比如说，如果没有七十年代前期“大化肥”和“小化肥”的系统布局建设，没有以红旗渠为代表的全国大规模农田水利建设，没有以杂交水稻为代表的良种研发和推广，纵有后来意义重大的联产承包责任制，恐怕也难有足够的农产品剩余。那么肉票、布票、粮票的相继取消，还有后来城镇人口的剧增和市场经济的骤兴，恐怕都难以想象——这一类大事不容忽略。

但这里只说及思想政治层面的两点：

新思潮的诞生

一九七六年以“四·五运动”为代表的全国抗议大潮，不是从天上掉下来的，而是民意的厚积薄发，显现出“文革”大势已去。在此之前，一九七三年广州李一哲的大字报呼吁民主，一九七四年张天民等人就电影《创业》问题“告御状”，矛头直指思想文化专制——此类体制内外不同的抗争早已多见。从近年来一些最新披露的资料来看，当时全国各地都活跃着众多异端思想群落，如北京有郭路生（食指）等人组成的文学团体（见多多文），在上海（见宋永毅文）、湖北（见王绍光文）、河南（见朱学勤文）、四川（见徐友渔文）、贵州（见钱理群文）等地，则有各种地下“读书小组”从事政治和社会的批判性思考。陈益南先生著《一个工人的十年“文革”》，也提供了一份生动而翔实的亲历性见证，记录了一些工人造反派的心路历程，记录了他们思想上的迷惘和最终清醒。这些都显示出，当年天安门事件并非孤立事件，其背后有广阔而深厚的民间思想解放运动，色彩各异的思想者组成了地火运行。

新思潮以民主、自由、法制、人道、社会公正等为价值核心，其产生大致有三种情形：

一是“逆反型”，表现为硬抵抗。在“文革”的极权体制和政治狂热之下，遇罗克、张志新、林昭、刘少奇、贺龙、彭德怀一类冤假错案屡屡发生，人权灾难层出不穷，迫使很多人投入对政治和社会体制的反思。包括共产党内不少高层人士，在“文革”前曾是各种政治运动的信奉者与追随者，习惯于服从权力指挥棒，只是因自己后来身受其害，有了切肤之痛和铭心之辱，才有各种沉重的问号涌上心头。胡耀邦后来成为“民主”的党内倡导者，周扬后来成为“人道主义”的党内倡导者，显然与他们的蒙难经历有关。

二是“疏离型”，表现为软抵抗。当时没有直接受到政治迫害的更多人，也对“文革”隔膜日深和怀疑日增，是因为“文革”妨碍了他们的个人生活欲望。这些人一般没有强烈政治意识和直接政治行为，但对

“文革”形成了更为广泛而巨大的价值离心力。七十年代中期出现了青年们“革命还俗”后的“自学热”、“艺术热”乃至“家具热”——上海品牌的手表和自行车也被市民们热烈寻购。湖南著名的“幸福团”由一些干部子弟组成，寻欢作乐，放浪不羁，听爵士乐，跳交谊舞，打架斗殴甚至调戏女性。作家王朔在《阳光灿烂的日子》里描写的一伙军干子弟，也接近这种个人主义、颓废主义、虚无主义的状态。这证明即使在当时执政营垒的内部，禁欲教条也被打破，世俗兴趣逐步回暖，加速了“文革”的动摇和解体。

三是“继承型”，即表现为对“文革”中某些积极因素的借助、变通以及利用。“文革”是一个极其复杂的历史现象，从总体上说，具有革命理想和极权体制互为交杂和逐步消长的特征，二者一直形成内在的紧张和频繁的震荡，使解放与禁锢都有异常的高峰表现。一九六六年，毛泽东在主要政敌失势后仍然发起运动，是“权力斗争”说难以解释的。他倡导“继续革命”和“造反有理”，“发动广大群众来揭发我们的黑暗面”，在随后两年里甚至使大部分国民享受了高度的结社自由，言论自由，全国串联，基层自治，虽最终目标至今让人疑惑不解和争议不休，但民主激进化程度足以让西方望尘莫及。他的政策进退失据，反复无常，越来越陷入极权弊端的困锁，但就全社会而言，反叛精神和平等目标的合法性还是得到了暧昧的延续，如大字报等手段获得法律保护，“反潮流”精神得到政策鼓励。这一极为矛盾的状态和过程，给结束“文革”留下了活口。回荡着《国际歌》声的“四·五运动”，不过是历史向前多走了半步，是“造反有理”的变体。

从这一点看，“文革”不同于一般的极权化整肃，比如一九六八年全国大乱被叫停后，异端思潮仍在全国范围内继续活跃与高涨，与五十年代末期“反右”后的万马齐喑大有区别。同是从这一点看，对“文革”的反对，也不同于一般的西方式民主，比如新思潮并不是对 BBC（英国广播公司）或者 VOA（美国之音）的照搬，亦无中产阶级作为社会支撑，而是一种根植于中国历史和现实中的中国特产。遇罗克、李一哲、杨曦光（杨小凯）、张志扬等知名异端人物的经历证明，他们既有“逆反型”状态，从“文革”中获得了负面的经验资源；又有“继承型”状态，从“文革”中获得了正面的思想资源——在他们的各种文本中，红卫兵或造反派的身份背景隐约可见，马克思列宁主义的理论遗传明显可见。

正因为此，有很多研究者认为“文革”中没有民主，至少没有真正的民主，所有造反不过是在服从中央“战略部署”，异端思潮也往往带有红色的话语胎记。这些说法不无道理。不过历史从来不是发生在无菌箱里，民主从来没有标准范本。俄国叶卡捷琳娜的启蒙，是有专制前提的启蒙。法国拿破仑的改革，是有专制前提的改革。人们并没有因此而一笔勾销历史，并没有对他们的启蒙或改革视而不见。古希腊的民主制与奴隶制两位一体，从来都不乏劣迹和伤痛，但后人并没有说那不是民主。“文革”其实也是这样，“尊王奉旨”是一方面，革命旗号之下的一题多作和一名多实，作为某些书生很难看懂的历史常态，是不可忽略的另一方面。在这后一方面，反叛精神和平等目标既然有了合法性，就固化成一种全社会的心理大势，如同一列狂奔的列车，脱出极权轨道并非没有可能。回顾当时众多异端人士，我们即使用西方某些最傲慢和最挑剔的眼光，也不能因为他们有一个红色胎记，就判定他们与民主无缘。

“文革”结束多年后，市场化进程中冒出很多群体事件。工人们或农民们高举毛泽东的画像，大唱革命时代的歌曲，抗议有些地方的贫富分化和权力腐败，怀念着以前那种领导与群众之间收入差别很小的日子，甚至是粮票一样多和布票一样多的日子。作为“文革”的遗产之一，这种“怀旧”现象引起了广泛争议，很难被简单化地全盘肯定或全盘否定。也许，这种“后文革”时代社会思潮的多义性，在一定程度也正好重现了“文革”时代社会思潮的多义性，为我们留下了一面检测历史的后视镜。

旧营垒的复位

“文革”中的某些激进派曾抱怨毛泽东没有“彻底砸烂旧的国家机器”，对“官僚主义阶级”过于软弱和姑息（见杨小凯一九六七年文）。这从反面泄露出一个事实：由党政官员以及大多知识分子组成的上层精英群体，当时虽受到了重挫，但并没有消灭，甚至没有出局。事实上，正像陈益南在书中描写的那样，在一九六八年到一九六九年全国恢复秩序之际，受到冲击的党政官员在各级“三结合”的权力重组中构成了实际性主体，并没有全部下台。即使是下台的党政官员和知识分子，在一九七二年后，经过一段时间下放劳动，也大多陆续恢复工作，重新进入了国家机器。这些富有政治能量和文化能量的群体得以幸存，是日后结束“文革”的重要条件。

二十世纪是“极端年代”（史学家霍布斯鲍姆语），冷战政治双方都具有多疑、狂热以及血腥的风格。苏联当局在大肃反期间先后处决了中央委员和候补委员中的大半，苏军元帅的大半，还有苏军其他高官的大半，包括十五名军区司令中的十三名，八十五名军级干部中的五十七名。六十年代的印尼政变受美国、英国、澳大利亚官方的支持，先后共屠杀了近百万左翼人士，光是美国驻印尼大使亲手圈定的捕杀对象就多达数千。街头的割头示众时有所见，军人与穆斯林极端组织联手，在两年之内每天至少杀害共产党嫌疑分子一千五百多人。[①]作为这个血淋淋世纪的一部分，中国的“文革”也出现大量非正常减员。一时间人命如草，一部分是国家暴力所为，一部分是国家失控时的民间暴力所为——二者共同构成了极权化过程中最黑暗和最血腥的一页。

不过，就大面积情况而言，混乱与血腥并不是当时事实的全部。红卫兵“联动”等组织的打杀行为受到了司法追究，广西、湖南等地个别农村的打杀风潮被军队紧急制止弹压——这一类故事并非不值一提。一大批精英恢复名誉（如陈毅等），或恢复权力（如邓小平、万里、胡耀邦等），也并不是发生在“文革”终结之后。这些有别于苏联和印尼的现象，这种有生力量的大批保全甚至奇妙复出，是受益于革命时期“不虐待俘虏”的政策传统延续？抑或也得助于中国社会深层“中庸”、“和合”的柔性文

① 见澳大利亚《悉尼晨报》1999 年 7 月间 Mike Head 的连续报道文章及档案材料公布。

化传统？……这些问题对于史家而言，也许不能说多余。

“要文斗不要武斗”，“团结干部和群众两个百分之九十五”，“一个不杀大部不抓”等，是针对这些人的官方律令。有意思的是，在多年来的主流性“文革”叙事中，这些律令在有些地方、有些时候的名存实亡被大量泼墨，在有些地方、有些时候的大体有效却很少落笔入文。正如同样是二十世纪的史实，苏联的红色恐怖几乎家喻户晓，而印尼的白色恐怖却销声匿迹——这很难说是舆论的正常。其实，基本事实之一是：如果中国也成了苏联或印尼，如果邓小平等高层人士像季诺维也夫、加米涅夫、托洛茨基、布哈林、皮达可夫一样死于杀戮，或者被某个外国大使圈入捕杀名单，他们后来就不可能成批量地出山，结束“文革”的时间就必定大大后延。

从事后回忆看，上层精英们谈得最多的“文革”经历是“下放”——这包括党政官员和知识分子贬入下层任职，或者直接到农村、工厂、“五七干校”参加学习和劳动。约两千万知青上山下乡也是与此相关的放大性安排。

“下放”无疑具有惩罚功能。当事人的社会地位降低，还有歧视、侮辱、恐惧、困苦、家人离散、专业荒废等伤害也往往随之而来。这种经历大多逼出了当事人对“文革”合理的怨恨，成为他们日后投入抗争的心理根源。可以想象，当这些人冤屈满腔时，专案组的阴冷和大字报的专横是他们的唯一视野。自己曾一度追随潮流投身批斗的壮志豪情，不一定能长存于他们的记忆。至于合作医疗、教育普及、文化下乡、自力更生、艰苦奋斗等革命亮点，更难进入他们的兴奋。这里有回忆视角的逐步位移和定向，不易被后人察觉。

在另一方面，除了少数人遭遇遣返回乡或拘捕入监，就标准定义下的“下放”者而言，其绝大多数保留干籍和党籍，保留全薪甚至高薪——这在当事人后来的回忆录中都有不经意的泄露，但不一定成为他们乐意讲述的话题。对比《往事并不如烟》一书中受难者们忙着化妆、看戏、赴宴、吃西餐、坐享专车等“往事”，此时的厄运当然已经够苦了，但这种“下放”毕竟还不太像严酷惩罚。在更大范围里，灰溜溜的大多数“下放”者仍然不失民众的几分尊敬、几分羡慕、几分巴结乃至嫉妒。他们仍然构成了潜在的社会主流，不过是在重获权力之前，经历了一次冷冻，接受了一次深入底层的短期教育。当局似乎想以此调整社会阶层结构，强迫上层精英与下层民众融合，尝试革命化的“五七道路”——在一次已经失败的民主大跃进以后，这无异于又来一次削尊抑贵的民粹大跃进，在世界史的范围内同样令人目瞪口呆。

与当局的估计相反，民众对革命并无持久感恩的义务，倒是对极权的弊端日渐厌倦与不满，物质和文化欲求也与禁欲化的强国路线尖锐冲突。民众不但没有使“下放”者受到拥护“文革”的再教育，反而给他们输入了怀疑和抵触现实的勇气。“下放”所带来的丰富经验，更使他们在日后抗争中富有生机活力。以文学为例：作家们在批判“文革”的文学解冻中，大多有“为民请命”的姿态，即便是个人化表达，也多与农民、工人、基层干部心意共鸣，显示出广阔的人间关怀。即便这种关怀夹杂个人情绪，但它至少把下层民众始终当作了同情、感激、崇敬、怀念的对象，就像电影《牧马人》表述的那样。这与九十年代以后文学中较为普遍的自恋和冷漠，形成了明显对照。九十年代的批判似乎还是批判，但“下放”过程中所积蓄的思想情感一旦释放完毕，有些精英兴冲冲的目光就只能聚焦粉面和卧房，回望门第和权位，对“最后的贵族”一类话题津津乐道，甚至在报刊上制作出喜儿嫁大春是错失致富良机的笑料——他们情不自禁地把社会等级制重建当作辉煌目标，与民众的阶层鸿沟正在形成。显然，事情到了这一步，与“文革”后期那些与民众紧密结盟的下放者相比，这些精英的批判是否正在变味、走形乃至南辕北辙？倘若他们所向往的阶层鸿沟进一步扩大，倘若摆脱极权主义的锁链，只是要让社会大多数落入极金主义的囚笼，那么民众对革命乃至“文革”的怀念冲动会不会如期到来？

执政当局曾低估了民众的不满，低估了精英们屈从姿态后面的不满，以历史上罕见的“下放”运动加速了自己的失败。当精英从民众那里一批批归来，当他们的名字开始陆续重现于报刊和会议，“文革”的反对派实际上已经出炉成剑，形成了体制内的力量优势，而且遍布政治、经济、文化、科技、教育、外交等各种重要岗位。此时新思潮已经入场，新中有旧。旧营垒已经复位，旧中有新。各种社会条件出现了复杂的重组，貌似强大的“文革”已成残破的蛹壳。一九七四年后的“批林批孔”和“反击右倾翻案风”力不从心，到处受到阳奉阴违的抵制，已预示一个朦胧若现的结局。一旦时机到来，改革领袖就可以顺从和借重民意，以实现中国的四个现代化为号召，以“四·五运动”为依托，第一打民意牌，第二打实践牌，从而形成马克思主义化的巨大道德威权和政治攻势。

在这一过程中，他们没有另起炉灶，而是利用现存制度资源和制度路径。比方逮捕“四人帮”和挫败上海方面的割据图谋，是利用“下级服从上级”的集权原则——华国锋是当时最高领导，全党全军全国都得服从。比如召开十一届三中全会，则依据“少数服从多数”的民主原则——“凡是派”尽管掌握了党、政、军几乎所有的最高职位，但不得不尊重全会多数人的意志，向务实改革派交出实权。

这一套“民主集中制”，是一种时而集权时而民主的弹性做法，与其说是制度，不如说更像是制度未成品，有时甚至不过是应急运动，是经验的随机把握。如果说它曾被有效地用来应对过救亡和革命，但未能阻止“文革”的发生，最终还出现了强权化和极端化的恶变，让人们余悸难泯和暗虑难消。因此，旧营垒在成功结束危机后，如果还要继续往前走，承担一个人口大国全面振兴的历史使命，就不得不面对制度建设和制度创新的巨大难题。

这个难题留给了未来。

结语：不难理喻的“文革”

对“文革”的简单化叙事积重难返。很多新生代和外国人被某些“伤痕”式作品洗脑后，说起中国的“文革”，只能倒抽一口冷气，摇头瞪眼地惊叹“不可理喻”。这恰好证明当今主流性“文革”叙事的失败。理喻是什么？理喻就是认识。我们需要自然科学，正是因为自然科学能把种种不可理喻的自然现象解说得可以理喻。我们需要人文社会科学，正是因为人文社会科学能把种种不可理喻的人文社会现象揭示得可以理喻——我们绝不可把“文革”越说越奇，越说越怪，越说越不可理喻，再把这个认识黑洞当作自己大获成功的勋章。

“文革”是上十亿大活人真实存在的十年，是各种事变都有特定条件和内在逻辑从而有其大概率的十年，绝不是一堆荒唐的疯人院病历。只要不强加偏见，只要不扭曲记忆，一个贫穷大国急切发展中的多灾多难，就不会比我们身边任何一个交通事故更难于理解，不会比我们身边任何一位亲人或邻居更难于体会——从根本上说，他们非神非妖，“文革”就是由这些活生生的人来参与和推动，并最终予以怀疑和终结的。今天，“文革”已结束三十年了，已退到可供人们清晰观察的恰当距离了。我们需要更多作者来拓展和丰富对“文革”的叙事，还“文革”一个不难理喻的面貌。这样做，可能会增加批判“文革”的难度，但只会使批判更加准确和有力，成为真正的批判。

彻底否定“文革”是多年来的官方政策和主流观念，自有不算恩怨细账和调整全局战略的好处。换句话说，这种否定如果意在根除极权体制及其弊端，那么再怎样“彻底”也许都不为过。即使当事人有点情绪化，也属于人之常情。但这样做，如果只意味着迁就于思维懒惰，意味着划定学术禁区，对十年往事格讳勿论、格禁勿论、格骂勿论，那么一种妖化加神化的两极叙事，必会造成巨大的认识混乱和认识隐患。十年中与极权关系不大的事物（如惠民的创制和强国的建设），对极权给予磨损、阻滞、演变、克服的事物（如启蒙的民主和革命），就可能成为连同病毒一起灭亡的宝贵生命，而结束“文革”的生动过程和历史意义就会永远空缺。这种历史上似曾相识的偏执论竞赛并不光荣。它不仅会给某些空幻和夸张的红色“怀旧”之潮伏下诱因，更会使人们在西方冷战意识形态面前未战先乱，自我封嘴，盲目跟潮，丧失自主实践的能力。

正是在这个意义上，“文革”长久处于不可理喻的状态，就会成为一截粗大的绝缘体，无法接通过去与未来。这块绝缘体一定会妨碍人们认识“文革”前的半个世纪——“文革”就是从那里逐渐生长出来的；也一定会妨碍人们认识“文革”后近三十年的改革开放——“文革”是后续历史不可更换的母胎，孕育出后来各种出人意料的成功和突如其来的危机。

当中国正成为一个世界性热门话题，“文革”是绕不过去的，更不应成为二十世纪以来国情认知迷宫前的一把锈锁。

2005 年 7 月

---

* 此文为陈益南《青春无痕——一个工人的十年文革》序，香港中文大学出版社，2006 年。

小说是“重工业”

自己写过些小说，不免对这种体裁有些偏爱，总觉得小说既是文学体裁之一，又不失为文学的基础产业，就像素描在美术中的地位，田径在体育中的地位，重工业在工业中的地位。

这并不是说小说特别优越。其实，好小说往往有诗的品格，也往往有散文的手法自由和意态平实。甚至可以说，一个好小说家必是诗和散文的知音，总是善于从其他体裁那里获取营养，不断从其他工种那里得到启发。我就曾在好几次会议上，呼吁年轻的小说家向诗人跨界学习。

但营造人物与情节，讲求叙事的精细和厚重，构成了小说与其他体裁形成美学公约数后的剩余，即小说不可取消的特点。那么什么是人物？人物就是生活的主体。什么是情节？情节就是生活的过程。作为对人类生活的表现，文学如果失去了对生活主体与生活过程的近距离、多方位、高强度、大规模的形象产出，绕过了人物与情节这两大要件，当然就有主要功能的缺失，怎么说，也会留下致命的虚浮和残损。

也许正因为这一点，自从纸张与印刷技术得到普及，小说在大多时候总是构成文学市场里的主要产品，小说家一般来说也总是成为作家群体中的多数。只要翻一翻中外各种文学获奖作品目录，我们大概不难知道这一色彩斑斓的事实。有人说诗歌是文学的少年，散文是文学的老年，而小说自然就是文学的壮年了。从这个喻义上来说，一个人不可没有青春期的激情，也不可没有老成期的通达，但人世艰辛常常还靠年富力强的一辈来肩负——这也许就是小说不可推卸的文学中坚之责。

我所供职的海南作家协会，从一开始就破除旧体制，未设置专业作家岗位。作家们一律业余化，下班以后再进入书房。这有利于作家们扎根社会生活，但对于小说（尤其是中、长篇小说）写作这种时间和精力的高耗型作业，又可能造成了一些困难。这便是海南小说创作更需要支持的理由。始于九十年代的“海南作家丛书”在南海出版公司的大力支持下推出，先后出版了三十多本，就是以小说新作为主的，意在为小说家们提供更多园地。最近，“海岸文丛”一套十六本小说集，由海南省作家协会编选，在南海出版公司的再度支持下推出，也是为了进一步展示海南小说创作成果，为小说家们提供新的助力。

我相信，这里的小说家们各有长短，各有精粗，但他们共同呈现出来的丰沃感受、独特见识、灵巧技艺，将使读者们获得难忘的阅读经验，展示出海南文学远航一片更为明丽和辽阔的水域。

我们为他们拉响致敬和送行的汽笛。

2005 年 8 月

---

* 此文为海南省小说创作丛书“海岸文丛”总序，海南出版公司，2005 年。

语言之外还有什么

敬文东先生兼事小说与理论，在这本理论里不免流露出小说家的余兴和积习，不时冒出比喻的嗜好、形容的冲动、戏说与大话的口吻，差不多上演了一出理论脱口秀，或是说书人嘴里的章回哲学。

令人捏一把汗的是，这位说书人选择了一个艰深得不能再艰深的话本，玄奥得不能再玄奥的回目——向“话语拜物教”发起挑战。

自西方学界的“语言学转向（the Linguistic Turn）”以来，人们发现世界只能在语言中呈现，主流哲学因此几成语言学、文本学、话语学。但大破诸多幻象之后，很多人也兴冲冲一头扑进了语言囚笼。他们的理由是：既然对不可言说的东西只能闭嘴（维特根斯坦语），那么文本之外一无所有，连假定的客观真实也缺乏依据和毫无意义。这样，在他们那里，世界开始消失，镜片而不是景物成了观测对象，耳膜而不是声音成了倾听对象，传统定义下的自在之物，如果偶尔还被谈及，却已渐失人间气息，渐失触感和重量，眼看就要坠入虚无黑洞。

我理解敬文东此时的不安，包括他对某些同路人的敏锐生疑。在他看来，同样不安的那些人虽然重提社会与历史，摆出了一种针对话语崇拜的另类姿态，但他们的社会与历史仍限于纸面叙事，只是一些符号和修辞的浮影，其反叛，无异于语言 VS 语言的窝里斗，口水 PK 口水的体制内造反，以逆子之名行孝子之实——这种疑问同样深得我心。

事实上，“窝里斗”本身就是社会与历史的产物，也只有在社会与历史的背景里方可得到辨认。时值现代社会，一时间院校猛增，印刷机狂转，书本知识爆炸，科层化与专业化一统天下，白领与蓝领的社会鸿沟日深……这些活生生的现实事件，使大多文科雇员只能寄生于文本，呼吸于文本，想象历史和社会于文本。对于这些文本生物而言，真要从文本的十面埋伏中杀出一条血路，谈何容易！尤其是某些长期浸淫于西方逻各斯传统的一根筋人士，若想一步跳出自己的肉身，谈何容易！

这就是说，话语崇拜教差不多就是现代校园产物，是文本过剩时代的产物，却并非纸老虎一只。需要自警的是，如果我们没法找到非语言的认知通道，没法找到超逻辑的实证坐标，没法测出隐在文本纵深的实在之基，实在之根，实在之重力，那么一不留神同样会深陷话语迷阵，不一定比我们的对手走得更远。

在这里，敬文东承受的压力可想而知。

他尽力充分准备——这表现在他对各种理论资源，尤其是现代西学资源的广泛涉猎和梳理。他尽力周到谋略——这表现在他在笔下稳打稳扎，瞻前顾后，细心布局，重阵推进，哪怕在某些细节里死缠烂打也在所不辞。他当然还有乾坤独断一往无前的气概——这表现在他不吝赞许也不避挑剔，大胆学习也大胆怀疑，时时活跃着一个独立的大脑，与各种学术经典平等过招，从严对练，即便在光环闪烁的前辈面前，也有六经注我的大志，决不心虚和腿软。我匆匆读完此书以后的感觉，是胆大后生竟一个人发动了淮海战役或平津战役，一心要面对人类的千年难题立言，要在存在论和认识论的神圣王国里再度立法，其志不可不赞，其创新的活力不可不奇。

是对“不可言说的东西”也要重建理性和认知力吗？当然是。

问题是如何重建。

在一百多年来西学东渐的单向运动格局里，这种宽辐和深度的反思并不多见。至于他是否赢得了这场战争，或者说他斩获了什么又丧失了什么，其装备有何优越又有何缺陷，其战法有何成功又有何失误，其攻势在何处强劲有力又在何处虚弱不支……这一切尚需行家们事后仔细评点，非此处一篇短序所能详叙。作为友人之一，我从这本书里得到很多启发，也有不少问题需要向作者讨教、商榷以及争辩，只能留待日后饶舌。重要的是，提出问题就是解决问题的开始，着手行动才有赢得胜利的可能，敬文东已置身于知识危机的突围前沿，已奋不顾身跃出掩体，投入了一次文本深处的求真之旅，一场重新为人类找回真知与真相的方法之争、智识之争、意义与价值之争。

在我看来，面对一个人文知识界越来越无根化和空心化的时代，这一场意义深远的世纪之战无可回避。

愿有更多的志士前来关注和参与。

2006 年 8 月

---

* 此文为敬文东《随贝格尔号出游》序，河南大学出版社，2010 年。

修订的理由

我投入文学写作已三十年。回顾身后这些零散足迹，不免常有惶愧之感。以我当年浓厚的理科兴趣和自学成果，当一个工程师或医生大概是顺理成章的人生前景。如果不是“文革”造成的命运抛掷，我是不大可能滑入写作这条路的。

我自以为缺乏为文的禀赋，也不大相信文学的神力，拿起笔来不过是别无选择，应运而为，不过是心存某种积郁和隐痛，难舍某种长念和深愿，便口无遮拦地不平则鸣。我把自己的观察、经验、想象、感觉与思考录之以笔，以求叩问和接通他人的灵魂，却常常觉得力不从心，有时候甚至不知这种纸上饶舌有何意义。人过中年的我，不时羡慕工程师或医生的职业——如果以漫长三十年的光阴来架桥修路或救死扶伤，是否比当一个作家更有坚实的惠人之效?

我从事写作、编辑、翻译的这三十年，正是文学十分艰难和困惑的时期。一是数千年之未有的社会大变局，带来了经济、政治、伦理、习俗、思潮的广泛震荡和深度裂变，失序甚至无名的现实状况常常让人无所适从。二是以电子技术和媒体市场为要点的文化大变局，粉碎了近千年来大体恒稳的传统和常规，文学的内容、形式、功能、受众、批评标准、传播方式等各个环节，都卷入了可逆与不可逆的交织性多重变化，使一个写作者常在革新和投机、坚守和迂愚之间，不易做出是非的明察，更不易实现富有活力的选择和反应。身逢其乱，我无法回避这些变局，或者说应该庆幸自己遭遇了这样的变局，就像一个水手总算碰上了值得一搏的狂风巨浪。

积累在这个文集里的作品不过是记录了自己在风浪中的一再挣扎，虽无甚可观，却也许可供后人审思，从中取得一些教训。

精神的彼岸还很遥远，在地平线之下的某个地方。我之所以还在写下去，是因为不愿放弃和背叛，还因为自己已无法回到三十年前，如此而已。

这套文集收入了我的主要作品，占发表总量的七成左右。借此次结集出版机会，我对其中部分作品做出了修订。

所涉及的情况，大致可分为三种：

一是恢复性的。二十世纪七十年代末期以来，中国内地的出版审查尺度有一个逐步放宽的过程，作者自主权一开始并不是很充分。有些时候，特别是在文学解冻初期，有些报刊编辑出于某种顾忌，经常强求作者大删大改，甚至越俎代庖地直接动手——还不包括版面不够时的相机剪裁。这些作品发表时的七折八扣并非作者所愿，在今天看来更属历史遗憾，理应得到可能的原貌恢复。

二是解释性的。中国现实生活的快速变化，带来公共语境的频繁更易。有些时隔十年或二十年前的常用语，如“四类分子”“生产队”“公社”“工分”“家庭成分”等，现在已让很多人费解。“大哥大”

“的确良”一类特定时期的俗称，如继续保留也会造成后人的阅读障碍。为了方便代际沟通，我对某些过时用语给予了适当的变更，或者在保留原文的前提下略加解释性文字。

三是修补性的。翻看自己旧作，我少有满意的时候，常有重写一遍的冲动。但真要这样做，精力与时间不允许，篡改历史轨迹是否正当和必要，也是一个疑问。因此在此次修订过程中，笔者大体保持旧作原貌，只是针对某些刺眼的缺失做一些适当修补。有时写得顺手，写得兴起，使个别旧作出现局部的较大变化，也不是不可能的。据说俄国作家老托尔斯泰把《复活》重写了好几遍，变化出短、中、长篇的不同版本。中国作家不常下这种工夫，但如遇到去芜存菁和补旧如新的良机，白白放过也许并不是一种对读者负责的态度。

感谢人民文学出版社热情支持这一套文集的出版。感谢文友东超、单正平等多次对拙作给予文字勘误。还应感谢三十年来启发、感动、支持过我的各位亲人、师友以及广大人民。

2007 年 7 月

---

* 此文为九卷本“中国当代作家：韩少功系列”总序，人民文学出版社，2008 年。

空谈比无知更糟

这是一个精神病高发的时代，有关惊人数据一次次被刷新。究其原因，不仅可归为人际冷漠、贫富分化、竞争过度等社会问题——就像众多专家说的那样；还可能是因为意见过于拥挤与纷乱。

精神病就是心智乱。既然是“多元化”了，甚至“怎样都行”了，那么事情就开始变得麻烦。一个学生娃应该当个好孩子还是坏孩子，而且什么是“好”，什么叫“坏”，“好”要好到哪个分上，“坏”要坏到什么程度……光是这些追问，就足以让很多人头大。

更遑论历史、宗教、艺术、国家、革命等宏大议题，几乎都是各说纷纭和各有其据的迷局。

传统社会渐渐远去，价值观相对统一而稳定的时代从此不再，人们的惶惑迷茫数不胜数。一个活在当代的人，常把敬畏当愚蠢，视服从为丑闻，于是缺乏上帝或圣人的引领，耳朵里又无时无刻不充塞着喧沸众声，比如被脸书、推特、微博、微信之类追逼得手忙脚乱。如果没有能力消化分歧看法和对立观念，就如同在狂饮暴食之际没有一个好胃，最可能生病；又如海量文件接入电脑之时没有一个好 CPU，最可能死机——越来越多的精神事故，大概都爆发在“多元化”这一片雷区。

在这种情况下，读书求知其实面临着高风险，不会比原始部落里的风险更少。为了降低这种风险，我们也许需要一点辩证方法，需要善解是中之非和非中之是，更准确地说，是看到什么条件下“是”可以成“非”，而什么条件下“非”可以为“是”。这样，我们才能避免攥一把万能标签胡乱贴，而善于在知识迷局中去粗取精，趋利避害，总揽全局，统驭各方，不至于从“多元化”的狂欢滑入“虚无化”的泥沼。同样是为了降低风险，读书也许更需要实践的检验与激活，需要我们从日常经验和社会行动中汲取活力，恢复各种词句的现实体温，还原知识与人生的真切联系。这样，我们才能从语词的无限淹埋下杀出一条生路，把书读活，读通，读踏实，读出活生生的人，读出人与生活的智慧，摆脱那种从书本到书本再到书本的泡沫化膨胀，不至于沦为空谈化的“知道分子”。

博闻广识一旦变成了空谈，其实比无知更糟。

韩国与中国，虽有制度与发展道路的差异，但两国互为近邻，共享传统，也一同面对全球化与信息化时代的各种知识难题，无异于别后重逢的同桌学友，散后复聚的并肩旅伴，当然需要思想的分享，需要双方知识界相互的帮助和支撑。感谢韩国青于蓝出版社的热心，感谢译者白云池的辛劳，感谢白永瑞先生的鼓励和崔元植先生的推荐，初版于十多年前的拙作《阅读的年轮》这次将在韩国面世，可望得到韩国读者们的批评和指教，也使韩国读者对邻国的思想文化状况略多一些了解。

因为这一点，我深感荣幸之至。

2008年2月

---

* 此文为韩文版《阅读的年轮》自序，韩国青于蓝出版社，2008年。

治学的道与理

本科毕业以后，觉得自己英文太烂，我经常骑着脚踏车回母校去外语系旁听。其时谢少波先生正在那里执教，给过我不少方便，还定期为我私下辅导，是一位难得的良师益友。我们在杂乱破旧的教工宿舍楼里曾醉心于英文的诗歌与小说，共享湘江之滨一个文学梦。

稍感意外的是，他出国留学和工作以后，由文学而文化，由文化而历史与社会，成为一个视野日益广阔的研究者和批评家，近年来更是活跃在国际学界，对一系列重大议题常有忠直发言，是全球性文化抗争中的一名狙击手和爆破手，一位挑战各种意识形态主潮的思想义侠。

他出于“后现代”师门，操持现代西方的语言学、解构主义、文化研究一类利器，擅长一套西洋学院派战法。但他以洋伐洋，入其内而出其外，以西学之长制西学之短，破解对象恰恰是西方中心主义，是全球资本主义体制下的话语霸权。对“现代性”语义裂变的精察，对西方特殊性冒作“普适性”的明辨，对不同品格“人文主义”的清理，对“新启蒙”与“新保守”暗中勾结的剖示，对跨国资本以差异化掩盖同质化的侦测……都无不是墨凝忧患，笔挟风雷，具有很强的现实针对性和思想杀伤力。

作为一位华裔学者，神州山河显然仍是他关切所在，是他笔下不时绽现的襟怀与视野——这既给他提供了检验理论的参照，又有利于他拓展出一片创新理论的疆域。不难理解，他以多语种、多背景、多学科的杂交优势，穿行于中西之间，往返于异同两相，正在把更多的中国问题、中国经验、中国文化资源带入英语叙事，力图使十三亿人的千年变局获得恰当的理论显影，以消除西方学术盲区。

这当然是一项极有意义又极有难度的工作。想想看，一个没有亚里士多德、基督教传统、殖民远征舰队的中国，在内忧外患中惊醒，一头撞入现代化与全球化的迷阵，不能不经历阵痛和磨难——其难中之难，又莫过于陌生现实所需要的知识反应，莫过于循实求名。迄今为止的争争吵吵证明，中国是二十世纪以来最大的异数，最大的考题。无论是植根于欧美经验的西学话语，还是植根于农耕古史的国学话语，作跨时空的横移和竖移，恐都不足以描述当今中国，不足以诊断现实的疑难杂症。因此，援西入中也好，援中入西也好，都只是起点而非终点。像很多同道学人一样，少波十分明白这一条。他有时候多面迎敌，一手敢下几盘棋，不过是在杂交中合成，在合成中创新，正在投入又一次思想革命的艰难孕育。

在本书的一篇文章里，他谈到庄子及其他中国先贤在理论中的“模糊性、歧义性、不确定性”。这涉及中国传统哲学的特点，也涉及知识生产的基本机制。其实，中国老百姓常说“道理”，“道”与“理”却有大不同。道是模糊的，理是清晰的；道是理之体，理是道之用；若借孔子一言，道便是“上达”之物，理只是“下学”之物——下学而上达，方构成知识成长的完整过程（见《论语·宪问》）。可惜的是，很多学人仍囿于逻各斯主义旧习，重理而轻道，或以理代道。特别是在当前文本高产的时代，一批批概念和逻辑的高手，最可能在话语征伐中陷入无谓的自得或苦恼。他们也许不明白，离开了价值观的灵魂，离开了大众实践的活血，离开了对多样和多变世界的总体把握，离开了对知识本身的适时信任和适时怀疑，在一些具体理法上圆说了如何？不能圆说又如何？在纸面上折腾得像样了如何？折腾得不像样又如何？

历史上的各种流行伪学，其失误常常不在于它们不能言之成“理”，而在于它们迷失了为学之“道”，在大关切、大方法、大方向上盲人瞎马。比如，作者在本书中谈到的“他者”之说——在成为一个概念与逻辑的问题之前，它更像是一个价值观的问题吧？若无一种善待众生的宏愿，相关的细察、深思、灵感、积学等从何而来？

正是在这个意义上，与其说我敬重谢少波先生的思辨之理，不如说我更推崇他的为学之道；与其说我欣悦于他做了什么，不如说我更欣悦于他为什么会这样做，为什么能这样做。

在一个大危机、大震荡、大重组日益逼近的当下，他也许做得了很多，也许做不了太多，这都并不要紧。但他与诸多同道共同发起的知识突围，他们的正义追求和智能再解放，已经让我听到了希望的集结号，看到了新的彼岸正在前面缓缓升起。

2008 年 8 月

---

* 此文为谢少波论文集《另类立场》中文版序，南京大学出版社，2009 年。

历史终究是生活史

从史实到史学，大体上是一个抽象和提纯的过程，如同一个苹果变成苹果干、苹果汁、苹果酱、苹果粉乃至各种化学元素。这一过程的好处，是历史变得便于保存（文字可防遗忘），便于携带（制成书籍或光碟），便于延时性品尝（让后人们理解与思考前事），但这样做的风险在于苹果园的风光不再。日后的读书人一不小心，就可能以为当年苹果树上挂满了化学方程式。

还原苹果园的现场，是史学家们最大的野心，却几乎是不可能抵达的绝对彼岸。于是新历史主义者如海登·怀特（Hayden White）等，就宣称历史如同文学，不过是一种叙事虚构。这当然有些夸张，至少无法得到考古学、文献学、田野调查的足够支持。但他们防伪打假的严厉态度，对苹果干、苹果汁、苹果粉、苹果酱乃至各种化学元素的满腹狐疑，也许不是一无是处。这至少让人们明白，在史学与史实之间，在文字叙事与鲜活事实之间，还有一个还原现场的艰难任务。谁也没有资格拍胸脯夸耀自己已一步跨入了真相。

我是一个写小说和散文的，关注活生生的人间百态。出于这一习惯，在读史的时候免不了在字里行间心驰神往，常常依托今人以推想前事，想看清文字后面的人与生活，看清当年的环境、资源、细节、场景、工具、性格、心情、故事、习俗，等等，不大满足意识形态的逻辑图谱。由此积下的若干点滴心得，当然微不足道，大概连远眺苹果园也算不上，一时不慎而误入西瓜地或香蕉地也说不定。不过，这样读史至少比较有趣，眼前的一切会生动许多，会多一些形象、质感乃至气味。高调一点地说，历史终究是生活史，拒绝还原与有限还原还是不一样的，还原不成功与压根儿不打算还原也是不一样的。

在此就教于各位方家。

2009 年 11 月

* 此文为繁体中文版随笔集《历史现场》自序，香港三联出版公司，2009 年。

诗的形式美

我不擅诗，但常被某些诗句震击，最乐意向诗人鼓掌，有一次还花费自己整月的工资，买来一堆民间油印诗刊，在朋友圈广为散发并为之大吹大擂。那是八十年代初的事。自那以后，我大概仍算得上半个诗读者，一般来说，既为不少诗坛新作而一再惊喜，也为某些诗作的泡沫化而渐生困惑：比如有些诗的情感造作（想必那家伙只是冲着镜子开发灵感），有些诗的意象枯涩（想必那家伙正操一本词典狂搜奇词怪语），有些诗人笔下语言的肥肥大大松松垮垮（比写一张借条或收条更不用心似的）——白话诗就是这样一种口腔随处排泄么？

据说旧体诗容易束缚人的思想感情，当然是事实。为文造情或以辞害意的四言八句，乃至文言政策体、格律口号体，实为一大流弊。不过，把诗体革命理解为信口开河，理解为随意分行的大白话，自由排列的词汇表，放任无拘、恣意胡为、捡进篮子都是菜，则可能是受制于末流译诗的误导，出自于对西洋诗的误解。事实上，把译诗当作原诗很不靠谱。大多数西洋诗原作也是讲求声韵效果的，其精美处若未能呈现于译作，只能赖译者，或翻译本身的局限。

文学毕竟是文学，不可缺少一种形式美——或者说是一种积蕴并融化在形式中的“潜内容”，即文化、历史、哲学、道德之全部隐形信号，乃至心律、耳膜、血流、气息、神经的生理所需。在这一方面，汉文学形式美源远流长，其声韵经验至为丰饶和深厚。作为数千年来百炼千锤的美学遗产，且不说粘对、骈偶、词曲制式，光是汉字四声、五声乃至九声（如粤语）的声调乐感，较之于拉丁语族与日耳曼语族的两声结构，就曾让不少西洋人士惊羡。这有什么不好呢？有什么丢人吗？莫非这些东西一度被误用为枷锁，就得被今人一股脑儿地弃之若敝屣？其实，在实际生活中，人们写小说、写理论、写新闻、写公文、写广告或招牌，甚至一个民间草民开口说话，都可能自觉或不自觉地讲求语感和语趣，包括词句的品相与搭配，包括节奏与旋律的贴切，难道一个诗人写诗，写文学中的文学，倒是必须口腔随处排泄？

因一次南方访学的机会，与范晓燕久别重逢，谈及以上感想，竟获得她的赞同，让我快慰与欣喜。据说她由此坚定了写诗之志，更令我意外。她长期从事古典诗词的研究和教学，又有现代诗词写作实践，当然比我更有资格谈诗。她的诗作既得古法，又多新意，自成一体，多彩多姿，一再用“新古代”和“旧现代”的文字幻境，把读者引向电子世纪的烟波细雨，都市岁月的绿荷黄鹂，飘出超市或汽车的伊人裙裾，还有眼看就要投入开发或销售的霞染江天……这些白话新诗，自由而轻快，字里行间却又不时闪烁出李清照式的缠绕，辛弃疾式的铿锵，常给人不知今夕何夕之疑。诗人呼吸着现代的绚丽、拥挤、忙碌、浮嚣、富饶、厌倦、凉薄以及凌乱，却又深怀一个千年长梦，总是把想象托付给日月山川，凝定于春雨或落叶。这种瞬时与永恒的自我精神紧张，始终深隐于诗体形式的某种古今交集。

从某种意义上说，这就是古典诗体美学的一种现代复活吗？至少，不失为汉诗进化的宝贵探索之一吧？

范晓燕是我大学同学，虽在另一个班，其诗名却早得我闻，一男生曾在课堂上以手抄诗示我，其中便有她不胫而走的少作。几十年后，作为一个现代都市人，她仍能“诗意地栖居”于千年长梦，已足以值得人们尊敬和羡慕。

我应再一次鼓掌致敬。

2010年6月8日

---

*　此文为范晓燕《风裳水珮》序，长江文艺出版社，2013年。

古与今的相互缠绕

用文字来述评图像是一件不讨好的事。文字是抽象的，而图像是具象的；文字是时间性的，而图像是空间性的。因此我常常羡慕摄影家和画家：他们具有形象表达的天然优势，更方便和更直接地切入人类情感。这也是我在欧阳星凯先生摄影作品集《洪江》面前不免踌躇的原因：在他扑面而来的视觉袭击面前，一个饶舌者该从何说起？

对于在江南生活过的人来说，这本作品集里的洪江多少有点似曾相识。老砖墙，木板房，石板街，苍黑的檐瓦，磨损的门槛，依门的女孩，来路不明的邻居，每天黄昏时防火的巡查者……我就是在这样的情境里度过了童年，也因此骇然一惊，似梦非梦，感慨于洪江古镇里的历史凝固。在这里，空间区隔也是时间距离。历史并没有收藏在古籍里，而是似乎近在咫尺，就在我们身边，就在我们不常去的一些角落，一如南美作家加西亚·马尔克斯在马孔多小镇发现了《百年孤独》。这本作品集就是一本视觉性的《百年孤独》。

作者用光圈来发掘，用焦距来勘测，用快门来叹息，用取景框来追问，表现出时光打捞和岁月积攒的强烈兴趣，完成了一次有深度、有规模、有情感体温的文明发现。作为一个写过几本书的人，我倒是在他的镜头下看到了不少文学元素，觉得画面中很多台词、倒叙、情节、性格、命运呼之欲出，甚至觉得每张照片都是某部小说里跳出来的插图。作者特别重视人物——这就是文学。作者特别重视边缘或底层的人物——这也就是文学。作者还特别注重对话关系——这更是文学的基本技法。病卧老妇与自己青春玉照的对话关系，斑驳老墙与少年时装的对话关系，无聊度日与旧时革命标语的对话关系，破旧小屋与西方色情照片的对话关系……都向我们洞开了历史的裂缝，向我们讲述了一个个故事。

我们不一定听懂了这些故事，这些深藏着隐痛、梦幻、感怀、倔强的人生断面。这不要紧，视觉艺术的好处是，我们完全可以用自己的故事来注入画面，进入洪江的各种可能性，进入各种无限的理解和想象。艺术从来就是在多义的紧张中生长的，换句话说，艺术就是我们与世界无数次惊讶的重逢。

洪江地处大湘西，即古代“夜郎国”的一部分。据说，“夜郎自大”是因为夜郎人确实有理由自大，有资格为那里的繁荣与发达而雄视八方。以洞庭通中原，以酉水通巴蜀，以沅水通云贵乃至东南亚，在航运为高科技物流方式的时代，大湘西构成了重要的交通枢纽和货殖胜地——近年来的考古新发现不断证明了这一点，包括跨国商队出没的遗迹，都给后人都留下了历史猜测的巨大空间。洪江，一座古商城，无疑是这一片暧昧不清浩瀚无际大历史抛给今天的一块化石，含有丰富的人文密码，留待后人逐一破解。星凯先生在这块化石里一扎数年，念兹在兹，耿耿于怀，摸爬滚打，深刨细掘，肯定是从那些皱纹、手足、砖瓦、阡陌、旗幡、昼夜突然发现了历史的入口。快门之声就是敲门之声。

像很多艺术家一样，他一次次叩问岁月，其实并不是要当文化的守灵人，也没有文化的恋尸癖，不过是有一种挥之不去的痴迷和压抑不住的冲动，想在洪江这块大化石面前明白：我们是谁，我们从哪里来，我们又要到哪里去？

一般的观众，也许会怀疑艺术家对往事的兴趣，会希望他们把镜头更多地对准当下，对准大楼房和立交桥，还有五光十色的现代时尚。这并非过分的要求。不过，人与其他动物最重要的差别就在于人的记忆能力，因此拒绝记忆的文化只是危机的文化，至少也是一种不够格的文化。更进一步说，中国的大楼房与美国的大楼房有多少差别？北京的立交桥与南京的立交桥有何不同？现代化带来了生活的舒适与便捷，但也使全世界的城市差不多变成了一个城市，导致了千篇一律和千部一腔，即文化的同质化。陕北的窑洞、北方的四合院、江南的吊脚楼，正因钢铁和水泥的普及而全面消失。几近批量生产和定型仿制的流行音乐、青春小说、动作电影，正因电子通讯手段的发达而覆盖全球，造成多样性的濒危。可以肯定的是，旧日的洪江也无法定格于博物馆。随着河运在经济生活中地位的下降，一度依附河运的各种生产方式和生活方式将发生巨大改变，一切根源于这些生产方式和生活方式的器物、制度、习俗、表情、语词、体态也将迥异于从前——古商城一去不复返了。在这个意义，星凯先生的向后看，确实近乎一种文化的临终关怀，虽然温暖却充满着无奈，虽然庄重却也夹杂几许悲凉。

不过，文化常常是新中有旧和旧中有新。历史是现在时的，总是靠新的视角、新的方法、新的选择、新的需求而不断重新得到“发现”。与此同时，历史又总是为新的创造提供资源，提供经验和灵感，路径和依托。一位生物学专家曾经告诉我：优质基因的植物物种，常常不是现代农业不断繁殖后的种子，而是某种“原始种”，即含有几百年甚至几千年前特定基因的物种，一般只能在坟墓或其他类似地方找到。在这里，基因技术是“今”，而原始种是“古”，因此发现“原始种”这个事件亦古亦今，古与今以一种互相缠绕的方式呈现在我们面前。在这个意义上，星凯先生在洪江的向后看，其实也是向前看，是发现过去也是发现今天，是创造今天也是创造过去。因为他以及更多同道的努力，洪江就不仅是物质的洪江，而是一个有文化记忆和精神深度的洪江，人们怎样观看洪江也就有了更多的可能性。这本身是现代洪江的一部分。

新的洪江正在诞生，也一定会诞生的。如果人类还有出息，这个地方将不是一个仿古赝品，就像现在有些人大举制造假民俗、假古董、假文物以忽悠游客那样；也将不是一个仿洋赝品，就像现在有些人恨不得垫高鼻梁、染黄头发、换上一身洋血以便与西方世界全面接轨那样。新的洪江，或说整个新的中国，应有一个有独特文化创新魅力的未来，是人类文明多样化盛景中灿烂的一枝。到那个时候，人们将会发现，像欧阳星凯这样的抗争者与求索者，曾为我们做了多少难能可贵的准备。

2010 年 8 月

---

* 此文为欧阳星凯摄影集《洪江》序，中国民族摄影艺术出版社，2010 年。

回答一个世纪之问

欧洲进入工业化时人口不足一亿；而眼下中国起码相当于那时的十个欧洲。美国经济起飞时每桶原油价格一美元左右，而当今中国正遭遇这个价格百倍以上的疯涨。可以比较的悬殊条件远不止于此。但就是在这种情况下，一个极乱、极贫、极弱的烂中国，在辛亥革命后的一百年，在中国共产党成立后的九十年，其经济总量连续超越法国、英国、德国、日本，直至国际货币基金组织等机构不久前预测：中国将在五年（按 PPP 计算）或十五年（按 GDP 计算）后取代美国，实现经济总量全球第一。

环顾全世界一百多个曾为殖民地或半殖民地的同类国家，这样的成功并不多见。其原因是三十多年来的改革开放吗？当然是。但答案不会这样简单。因为非洲早就有市场经济，东欧早就放弃了“阶级斗争”，拉丁美洲、南亚等早就开始与国际社会接轨，甚至全盘复制西方的宗教、政体、教育、文字以及土地私有制，但那里并未出现全方位的持续快进，甚至很多国家至今仍困于饥饿与战火。被誉为世界“最大民主国家”的印度，一九四九年尚比中国略富，二〇一〇年却是总量和人均 GDP 均只及中国的四分之一——两个人口大国应该说都有不错的发展，但差距不幸被一再拉大。印度的腐败指数，即便由西方有关机构来一再核查，也比中国难看许多。

这样看来，对中国式成功的原因探索，须延展到市场经济之外，须延伸到改革开放之前，即从“后三十年”延伸到“前三十年”，延伸到更为久远的一九二一或一九一一。历史是一张无法剪碎的大网和一条无法割断的长河。百年苦斗之下国人的一系列成果，包括民族主权独立这样的政治遗产，包括“两弹一星”、“全民扫盲”这样的经济和文化遗产，作为改革开放的基础打造和条件依托，作为中国特色的另一剖面，不应排除在视野之外。同样，百年苦斗之下国人的诸多学费，包括惨痛的“大跃进”和“文革”，作为改革开放的教训资源和校正依据，也不可讳言。这就像我一位朋友的比喻：一个人吃到第三个馒头的时候感觉自己饱了，但问题是：如果没有第一个、第二个馒头，你那第三个馒头的神力何在？

哪怕前两个馒头里夹杂了糟糠甚至泥沙。

可惜的是，近年来对历史的虚无化乃至妖魔化，在某些人那里几成时尚。他们清算革命代价，指斥革命过程中的失误、过错以及假革命之名的罪恶，这都没有错，不失为总结经验教训的直言和善言。但如果这样做，竟是一心让中国换轨为菲律宾或乌干达的道路，有什么智商可言？如果说革命的代价令人揪心，但革命前是否就没代价？不革命是否就免代价？革命所针对的极乱、极贫、极弱，革命所终结的国土沦丧、军阀混乱、饿莩遍地、流民如潮、欺男霸女、烟馆娼楼、买办资本独大，等等，岂不是人民更加难以承受的大祸？显然，革命并不能许诺一个馒头就吃饱肚子，更不能许诺一个馒头就是天堂的门票，但革命是卑贱者最后的权利，是各种两难选择之下的迫不得已和特事特办，是救国救民者的慷慨赴义和替天行道。少数后人置身局外的夸夸其谈，其历史“洁癖”如果不算幼稚，便是居心不端——他们无法接近中国革命的最大真相，也必然曲解当今时代的丰富内涵。

由南海出版公司出版的《琼崖红色记忆》，编选了一百多位作者回忆父辈革命史迹的纪念性文章，重温琼崖革命斗争的艰难历程和激情岁月，扩展历史眼界，再现先烈的音容风貌，表达了新一代人崇高的时代礼赞，也为我们提供了一个重要认识视角——当今中国不是从天上掉下来的，是从历史深处一步步拼出来、扛出来、磨出来、熬出来的，几乎在每一寸土地都烙下了痛苦与牺牲。事实上，如果说这个千面中国难以琢磨，实为当今全球学界公认的一大谜团，那么求解这一谜团的最初线索，也许要从很多年前风雨如晦鸡鸣不已的某个深夜开始，从很多年前一个儿子或母亲离家远行的某个拂晓开始，从很多年前一些普通男女泪流满面或血溅五步的生死一刻开始。这本书朴素地讲述一个个这样的时刻；换句话说，是与长眠地下的千万亡魂今夜重逢，共同回答一个世纪之问。

2011 年 5 月

* 此文为《琼崖红色记忆》序，南海出版公司，2011 年。

想象一种批评

当代最好的文学，也许是批评——这当然是指广义的批评，包括文学批评、文化批评、思想批评等各种文字。

这种揣测可能过于大胆。

如此揣测的理由，是因为电子技术的发展，使我们已经告别信息稀缺的时代，进入了信息爆炸或信息过剩的时代。这是一个重要的历史拐点。在拐点之前，没有网络、电视、广播以及发达的报业，文学家是生活情状的主要报告人；文学作品享受着“物以稀为贵”的价值优势，更以其具象化、深度化、个性化的特质，成为效率最高和广受欢迎的信息工具，帮助人们认识世界与人生。但在拐点之后，如果不是对文学鉴赏有特别的训练与爱好，通过波德莱尔去了解法国，通过托尔斯泰去了解俄国，通过鲁迅和沈从文去了解中国人，对于一般大众来说已很不够用，至少是不太方便。现在的情况是：细节与叙事不再是文学的专利，段子、微博、博客、视频、报刊、电视剧等都充满细节并争相叙事。每天揣着手机和敲击鼠标的很多人，不是信息太少，恰恰是苦于信息太多、太繁、太乱，以至自己的大脑形同不设防的喧嚣广场，甚至是巨大的信息垃圾桶，常处于茫然无绪和无所适从的状态；就好像一个人不饿了，而是暴饮暴食之际需要一个好胃，来消化铺天盖地的信息淹没。

文学当然还能继续提供信息增量，而且以其具象化、深度化、个性化的看家本领，成为全球信息产能中不可或缺的部分。但广大受众更迫切、更重要、更广泛的需求，似乎不再是这个世界再增加几本小说或诗歌，而是获得一种消化信息的能力，关系到信息真伪的辨别，信息关系的梳理，信息内涵的破译和读解——这不正是批评要做的事情？即使就文学本身而言，当文学日益接近快餐化、泡沫化、空心化的虚肿，一种富有活力的批评，一种凝聚着智慧和美的监测机制，难道不是必要的自救解药？

把批评总是视为文学的寄生物，既不聪明也不公正。体裁本身并无高下之分。从唐诗到宋词，从宋词到元曲，从元曲到明清小说……文学从来不会消亡，但会出现演变，包括体裁高峰形态的位移。那么，在一个正被天量信息产能深刻变革的文化生态里，批评为什么不可能成为新的增长点、新的精神前沿，以及最有可能作为的创新空间？批评——那种呼啦啦释放出足够智慧与美的批评，那种内容与形式上都面目一新的批评，为什么不能在一个信息过剩的时代应运而生，成为今天无韵的唐诗和宋词？

对于未来，我们需要一点勇敢甚至猖狂的想象。

我不是批评家，充其量只是一个批评写作的学习者。收入这个集子的部分文章，与其说是与读者对话，不如说首先是与自己对话，是帮助自己消化繁杂信息的一点尝试，以协调感性与理性、实践与书本，防止消化不良之后的病入膏肓。感谢陈光兴、彭明伟等台湾同行的帮助，让这本文集与台湾读者们见面。我知道，海峡两岸多年来受制于不同的社会形态、历史轨迹、文化实践，展开对话并不容易。双方依据不同的语境，因事立言，因病立方，会形成不同的兴趣重点、知识性格以及言语习惯。但同为中华文化的传薪者，大家共同努力于批评的写作和阅读，因应当下这个万花筒似的文化大变局，以继续精神的发育成长，也许不失为与时俱进之举。

欢迎指教。

2011 年 5 月

* 此文为繁体中文版《韩少功随笔集》序，台湾社会科学杂志社，2011 年。

镜头够不着的地方

影视产品挤压纸媒读物是当下一个明显趋势，正推动文化生态的剧烈演变。前者传播快，受众广，声色并茂，还原如真，具有文字所缺乏的诸多优越，不能不使写作者们疑惑：文学是否已成为夕阳？

没错，如果文字只是用来记录实情、实景、实物、实事，这样的文学确实已遭遇强大对手，落入螳臂挡车之势，出局似乎是迟早的事。不过，再想一想就会发现，文学从不限于实录，并非某种分镜头脚本。优秀的文学实外有虚，实中寓虚，虚实相济，虚实相生，常有镜头够不着的地方。钱锺书先生早就说过：任何比喻都是画不出来的（大意）。说少年被“爱神之箭”射中，你怎么画？画一支血淋淋的箭穿透心脏？同样的道理，今人说恋爱者在“放电”，你怎么画？画一堆变压器、线圈、插头？

画不出来，就是拍摄不出来，就是意识的非图景化。其实，不仅比喻，文学中任何精彩的修辞，任何超现实的个人感觉，表现于节奏、色彩、韵味、品相的相机把握，引导出缺略、跳跃、拼接、置换的变化多端，使一棵树也可能有上千种表达，总是令拍摄者为难，没法用镜头来精确地追踪。在另一方面，文字的感觉化之外还有文字的思辨化。钱先生未提到的是：人是高智能动物，对事物总是有智性理解，有抽象认知，有归纳、演绎、辨证、玄思等各种精神高蹈。所谓“白马非马”，具体的白马或黑马或可入图，抽象的“马”却不可入图；即便拿出一个万马图，但“动物”“生命”“物质”“有”等更高等级的相关概念，精神远行的诸多妙门，还是很难图示和图解，只能交付文字来管理。若没有文字，脑子里仅剩一堆乱糟糟的影像，人类的意识活动岂不会滑入幼儿化、动物化、白痴化？屏幕前“沙发土豆（couch potato）”式的恶嘲，指涉那种声像垃圾桶一般的大脑，越来越奇葩的大龄卡通一族，岂不会一语成谶？

一条是文字的感觉承担，一条是文字的思辨负载，均是影视镜头所短。有了这两条，写作者大可放下心来，即便撞上屏幕上的声色爆炸，汉语写作的坚守、发展、实验也并非多余。恰恰相反，文字与图像互为基因，互为隐形推手。一种强旺的文学成长，在这个意义上倒是优质影视生产不可或缺的重要条件。

我从事文字写作多年，眼高手低，乏善可陈。感谢四川文艺出版社热情关注，以汉语实验为选材角度，以文体变革为谋划焦点，在二〇一一年有关台湾版本的基础上，推出这一套三卷集，并借用我多年前的一句话“想得清楚的写成散文，想不清楚的写成小说”，以作散文与小说的各自题示。这种编辑思想和编辑手法，在我看来都别具一格，其复兴汉语写作的大志也令人欣慰。

至于实际效益，则有待读者检验了。

2012 年 1 月

* 此文为三卷本《韩少功汉语探索读本》序，四川文艺出版社，2012 年。

前世今生长乐镇

四十多年前，我初中毕业后下乡务农，落户汨罗县天井公社，位于长乐的西南边。我与农友们挑运竹木薪炭一类常常路经这个古镇，对这里的甜酒、麻石街、临江旧庙等印象很深，总觉得这一切必有神秘来历。十多年前，我应朋友之邀，筑庐于汨罗市八景乡，就在长乐的东北方，与古镇仅有一山之隔。平日里要购买液化气，办理邮政事务，置办一些日常用品，如此等等，都需要我驱车入镇，混迹于熙熙攘攘的客流中，近距离见证这里日新月异的现代演变。这样，我虽无长乐户籍，但几十年来与长乐频频相遇，人生轨迹几乎绕着这个古镇转了大半个圈，不能不说是一种缘分。

长乐，乐其天乐其道长其人也。我在文学作品中曾多次提到这一地名，但局限于游人看客的零星印象，缺乏深入查考，有时候记忆夹杂想象，不免写得闪闪烁烁。在这些时候，我特别希望有一本关于长乐的工具书，能准确而周详地发掘人文史料，为我们揭示出古镇前世今生的全面真相，也让外人进一步认识长乐有所方便。值得庆幸的是，这样的书眼下终于诞生了。

这几乎是一个抢救性的工程。感谢周明剑、余耀宗、陈太初、游泳、李望姿、王友槐、刘泽龙、鲁育民等各位热心人的辛苦工件，眼前的这本书对长乐的建制沿革、族源、宗教、建筑、语言、艺文、民俗、传说等做了近乎百科全书式的展示，既有历史的纵深，又有文明的广角，既有“田野调查”式的大规模采风实录（如歌谣部分等），又有颇具专业水准的高精度治学解疑（如方言部分等），因此无论就体量还是品质而言，都达到了令人惊喜的高度，可谓筚路蓝缕，集腋成裘，功德无量。考虑到这本书的编撰和出版完全是一种“民间行为”，参与者们的家园情怀和文化自觉，更是让人感动。

长乐是湖南省众多古镇之一，是全国辽阔土地万千家园里偏僻的一角。在中国进一步城镇化的现代热潮之下，古镇还在继续发育成长。建设一个经济强镇、环境美镇、文化雅镇、平安福镇的重大挑战，还需长乐各界人士心力与物力的巨大投入，需要管理者的责任担当和智慧谋划。毫无疑问，作为一本地方精神史，《湖南省长乐镇文化》不失传薪之功，将帮助古镇人民传承历史，开创未来，积养内涵，打造形象，赢得一个更加辉煌未来。我相信这也是本书所有参与者的热切愿望。

2013年1月

* 此文为周明剑等主编《湖南省长乐古镇文化》序，中国发展出版社，2013年。

思想史的侦探者

侦探小说常被归类为俗文学，大多配以花哨或阴森的封面，堆放在流行读物摊位，吸引市井闲人的眼球，被他们心惊肉跳却也没心没肺地读过即扔。如果有人要把思想理论写成侦探小说，如同一个经学院要办成夜总会，一个便利店要出售航天器，在很多读书人看来纯属胡闹。

本书作者刘禾却偏偏这样做了。在我的阅读经验里，她是第一个这样做的。

这本书的结构主线，是考证纳博科夫（Nabokov）小说中一个叫“奈思毕特”（NESBIT）的人物原型，因此全书看上去仍是文学研究，西方学界常见的文本细读和资料深究，教授们通常干的那种累活。不过，作者的惊人之处，是放弃论文体，换上散文体；淡化学科性，强化现场感；隐藏了大量概念与逻辑，释放出情节悬念、人物形象、生活氛围、物质细节……一种侦探小说的戏仿体就这样横里杀出，冠以《幽影剑桥》或《魂迹英伦》的书名都似无不可。这也许不是什么学术噱头。用作者的话来说：“（文本分析）不是普通的阅读，而是智力游戏，和下棋、推理小说和数学的博弈论差不多，这些领域之间既隔又不隔。”“任何人只要获得文本分析的诀窍，运用起来则放四海而皆准，适用于历史、法律、经济、文学以及任何需要诠释的生活对象，为什么？因为文本分析是思想的侦探仪，而思想和罪犯一样，无孔不入，无处不在。”

显然，作者对拆字法的兴趣并非动笔主因。她对历史人物的知人论世和语境还原，对生活暗层和时代深处幽微形迹的细心勘验，对权力和利益在相关语词后如何隐匿、流窜、整容、变节、串谋、作案的专业敏感，如此等等，与柯南·道尔的业务确实相去不远。去伪存真，见微知著，很多学者要办的不就是这种思想史上的大案要案？不就是要缉拿文明假象后的意识形态真凶？因此，一部思想史论潜入侦探故事，其法相近，其道相通，两者之间并无太大的文体区隔。

“奈思毕特”几乎是一个隐身人。据传记作品《弗拉基米尔·纳博科夫》透露：巴特勒，一个保守党政客，曾任英联邦副首相，就是奈思毕特面具后面的那一个。传说纳博科夫自己就有过这样的指认。但本书作者很快找出一系列重大疑点，证明这一指认很不靠谱，颇像纳博科夫的文字游戏再次得手，伪造现场后脱身走人。

从这一些疑点开始，飞机一次次腾空而起，作者混入熙熙攘攘的旅行客流，其侦探足迹遍及英国、法国、瑞士等诸多历史现场，寻访证人，调阅证词，比对证物，一大批涉案者随后渐次浮出水面。作者看来也不无惊讶，这个以“牛（津）（剑）桥故事”为核心的关联圈里，竟有地位显赫的科学家贝尔纳、李约瑟、沃丁顿、布雷赫特、霍尔丹等，有人文界名流普利斯特利、里尔克、奥威尔、艾略特、海耶克、徐志摩、萧乾、尼卡（纳博科夫的表弟）等，几乎构成了二十世纪初一份可观的知识界名人录，一大堆彼此独立又相互交集的人生故事，由一个神秘的ＮＥＳＢＩＴ从中串结成网。有意思的是，这些人一旦走出声名和地位的世俗光环，都有政治面容真切显影，后人无法视而不见。在那个资本主义如日初升的年代，全球知识界似乎初遇现代性裂变。无论是英国皇家学会院士（如贝尔纳、李约瑟、魏丁顿等），还是诺贝尔奖得主（如布雷赫特等），这些大牌科学家清一色左倾，“剑桥帮”几成红色老营，被英美情报机构严防死打。这是一个疑问。人文界的情况要复杂一些。普利斯特利、里尔克等走左线；奥威尔、尼卡等向右转；艾略特不太左却恶评《动物农场》；纳博科夫相当右但又与同门诸公格格不入。当毕加索忽悠“四维空间”艺术时尚时，似乎只有徐志摩这样的穷国小资，才对西洋景两眼放光，小清新萌态可掬，未入住剑桥也未在剑桥正式注册却写出了一大堆剑桥恋曲，其文学观却七零八落，跟风多变，能对齐主流舆论便行。这又是一连串可供思考的疑问。

一幅五光十色的知识界众生相，一种几被今人遗忘的政治生态图谱，较之于百年后全球性的理想退潮和目标迷失，较之于当下阶级、国家、文明、种族、性别的冲突交织如麻，能给我们什么启示？作为一部献给中国读者的重要备忘录，作者在这里以小案带出大案，从小题目开出大视野，终于走向政治思想史的世纪追问和全球审视，重拾前人足迹，直指世道人心，再一次力图对人格、价值观、社会理想给予急切唤醒。

因大量采用叙事手法，作者轻装上阵，信笔点染，灵活进退，以一种东张西望处处留心的姿态，布下了不少传统文论所定义的“闲笔”。

其实闲笔不闲。剑桥高桌晚餐时男士们一件件刻板的黑袍，与默克制药公司职员谈及任何专业研究时的吞吞吐吐，看似两不相干，如联系起来看，倒是拼合出当代西方社会的某个重要特征：既有宗教的顽强延伸，又有商业化的全面高压。当年波斯米亚风气之下的裸泳和开放婚姻，与美国校园里“光身汉”吃官司与狱中自杀，看似也是些边角余料，开心小桥段，如稍加组合与比对，却也轻轻勾勒出西方文化的差异和流变。更可能让中国读者感慨的是：当年有仆人给学生们一一上门送饭的奢华剑桥，仍让出身于俄国贵族的纳博科夫难以忍受，当然是比他锦衣玉食的魏拉公馆寒酸太多；而中国明星学者梁启超只能蜗居巴黎远郊，差一点被冻死，成天须靠运动取暖；他的同胞北岛，一个瘦削和忧郁的流亡诗人，近百年后仍只能静守北欧冰天雪地的长夜，“一个人独自对着镜子说中文”……在这里，表面上平等而优雅的文明对话后面，书生们最喜欢在书本中编排的国际名流大派对后面，有多少利益、财富、资源的占有等级早已森然就位，有多少当事人困于阶级和民族生存背景的深刻断裂——看似细微末节的这一切，难道不也在悄悄说破重大的历史奥秘？

由此说来，闲笔也是主旨，叙事也是论说。由氛围、形象、故事组成的感觉传达同时也是理性推进，更准确地说，是对理性的及时养护与全面激活。很长一段时间来，理论是有关苹果的公式而不是苹果，更远离生长苹果的水土环境和生态条件，于是很容易沦为概念繁殖概念，逻辑衍生逻辑，一些公式缠绕公式的封闭性游戏。但文科理论的有效性在于解释生活，解释人与社会，不在于其他。如果我们不仅需要知道这个世界上有哪些说法，还要知道这些说法是何人所说，在何种处境中所说，因何种目的和机缘所说，从而真正明白这些说法的意涵和指涉，那么就不能不把目光越过说法，抵近观察当事人的活法，去看清构成某种活法的相关氛围、形象、故事——也许，一种夹叙夹议的文体，理性与感性两条腿走路的方法，或可为这种观察提供便利。

形式从来都是内容的。本书作者的文体选择，与一种还原语境与激活历史的治学思路，看来是写作的一体两面。

据她所述，侦破之旅一开始并不顺利。第一次叩门剑桥的英国海外圣经公会档案部就吃了闭门羹。因一封联系信函石沉大海，反复解释和恳求最终无效，冷冷的管理员不给她任何机会：

“对不起，没有事先预约，就不能进档案馆。”

她只能绝望地离开。

读到这里时，我觉得这一小事故如同隐喻。我们都没拿到幽灵的回执，永不会有历史彼岸的邀请，只能在黑暗中与自己相约，奔赴永无终点的求知长旅。

2013 年 8 月

---

* 此文为刘禾《六个字母的解法》序，香港牛津大学出版公司，2014 年。

序韩氏家谱

自工商活跃交通便捷，生民迁徙日繁，族群与故园不复重合，唯姓氏如薪火永续，承血缘标识，载历史思忆。

以姓氏领结家谱，生物专家或疑其遗传网络有漏，启蒙高士或疑其父权主线有偏，然尽孝行悌乃人类精神之底蕴，慎终追远为中华文明之深基，其漏其偏，不掩家谱之善，于上敬祖、于下睦亲，感恤众生，德泽社会，不失为民间之朴风良俗也。

韩门一系可上溯周代姬姓，自始祖万受封于韩地，遂为韩氏百代之启。先祖韩光于明代嘉靖年间（公元一五二二年），自鄂荆迁湘澧，迄今繁衍十数代，可谓根深叶茂，丰沃千里。历世同祖胞亲生生不息，筚路蓝缕，披荆斩棘，修身齐家，济民报国，于农于工于文于武百业有成，或娶或嫁或守或迁八方归誉，历祖若知，当欣慰于九泉；众裔如闻，必振奋于来日。炎黄大家庭煌煌史册，自有我门英才卓士丰功伟绩辉耀其间。

诚谢宗亲韩绍祖、韩显峰等急公好义之士，不辞劳顿奔波南北，不避繁杂辑校今古，遍集零落以求不遗，精理目序以保不紊，终得韩氏家谱续编凡百万字，以为我族人寻根思源之凭，感恩怀德之依，增益亲情厚积乡谊之据，功莫大焉。谨以为序。

2013年11月

* 此文为湖南省澧县韩氏新编族谱序，2013年。

直面其心

一平是我知青时代的朋友，两人务农之地相近，后又分别供职于县里两部门，仅一墙之隔。他天资聪颖，书法、美术、文学、声乐、象棋、篮球、乒乓球等无师自通，上手即高手，友人无不惊羡。但聪明人的风险是什么都玩得转于是什么都玩，时间一长也就成了广谱药丸和游击大侠，能遍地开花，专业识别度却稍显模糊。

术业专攻其实也有风险。古人曾说“内美”与“修能”。专攻者勤学苦练一大堆知识和技法，实质上是传承前人经验，对接文化成习，以求作品接受面最大化。但旧识易壅蔽心灵，匠技易淹没情志，一旦入而不出，“修能”便伤其“内美”。这里有内外兼修的两难。太多从艺者一辈子克隆前贤，高仿古法，更像是一些业务兴隆的复制专家。

从艺术史的谱系看，一平远离宋元，趋近明清，重意而轻于形，求道而慎于术。用他自己的话说：“道高于术，道法自然。”“艺术中的法非永恒不变，先有法，后有变法，最后无法生万法。”其实他对于明清前辈也仅取其神，并不愿亦步亦趋。因此，他的书、画、印皆无法无天胆大妄为天马行空，很难纳入任何批评程式的框架——包括明清文人写意传统那一路。

换句话说，与其说这里是一些可供观赏和解析的作品，毋宁说更像作者心境的随机成像，一个人内心密码的纷纷裸示。与其说观众可读他的手，可读他的脑，毋宁说更须直面其心。

比较能给我感觉的作品有：《回家》的飘忽步履必定是指向草庐之门。《渭城朝雨》恍如石匠字和铁匠字，是劳动号子一声声砸出来的。《焉能摧眉》充满民间野性，恰似怒发冲冠拍案而起大出一口恶气。《知行合一》有桀骜不驯睥睨天下的雄强。《楚风寻我》形如披头散发上天入地的楚徒。《出入平安》都给人一种紧张感，布下某种易爆的危机气氛。《酒》《随意》《两幅泼写的字》像神魔并出，大闹天下，驰骋万里。《佛魔一念间》《生生不息》等初看如胸透胶片，或噩梦截屏，黑压压的致人惊骇，但一种浑身是胆金刚怒目式的威猛尽出其中。《阿哥阿妹在深山》的亲昵娇憨实在太可爱了。《毛古斯》隐藏了小屁孩顽皮捣蛋的劲头。《我》和《虎寿》分明是笑出来的字，与《乐》和《心如月性似风》那些醉出来的字相映成趣，都有老夫聊发少年狂之乐。《开心》是跳动和踊跃，相当于管弦锣鼓交织的欢腾。《悠悠寸草心》无异于乖孩子想家，小眼睛眨巴眨巴，襁褓之梦忽在目前。《天涯比邻》的寥落感和孤独感让人恻然不已。《逝》是一曲幽幽通向远方的阳关三叠。《自强求缺》有一种俭朴、低调、清高的隐形标高。《守正出奇》掩不住淡定、慎独、大巧若拙、外圆内方的悄悄自许。《卜素朴素》放达而飘逸，宠辱两忘，目无今古，禅定不为，差不多是一声声云外鹤鸣。《无穷》《给弟弟路平的酒字》等则有亲切的点染，柔情的流淌，阳光的泼洒，空阔而静寂的逝者如斯，一瞬即万世的时空凝固……

这些视觉造型有的朴拙，有的狂放，有的萌态可掬，有的仙气回环，还有些意蕴亦虚亦实，忽近忽远，才上眉头又上心头，我也难以寻找和捕捉。合上画册，一声唏嘘，一平还有多少胸中块垒需要在纸上燃烧与迸放？

艺术是寂寞的，“无法生万法”的艺术家更有寂寞长途，与齐声鼓掌万众欢呼市场天价注定无缘。他想必对此已有所准备。

我与他见面不多，联络也疏，遥想当年乡下的雨夜对床已恍若隔世。好了，谢谢他一册《莫非》抵达，让我有机会重返当年，在想象中点燃一盏油灯，听他在雨声中把自己此生娓娓道来。

2013 年 11 月

---

* 此文为刘一平书画印集《莫非》序，湖南美术出版社，2014 年。

大自然因人而异

四十多年前，红卫兵退出中国“文革”舞台，都市中学生绝大部分都被动员上山下乡，去穷乡僻壤摸爬滚打，接触土地、农民、社会底层传统。我是他们中的一员。没想到的是，三十多年后因缘再续，我避开都市的诸多应酬和会议，与妻子回到当年务农之地，盖了一个房子，在那里种菜植树，抗旱排涝，晴耕雨读，一晃又是十五个年头。

准确地说，是十五个半年——因每年秋收后我们都返城越冬，处理若干家务和公务，也让自己能保持左看城右看乡的不同视角。

与都市不同，乡村景观要恒定得多，其山脊线和溪流声越过千年甚至万年，几无时间痕迹。于是这里的明月、野渡、鲜花、飞鸟、竹篱、樵夫等，早已成为文学中的陈词滥调，小资笔下的心灵脂粉和美文味精，与当地居民却没有太大关系。一些令雅士们惊艳的红叶，其实是脱水或失温的表征，想必是树木备受折磨之状，不一定值得赞美。一些时尚男女所赏玩的流萤，其实意味着虫害迫近，把菜园、瓜园、果园送入危机时刻，足以让某个农夫焦灼。作为现代生产力的庞然怪物，一条水泥公路割去了往日的马帮和独木桥，常被旅游者觉得大煞风景，但由此带来的物流畅通，包括钢材、水泥、塑料、玻璃、电器的进村入户，倒可能让山民们欢天喜地。

由此看来，所谓“自然”因人而异，因文化和财富而异。乡村不仅仅是风景画，不仅仅有浪漫主义消费的保留节目，还有自然中的人。这些人五花八门，其各不相同的生产方式和生活方式，其生老病死、喜怒哀乐、沉浮福祸的平凡故事，同样是自然的一部分。这些人不是隐居两年的梭罗（Henry David Thoreau，以《瓦尔登湖》著称），更不是带上旅行装备去咬咬牙狠狠心待上三两周的仿梭罗，而是在这里搭上了一辈子。因此，他们的形迹构成了对自然更直接、更深入、更可靠、更活化、更具有历史感和生命感的诠释，潜入人类骨血中深藏不露。若离开了他们，目光越过了他们，任何人笔下的自然都有几分可疑，也许不过是盆景的放大，恒温花房的延展，几首田园诗的现场模拟再现，甚至是某些霸权者施展文化劫持和生态剥削的伪自然——恰恰表现了他们对自然的严重误解。当事人无论如何激动或深情，与这一片天地里众多他者的真相其实仍相去甚远。

二〇一三年冬，我应邀在台湾讲学一月，有机会游历这里的美丽山河，有机会与不少农民、志工、有关专家交流乡村建设的经验，交流某种走近自然的体会。感谢台湾人间出版社的热情相约，这一本《山南水北》增修版能在海峡对岸面世，算是我与这些朋友交流的继续。

我相信还有更多别样的自然有待我们前去认识。

2014 年 3 月

---

* 本文为繁体中文版《山南水北》序，台湾人间出版社，2014 年。

萤火虫的故事

在作家群体里混上这些年，不是我的本意。

我考中学时的语文成绩很烂，不过初一那年就自学到初三数学，翻破了好几本苏联版的趣味数学书。“文革”后全国恢复大学招生考试前，我一天一本，砍瓜切菜一般，靠自学干掉了全部高中课程，而且进考场几乎拿了个满分（当时文理两科采用同一种数学试卷）——闲得无聊，又把仅有的一道理科生必答题也轻松拿下，大有一种逞能炫技的轻狂。

我毫不怀疑自己未来的科学生涯。就像一些朋友那样，一直怀抱工程师或发明家之梦，甚至曾为中国的卫星上天懊丧不已——这样的好事，怎么就让别人抢在先？

黑板报、油印报、快板词、小演唱、地方戏……卷入这些底层语文活动，纯粹是因为自己在“文革”中被抛入乡村，眼睁睁看着全国大学统统关闭，数理化知识一无所用。这种情况下，文学是命运对我的抚慰，也是留给我意外的谋生手段——至少能在县文化馆培训班里混个三进两出，吃几顿油水稍多的饭。可惜我底子太差，成天挠头抓腮，好容易才在一位同学那里明白“论点”与“论据”是怎么回事，在一位乡村教师那里明白词组的“偏正”关系如何不同于“联合”关系。如果没有民间流传的那些“黑书”，我也不可能如梦初醒，知道世界上还有契诃夫和海明威，还有托尔斯泰和雨果，还有那些有趣的文学呵文学，可陪伴我度过油灯下的乡村长夜。

后来我终于有机会进入大学，在校园里连获全国奖项的成功来得猝不及防。现在看来，那些写作确属营养不良。在眼下写作新人中闭上双眼随便拎出一两个，大概都可比当年的我写得更松弛、更活泼、更圆熟。问题是当时很少有人去写，留下了一个空荡荡的文坛。国人们大多还心有余悸，还习惯于集体噤声，习惯于文学里的恭顺媚权，习惯于小说里的男女都不恋爱、老百姓都不喊累、老财主总是在放火下毒、各条战线永远是“一路欢歌一路笑”……那时节文学其实不需要太多的才华。一个孩子只要冒失一点，指出皇帝没穿衣服，便可成为惊天动地的社会意见领袖。同情就是文学，诚实就是文学，勇敢就是文学。宋代陆放翁说“功夫在诗外”，其实文学在那时所获得的社会承认和历史定位，原因也肯定在文学之外——就像特定棋局可使一个小卒胜过车马炮。

解冻和复苏的“新时期文学”，在某种程度上很像“五四”新文化大潮时隔多年后的重续，也是欧洲启蒙主义运动在东土的延时补课，慢了一两拍而已。双方情况并不太一样：欧洲人的主要针对点是神权加贵族，中国人的主要针对点是官权加宗法；欧洲人有域外殖民的补损工具，中国人却有民族危亡的雪上加霜……但社会转型的大震荡和大痛感似曾相识，要自由、要平等、要科学、要民富国强的心态大面积重合，足以使西方老师们那里几乎每个标点符号，都很对中国学子的胃口。毫无疑问，那是一个全球性的“大时代”——从欧洲十七世纪到中国二十世纪（史称“启蒙时代”），人们以“现代化”为目标的社会变革大破大立翻天覆地，不是延伸和完善既有知识“范式”（科学史家 T.S.Kuhn 语），而是创建全新知识范式，因此都释放出超常的文化能量，包括重新定义文学，重新定义生活。李鸿章所说“三千余年一大变局”当然就是这个意思。历史上，也许除了公元前古印度、古中东、古中国、古希腊等地几乎不约而同的文明大爆炸（史称“轴心时代”），还鲜有哪个时代表现出如此精神跨度，能“大”到如此程度。

不过，“轴心”和“启蒙”都可遇难求，大时代并非历史常态，并非一个永无终期的节日。一旦社会改造动力减弱，一旦世界前景蓝图的清晰度重新降低，一旦技术革新、思想发明、经济发展、社会演变、民意要求等因缘条件缺三少四，还缺乏新的足够积累，沉闷而漫长的“小时代”也许就悄悄逼近了——前不久一部国产电影正是这样自我指认的。在很多人看来，既然金钱已君临天下，大局已定，大势难违，眼下也就只能干干这些了：言情，僵尸，武侠，宫斗，奇幻，小清新，下半身，机甲斗士……还有“坏孩子”的流行人格形象。昔日空荡荡的文坛早已变得拥挤不堪，但很多时尚文字无非是提供一些高配型的低龄游戏和文化玩具，以一种个人主义写作策略，让受众在心智上无须长大，永远拒绝长大，进入既幸福又无奈的自我催眠，远离那些“思想”和“价值观”的沉重字眼。大奸小萌，或小奸大萌，再勾兑点忧伤感，作为小资们最为严肃也最为现实的表达，作为他们的华丽理想，闪过了经典库藏中常见的较真和追问，正营销一种抽离社会与历史的个人存在方案——比如好日子意味着总是有钱花，但不必问钱来自哪里，也不必问哪些人因此没钱花。中产阶级的都市家庭，通常为这种胜利大“抽离”提供支付保障，也提供广阔的受众需求空间。

文学还能做什么？文学还应该做什么？一位朋友告诉我，“诗人”眼下已成为骂人的字眼：“你全家都是诗人！”这说法不无夸张，玩笑中却也透出了几分冷冷的现实。在太多文字产品倾销中，诗性的光辉，灵魂的光辉，正日渐微弱黯淡甚至经常成为票房和点击率的毒药。

坦白地说，一个人生命有限，不一定遇上大时代。同样坦白地说，“大时代”也许从来都是从“小时代”里滋生而来，两者其实很难分割。抱怨自己生不逢时，不过是懒汉们最标准和最空洞的套话。文学并不是专为节日和盛典准备的，文学在很多时候更需要忍耐，需要持守，需要旁若无人，需要繁琐甚至乏味的一针一线。哪怕下一轮伟大节日还在远方，哪怕物质化和利益化的“小时代”闹腾正在现实中咄咄逼人，哪怕我一直抱以敬意的作家正沦为落伍的手艺人或孤独的守灵人……那又怎么样？我想起多年前自己在乡村看到的一幕：当太阳还隐伏在地平线以下，萤火虫也能发光，划出一道道忽明忽暗的弧线，其微光正因为黑暗而分外明亮，引导人们温暖的回忆和向往。

当不了太阳的人，当一只萤火虫也许恰逢其时。

换句话说，本身发不出太多光和热的家伙，趁新一轮太阳还未东升的这个大好时机，做一些点点滴滴岂不是躬逢其幸？

这样也很好。

2014年11月

* 此文为文摘集《夜深人静》自序，中信出版社，2015年。

从内心开始

唐代韩愈在《答李翊书》中曾指出写作的两个目标：一是“立言”，二是“胜于人”。在他看来，前一目标比后一目标更重要。

这一区别显然是相对而言。

我这里想补上第三个目标，或者说第三种状态：不得不写。这是指五味杂陈的感受郁积于怀，不吐不快，非说出来不可。这样的写作不一定能争胜，更不一定能立言，甚至一开始就不过是自说自话，私事私办，不大考虑市场需求和公共评价，只求对自己做一个交代。换句话说，这种文字更像是写给自己，差不多是弃权于成功与卓越，只是作者本人必要的释放和解脱。

《山南水北》和《日夜书》大概就是这一类作品。这两本书追踪自己在生活中的点点滴滴，包括各种隐秘的焦虑、惊讶、忧伤、喜悦、屈辱、感怀，虽也有假托和虚构混迹其中，亲历性的现场记忆却是主要叙事动力。岁月流逝，数十年一晃就过去了。弹指之际，千年变局。天地之间，惟心是归。当熠熠闪光的那么多人和物正变得模糊，相伴相守的日子渐次凋零，受惠者的一眼回望岂是多余？当真理多元化几成常态，一个文本消费的时代里众声喧沸，那么多一点针对自己的检索和诘难，是否比提高声调拉开架势说服他人更为迫切？就这样，放下技法，放下风格，放下创新野心，放下禁忌掐算和风险规避，一切从内心开始，便成了一件轻松的事。

或者说，文学在很多时候本该是一件简单的事，就像呼吸，就像漫步和入梦，无须太多高难动作的拼比。

承蒙友人不弃——感谢刘锦琳先生策划，何立伟先生配画，安徽文艺出版社继《马桥词典》等四卷之后再次诚邀合作，使这一套精装配图丛书逐渐成形。借此机会，《山南水北》在二〇〇六年作家出版社初版的基础上略有修补，《日夜书》在二〇一四年上海文艺出版社再版的基础上略有增删。特予说明。

2015 年 1 月

* 此文为精装插图版《日夜书》和《山南水北》总序，安徽文艺出版社，2015 年。

经典：加法与减法

文学经典是一个弹性概念，通常是指那些影响长存的作品，在文学史上具有典范、指标、基石的意义。

其实，这些作品大多留有知识精英的物权印痕，切合历史上中（产）等阶级的总体心理需求——因为只有读书人才可能掌控评说、课堂、图书馆、文学史，以及向公众传导文学信号的职能。这样说的意思是，草民对民间迷信插得上手，对文学却不大够得着。权贵对公文插得上手，对文学也不大够得着。因此，经过一段不太长的岁月，迷信与公文不知何处去，很多文学作品却依赖众多读书人的齐心合力，仍能顽强地保值增值，一次次重返书架。

读书人五花八门，并非统一的整体。有的白皮肤，有的黑皮肤；有的信基督，有的归佛门；有的敢担当，有的颇颓废；有的傍权贵，有的走江湖……于是产生不同的文学标尺，也是常情。但不管他们之间差别多大，既然都读书，既然都在书里泡，就如同一群棋友对棋艺还是会形成大致相近的规则。这样，《钢铁是怎样炼成的》其“经典性”也许跨不出政治红区的边界；《阿凡提的故事》的“经典性”不一定能在基督教地区有效；但《罗密欧与朱丽叶》《西厢记》《红楼梦》之类就不一样了。这些读书人共有的美人梦、精英闷骚、愤世纠结，能引起更广泛和更持久的共鸣，成为兴奋的更大公约数。

这印证了一种后现代主义的说法：凡经典都是建构之物，有一个经典化的过程，常常取决于什么人、为了什么、凭借什么来上下其手。

在这里，较小的公约数常常离不开政治、宗教、经济等方面的特定推力；而较大的公约数则有赖于知识界更为广泛的通则和共鸣。

不过，这并非事实的全部。地摊上那些花哨的畅销读物能不能成为经典？那么多涉性、涉金、涉官、涉暴的文字，明明挠到了很多人的痒痒肉，不胫而走，呼风唤雨，为什么就很难碰上什么“经典化”的好运气？甚至捞不到一个较小公约数？可见，建构并非无条件的，无法由知识话语权一类来随心所欲。在罗兰·巴特（Roland Barthes）笔下，葡萄酒是法兰西人建构出来的一种文化图腾，不一定天经地义。这也许没错。但法兰西人再任性，再有能耐，也没法把阴沟水建构成什么至尊国宝。这里的区别在于：与阴沟水不同，葡萄酒具备了基础条件，具备了候补图腾的可能性，在营养、口感、气味、色泽等方面显示出无可替代的价值优势。这就是后现代主义者不应忘记的另一半真相：思想与艺术终究是硬道理。

天不变道亦不变，道不变文亦不变。只要人还没有变成机器人，只要这个最大的“天（自然）”还没变，那么某种普遍的人性之道，或说人类较为广泛和持久的价值共约，就会构成经典化的隐秘门槛，把泡沫逐渐淘汰。托尔斯泰作为一个“思想大户”（切入宗教、道德、政治的时代焦点），乔伊斯作为一个“艺术大户”（竟然发现、开发、释放出意识流这等奇物），就这样跨入了门槛。还有一些“资源大户”，比如《西游记》（佛教文化资源）、《聊斋志异》（道教文化资源）、《三国演义》（王侯文化资源）、《水浒传》（江湖文化资源）等，也是各得先机，各成气象，成为不易绕过去的大块头——至少在中国是如此。相比之下，大仲马、张恨水一类超级写手，再热闹也还是偏轻偏小，在大指标上不给力，最可能就被建构者们的目光跳过去。

不难看出，经典化是一个动态过程，却是一种有限界的分布函数。换句话说，“建构”是文化权重者们做的加法；而淘汰和遗忘则取决于天下人心，是更多人在更久岁月里操作的减法，一种力度更大的减法。

前者有偶然性；后者有必然性。

换句话说，前者是运之所成，靠机缘；后者则是命之所限，靠实力和品质。在这个意义上，大部分文学史其实皆可半信半疑，因为任何一个文学作品，都是在这种加法与减法的双向对冲之下，进入一种谋事在人成事在天的无限漂泊，需等待下一本甚至 N 本文学史的再度检验。

2015 年 6 月

---

* 此文为《香港文学》杂志 2015 年 7 月号卷首语。

附录　南山纪要：我们为什么要谈环境生态？

一九九九年十月下旬，由海南省作家协会主办、南方航空公司海南分公司协办的“生态与文学”国际研讨会在海南省召开，来自中国以及美、法、澳、韩等国的作家和学者张炜、李锐、苏童、叶兆言、格非、乌热尔图、方方、迟子建、蒋韵、黄灿然、蒋子丹等三十多人与会。

二十五日晚，在三亚市南山生态文化苑，参加这次会议的部分学者在求同存异的原则下，就环境生态问题又进行了进一步座谈。参加座谈的有黄平（《读书》杂志执行主编）、李陀（《当代大众文化批评丛书》主编）、陈燕谷（中国社会科学院文学所副研究员）、戴锦华（北京大学中文系教授）、王晓明（华东师范大学中文系教授）、陈思和（复旦大学人文学院教授）、南帆（福建省社科院文学所所长、研究员）、王鸿生（河南省文学院研究员）、耿占春（海南大学文学院副教授）等。韩少功（海南省作家协会主席）作为会议东道主出席座谈①。部分其他人员及外国同行列席了座谈。

① 同时主持记录稿整理。

现在呈现出来的，是根据座谈者的发言和相近思路整理出的一个提纲，以期作为继续思考和广泛征求意见的基础。

环境生态并非仅仅是个科学技术问题

很长时间以来，全球范围的环境生态一直在恶化，水资源短缺，荒漠化扩展，温室效应，有害气体排放量急增，臭氧层被破坏，生物多样性减少，等等，都不仅危及人类的物质生存，而且加剧了全球和地区范围的经济、社会、政治、文化和族群的冲突乃至危机。

在中国这样一个人均物质资源相对缺乏（在全球排名一百六十位以后）的发展中国家，随着与全球化的经济体系“接轨”的步伐加快，资源与开发的矛盾、生态环境与经济增长的矛盾迅速激烈化。近年来，黄河断流，长江泛洪，淮河变黑，西北等地的快速荒漠化，华东、华南等地的大气污染和水污染等，危害着很多人最基本的生存条件，剥夺着他们的生存权利；许多城市的垃圾公害和食品污染也正在对人（特别是工薪阶层和贫困阶层）的生命健康和生活质量构成威胁。据国家有关部门统计：中国目前有百分之三十的水资源遭到污染，百分之三十三的耕地受到水土流失的危害，每年因环境污染造成的损失上千亿元，占国民生产总值的百分之六点七五，这意味着环境生态代价几乎将抵消掉经济增长的绝大部分。从整体上说，淡水缺乏，水质与大气污染，土质退化，耕地减少，水土流失，酸雨增多的现象还没有得到有效控制和治理。

一种颇为流行的观点认为：环境污染和生态破坏是经济增长不可避免的阶段性现象，随着时间的推移和科学技术水平的提高，这个问题就会逐步得到解决；也只有在经济增长起来以后，对环境和生态保护才能有更多的财力投入。

需要对此质疑是：从过去几十年的情况来看，全世界并不缺乏对环境生态进行必要的和基本的保护的科学技术，全世界的资金也足以用来解决诸如水质大面积污染、大气工业污染这样的问题，但环境生态恶化还是在进一步步加剧。这说明，环境生态破坏后面隐藏着更深刻的社会、政治、文化方面的原因。环境生态问题决不仅仅是一个科学技术问题。

现在，全世界很多地方的水资源都严重缺乏，但即使是在这些严重缺水的地区，仍然不时掀起大兴土木的热潮。高级宾馆高档写字楼层出不穷，而一个三星级宾馆的标准间的设计供水，居然是每天一吨。很明显，只是笼统地说缺水，不是毫无意义吗？不足世界人口百分之五的美国，每年需消耗全世界年开发能源的百分之三十四。人口不到百分之二十的发达国家，每年需消耗全球能源的百分之八十。但与此同时，美国为了保护自己的产业利益，至今仍然拒绝在全球保护大气的国际协议上签字。那么，笼统地说大气污染需要治理有什么意义？究竟是所有的人都缺水、都在污染大气，还是一部分人缺水、一部分人在污染大气？是哪一部分人缺水、哪一部分人在污染大气？缺水、大气污染这类问题，仅仅是个科技问题，或者，仅仅靠科技进步就能解决吗？

从性质上说，环境生态问题涉及对自然资源如何占有、如何利用、如何分配，而这种占有、利用、分配，总是在特定的社会体系、社会制度、社会意识形态下发生和展开的。对这些社会领域和社会过程的关注、反思、批评，是人文社会科学学者、作家、艺术家不可推卸的责任。

发展主义的意识形态

环境生态和发展的问题，常常被构造成二元对立和两难的困境：似乎要发展，就要破坏环境生态；要保护环境生态，就只能牺牲发展和忍受贫穷。这种发展主义的思维方式和流行话语正在很多人那里内化成某种“常识”或“共识”，阻碍人们对发展与环境生态问题做任何严肃而富有积极意义的探讨。

关注环境生态问题，并不是要追捧极端的环境生态主义神话，不是要建立凡生命（甚至包括病毒）、凡自然之物（包括洪水）都必须崇拜和保护的现代泛神论，也并不否定工业文明、农业文明以及更早期的其他文明形式长期以来与自然界的确存在着的紧张关系，并不否认人们追求日益舒适的物质生活的合理性。

但是，人与自然的相对和谐、经济发展与环境生态保护的相对平衡，不也是“舒适”的应有之意吗？而且，这种相对和谐与相对平衡，在历史上屡见不鲜，在现实生活中也有很多相对成功的范例。今天，无论是在海南，在云南，还是在山西，在江西，我们都可以看到某些局部地区有很多发展与环境生态良性循环，从而增进了当地人民福祉的生动事例。各种文明形式与自然的冲突如果说曾经已经发生，丝毫也不能说明如今坐视环境生态的恶化具有正当性和必然性。而在“发展”与“环境生态”两者之间建立非此即彼的两难关系，通常情况下是对掠夺性破坏性开发的辩护。

大规模、高速度的环境生态恶化趋势，并不是历史上的常态，而是近一两个世纪以来，特别是二战以来出现的现象，是全球性发展主义思潮和体制性开发带来的恶果。在这里，“发展主义”与“发展”是两个不同的概念。一般意义上的“发展”，指物质生产水平的提高和生活质量的改善，是生活在各地的人们的正当要求，也是中国改革和开放的目标。而所谓“发展主义”（严格地说，应该是“开发主义”）指的是一种源起于西欧北美特定的制度环境、并在六十年代之后逐步扩张成为一种为国际组织所鼓吹、为后发展社会所遵奉的现代性话语和意识形态。它通过对工业化、城市化、现代化等等的许诺，对广大的“第三世界”产生了极其深远的影响，包括贫富悬殊拉大、环境生态恶化，等等。冷战结束以后，发展主义更是演变为一种全球化的潮流。这种潮流将“发展”简单地还原为经济增长，将经济增长又简单地等同于 GDP 或人均收入的提高。在向所有的人许诺未来的“美好生活”的同时，发展主义再生产着一种不均衡的经济格局和不合理交换/分配体系，同时也严重地破坏了环境，损耗已经十分脆弱的生态。

发展主义意识形态忽视环境生态问题，常常把环境的代价、健康的代价等排除在企业内部的成本/效益分析之外；同时也忽视人文协调和社会整合，使社会的伦理、信任、安全、亲情、团结、互助等社会赖以维系和延续的基础日益崩溃。发展主义的话语是一种唯物质主义，唯增长主义，甚至是唯GDP主义。

这种发展主义的话语体系存在着很多盲区，比如关于增长的统计就常遮掩人类生存的真相：大量砍伐森林以满足木材业和市场的需求，如生产木质家具、纸浆、一次性木筷等，这一类生产拉高了GDP，但这些生产过程对环境的破坏（如制浆过程对河流的污染、林木减少导致水土流失又降低空气质量），却没有从GDP总值中扣除。更具讽刺意味的是，为了保护健康，人们又不得不购买矿泉水（富人或中产阶级甚至需要乘飞机去其他地方度假以呼吸新鲜空气），而对矿泉水的购买和度假的消费等，更增加了GDP。这样，一次破坏竟成为GDP的两次增值，“美好生活”就是这样被再生产出来的！

国民生产总值（GNP）或本地生产总值（GDP），是对社会总体收益进行估量的一些必要概念，但这一类统计如果成为唯一的社会进步的指标，巨大的环境生态代价和社会/伦理代价便会被掩蔽起来。而且，这种统计并不反映出增长的主要获利者有多少人、是什么人，主要代价承担者又有多少人、又是什么人。这种以货币来衡量价值的方法，也总是将未纳入货币流通过程的劳动（如家务劳动、志愿服务、亲友互助、自给自足的农业劳动等）和其他代价（环境生态破坏，健康损害、安全损害、尊严损害、信赖损害等），排除在统计范围之外，因此掩盖了增长之下的不平衡、不协调、不公正和不合理。

增长至上和财富至上的发展主义意识形态，与欧洲启蒙时期的人类中心主义、唯科学主义以及历史决定论存在着思想上的渊源关系，也是二战后资本主义经济体系又一轮全球性扩张的产物。由发达国家主导的国际机构（如国际货币基金组织）制订的发展主义蓝图之下，少数国家或地区（如日本及亚洲“四小虎”）由于战后种种复杂的政治—军事—经济—技术—文化的综合因素，实现了较高速度的增长，这被描述成为其他发展中国家的楷模；但是，不可否认的是，战后接受发展主义模式的多数国家和地区，并没有如发展主义所许诺的那样发展起来，或者在增长的同时付出了沉重的社会、政治、环境生态代价，有些甚至日益陷入了经济困境和社会危机。

联合国开发与计划署《一九九九年人类发展报告》显示，大约四十个国家的经济比十年前更糟了，非洲、南亚、拉丁美洲乃至昨日的超级大国俄罗斯，都面临着深重的危机。即便排除冷战时期的政治性援助等因素不计，“四小虎”的成功与四十个国家的不成功，也充分显示出全球发展主义浪潮中的不均衡性和排他性。事实上，发展主义不是一种包容性强而是排除性强的丛林游戏，正如它不能解决贫富差异问题而只能带来更大的贫富悬殊一样，它也没有解决环境生态问题而是带来了更大范围和程度的环境生态问题。这是由它本身片面追求“利润最大化”和它内在的“赢者通吃”的逻辑所决定的。

发展主义所到之处，更多的自然物变成了“资源”，而一旦具有这种“资源”的价值，这些自然物就在被迅速商品化和市场化的过程中，通过各种本土的或全球的资本/技术的依附关系，越来越集中到了各种权势集团和资本集团的手中。在权力垄断和资本扩张的体系之下，这些集团总是用这些“资源”去满足少部分人的需要，而让大部分人去承担资源耗竭和环境破坏的灾难性后果。

这一过程通常是在追求幸福生活的名义下进行的。问题是：如今人们层出不穷的欲望并不是原生和自然的，而是在发展主义意识形态和资本扩展逻辑下，由跨国性财团和传媒广告公司联姻精心建构的，完全不同于生命种群万代不变的自然欲望，也不同于在环境生态相对和谐的情境下人们对物质资源的占有和利用。例如一家一辆汽车，一人多件貂皮大衣，每周打打高尔夫球，每年到避暑胜地度假……显然都是当代消费文化引导和谋划的产物，与人的所谓自然属性（即使有的话）并无直接关系。这种非自然的消费欲望正在大大加剧人类与自然之间的紧张关系；而且，事情往往是，为了满足少部分人的这类欲望，多数人的饮水、呼吸、衣、食、住、行等基本而正常的需要反而受到了极大限制。这也是忽视乃至取消人们更多非物质性欲望（情感的、尊严的、安全的、审美的等）的直接原因之一。在这里，发展主义恰恰是以少数人“高级”（奢侈）的欲望去压抑多数人“低级”（基本）的欲望。它不仅阻碍了可持续发展，而且使人类多维度、多层面的“幸福”，只剩下对物质的占有和消费，从而对人类的欲望构成了严重的扭曲和践踏。

全球性环境生态恶化是伴随着贫富差距拉大发生的。据联合国开发与计划署《一九九九年人类发展报告》的统计，全世界最富裕的国家和最贫穷的国家的人口的最高收入和最低收入之间的差距，已从一九六〇年的三十比一扩大到一九九〇年的六十比一，又扩大到一九九五年的七十四比一。

需要指出的是：特定的“贫困”概念，是在发展主义的语境中才出现的，并且在这样的语境下也才有意义。随着大规模的“开发”，各种形式的社会和生活结构被打破，许多地区的人都先后被卷入了片面追求利润的“增长”和盲目追求集中的“规模”的进程：土地被征用，家园被破坏，环境被污染，人口外出漂流，战争和动乱也比以前有增无减，很多人变得一无所有，从而真正沦入了赤贫。

人们在阐述环境生态问题时常用“人类”、“发展”、“现代化”这一类过于抽象的词语，而它们常常遮蔽着现实中的差异：是什么人在“发展”和“现代化”？什么人被排斥在“发展”和“现代化”之外？是哪一些“人类”在受害于环境生态恶化，而哪一些“人类”在环境生态恶化的过程中大获其利？……显然，对发展主义的反思和清理，必须以反思和清理各种普遍主义的话语为方法论前提，至少须防止以习语代替思维、以话语代替事实的反实践态度。

发展主义在中国

世界总人口的约五分之一在中国，中国是世界上人口最多的发展中国家，因此中国成功解决发展与环境生态的矛盾，对全世界有举足轻重的意义。

发展是硬道理，这是针对民族积弱甚深情形的一种政治选择。但发展是硬道理，并不等于赚钱是硬道理，更不等于破坏环境或毁灭生态是硬道理。现在，“中国特色”已经成为上上下下的口头禅，而真正的中国特色，首先是人口众多、资源短缺、技术落后、基础设施不足。这就使中国既不可能、也不应该以欧美早期的发展模式为“现代化”的样板和“赶超”目标。欧美国家的现代化，是建立在其早期大规模地掠夺资源破坏生态，同时伴随着对外殖民、贩奴、侵略的殖民主义扩张和帝国主义掠夺基础上的，本土的人口/资源矛盾因为大量向外移民而得到缓解，域外的资源因为其政治/军事霸权和经济/文化霸权而得到控制和支配，核心国家（占全球人口百分之十五）和边缘国家（占全球人口百分之八十五）之间的依附关系在现代化过程中得到确立。在经济发展顺利的时候，这种不平等关系可以得到缓和；在经济发展出现萧条的时候，这种不平等关系则得到强化和加剧，并引发各种危机，包括战争。这种“以外疏内”“以外养内”“以外安内”的现代化过程，是他们利用了特殊的历史条件的特定发展道路，是后发展国家不可能重复和照搬的。

发达国家的先进科学技术和行之有效的社会管理经验，都值得中国学习和吸收，但中国不仅在国情方面大大不同于欧美，所面临的时代与上两个世纪也不可同日而语。西方各国不仅已经拥有先发的优势，而且已占有在金融、电子等高技术和无污染产业里的优势。而与众多在发展主义模式下正在被“郊区化”和“边缘化”的发展中国家一样，中国在被迫廉价出卖资源，在被迫从事高消耗和高污染的产业。发达国家可以不砍本土的森林而用域外的木材，不采本土的石油而用域外的石油，包括用取自发展中国家的丰厚利润来缓解本土的各种矛盾，来维持本土的相对良好的环境生态。但是，在既有的全球体系和世界格局下，中国已不能通过向外移民的方式来缓解本土的人口/资源张力，相反，只有极少数精英正在被强国有选择地吸纳；中国也不可能向外转移环境生态代价，相反，中国正在接受“夕阳产业”的进入和转移，正在为此牺牲自己的森林、草原、河流、土地。最近出现的事实是，发达国家的垃圾还通过不法商家一次次运往中国。

因此，中国只能走可持续发展的道路，走坚持思想创新和制度创新的路，走有自己特色的社会发展之路。这既是对世界文明多元化发展的贡献，也是对欧美现代文明所蕴含的创造性精神的最好的学习。

自从八十年代以来，以恢复和建构市场经济体制为核心的改革开放取得了很大的成绩，可持续发展问题也逐步得到社会的重视，并被国家确定为发展战略；但与此同时，也有一些权势和利益集团忽视乃至取消社会公正、忽视乃至取消保护环境生态的开发方案，甚至与某些跨国资本势力的掠夺性开发联手，从而导致了种种反社会的恶果。姑且不说我们身边随处可见的例证，即便在人迹罕至的高原和草原地带，由于某些大资本集团开发触须和国际市场收购网络的渗入，由于某些管理机构的腐败性纵容和配合，老鹰、狐狸、羚羊等急剧减少，加上过度放牧，特别是以破坏草原植被为代价的山羊过度放养，一方面使羊绒和皮毛的超额利润流向了少数新富集团，另一方面打破了原有的生物链，导致了鼠祸猖獗、植被毁坏等极为严重的环境生态灾难。然而，这一类正在危及广大民众基本生存条件的开发活动，居然常常被描述为“改革”的政绩和“搞活”的图景。

这些现象常常被有些人以“阶段论”给予辩护。“阶段论”认为现在的环境破坏只不过是阶段性的，中国也可以像发达国家那样“先污染后治理”。诚然，任何人都能理解，人类的经验和知识的局限，通常会造成破坏与治理之间的时间差。但“先污染后治理”并不是一项通则，更不是发达国家的普遍事实，因为很多发达国家的破坏根本没有得到过治理，只不过是将破坏的后果转嫁给了其他国家和地区，包括将一批批高污染产业逐步转移到了不发达国家；另一方面，很多环境生态的破坏是无法在事后得到治理的，比如物种的灭绝就是一次性事件，比如土地的荒漠化，就须穷数十年乃至更长时间之努力，才可能予以缓解。更重要的是，人是目的而不是手段，增长应该为人的生存服务。当掠夺式开发已经危及人的呼吸、饮水、生命健康的时候，当洪水、干旱、毒气等已经使很多人含恨而亡的时候，当我们“豁出生存搞发展”的时候，“后治理”还有什么意义？当这种“后治理”是由某些在破坏中获利而根本不承担任何代价的人来宣扬的时候，它还是一种值得认真对待的理论主张吗？

“代价论”也是我们经常听到的一种辩护。这种观点认为环境生态破坏是人类为增长必须支付的代价，不值得大惊小怪。这说法在一般意义上同样能够让人理解，没有人会天真到以为可以白得好处而从不付代价的程度，何况中国长时间来的积弱状态更决定了代价——包括环境生态代价——不可能完全避免。但值得注意的是：“代价论”的滥用，常常有利于维护一切不公正和不合理的社会体制和安排，因为历史上一切罪恶和悲剧几乎都可以在“代价论”的粉饰下获得其合法性：殖民主义也带来了科技的传播，侵略战争也促进了工业的增长和就业的增加，官僚集权体制也曾促进了 GNP 的提高……这些都可以被有些人视为“成绩和代价”、“主流和支流”的关系，都可以在“代价论”的逻辑下得到肯定。因此，对“代价论”必须具体分析。问题不在于发展有没有代价，而在于这种代价是否超过了社会或社会中某些阶层可以承受的程度？这种代价是由谁来承受？比方说，“代价论”的制造者们是否也在与受害者们共同付出代价？事实很明显，根据联合国的统计资料，全世界非核心国家的居民主体并没有或很少分享到发展主义带来的好处，核心国家的贫困阶层也没有或很少分享这种好处，但恰恰是占全球总人口百分之八十五的他们，在风景区没有度假别墅，没有定期出国度假的机票，甚至正在失去曾经赖以为生的土地、森林、草原、河流，正在承受环境生态破坏最主要的后果。

另外，不能不提到“残余论”。这种说法认为当前一切社会问题都是计划经济体制的残余，只要彻底实现市场化、全球化，只要完全与欧美等发达社会的体制实现“接轨”，一切问题自会迎刃而解。持这种观点的人，看到了中国五十年代以来“人定胜天”“赶英超美”等盲目经济行为和经济体制对环境生态的忽视和破坏，但没有看到这些过程内含的“进步”、“增长”、“工业化”等基础性观念，其实是与西方占支配地位的意识形态同出一源；他们看到了在集权的计划体制内的浪费和腐败现象及其对环境生态的重大破坏，但抹杀了这种“化公为私”正是追求“个人利益最大化”的官场表现，大规模的“化公为私”更常常是以联系资本集团的裙带关系为直接支持和必要条件。作为西方现代文明的产物，早期的社会主义理论侧重阶级斗争与社会关系，在环境生态方面存在知识盲点，而且正是这一点突显出它与西方的科学主义、理性主义、进步主义、人类中心主义等意识形态的亲缘关系，恰恰是值得我们反思与清理的。但这种反思与清理，是以重建社会的公共性为道德前提和价值尺度的，与废弃社会公共性的“市场浪漫主义”或“市场原教旨主义”，与借口“效率”以反对或压抑“公正”的发展主义思潮，毫无共同之处。

冷战结束以后，在发展主义最为风行的南亚、非洲、南美洲等地区，是世界公认的环境生态最为恶化的地区；在发展主义最受尊奉的九十年代，也是全球臭氧层破坏、酸雨增多、海水污染、土地荒漠化最为严重的时代。这说明环境生态问题并非仅仅是旧时计划经济体制的残余之物，而是今后一个长时期内全人类需要面对的严峻挑战。

我们只有从世界体系的角度而不是以一国为分析单位，只有从历史长时段的角度而不是以一两个年代为观察视域，才能较为清醒地认识环境生态问题的严重性，才能较好地反思和纠正中国在社会主义计划经济实践中出现过的错误，包括破坏环境生态的错误。

文学、文化工业、意识形态

发展主义观念能够如此迅速获得普及，有其特殊的历史条件，其中之一就是文化工业在九十年代的崛起，以及随之而来的大众文化的繁荣和扩张。文化工业借助报纸、杂志、图书、电视、电影、广告、流行歌曲等，一方面生产与市场经济相适应的一整套文化价值和是非标准，迅速地破坏、颠覆人们的传统道德，另一方面还将发展主义的一整套观念思想以迅雷不及掩耳的方式，灌输到人们的思想意识深处。

八十年代以来，体现发展主义观念的种种文化产品大量上市，已经成为近些年来文化生产的最显著特征。其中“成功人士”不仅获得广泛的社会影响，而且已经成为一种新的意识形态神话。这与八十年代早期的“寻找自我”运动以及人性论思潮紧密相关，与八十年代晚期很多人对“中产阶级”的想象以及市场化进程紧密相关——当然，西方、港台的商业文化的大举输入也是一种重要动力。据一位评论家的分析，“成功人士”的典型形象一般是这样的：中年，多半为男性，微胖，受过良好教育，有美貌的妻子，有调皮的儿子，驾名车，出入高级宾馆及高消费场所，拥有欧陆风情的住宅，打高尔夫球，去大剧院……而这样的形象，常常被很多人视为人生理想的目标，视为社会文明进步的指南。问题在于，在这一类形象的塑造过程中，“成功人士”之所以“成功”的真实原因总是被掩盖了，他们中不少人靠勾结、欺诈、叛卖、残酷以获取暴利的肮脏，他们中不少人忍受劳苦、孤寂、侮辱、盘剥而终于出人头地的辛酸，都化作了他们脸上空洞的微笑。在这一类形象的塑造过程中，“成功”的含义也大大地被扭曲了，人生价值的丰富性也被粗暴地单一化了，因为这些形象无一不在标榜高消费的富贵奢侈豪华，而从不具有任何道义、责任的指涉，与贫困关切、生态关切、人文价值关切毫无关系。他们是钱的化身，是消费的化身，是社会等级化的化身。他们总是成为跨国资本在发展中国家的大众美学代理——因为一个等级森严和高消费的发展中国家，总是更容易出现对外国商品和外国资本的依赖，更容易强化世界体系的不平等关系。毫无疑问，他们遮蔽现实和误导公众，将严重危及健康的市场经济以及文明发育。

与“成功人士”符号相关的还有一系列时尚潮流。时尚成了精神的上帝，成了国家权力之外最强大的社会控制力量。时尚使一切“旧”的东西贬值，而“新”的，亦即“现代”的、“世界”的，统统成为人们追捧的对象。于是，摇滚乐和流行歌无论好坏都是好的，民乐和京剧无论好坏都是坏的；大哥大、保密箱无论有用与否都是要有的，四合院、自行车无论方便与否都是要丢的。这一系列潮流背后，是跨国商品的倾销和商家高额利润的赚取，其单一化和强制化，更扼杀了人们精神的丰富性和个异性，一步步取消了人们在文化上应有的判断力。因此，当真正腐“旧”不堪的文化糟粕，如“三陪女”、“拜财神”、麻将赌博乃至无知迷信被当作最“新”时尚的时候，被当作“现代”与“世界”文化流行色的时候，最为痛恨传统的众多新潮派人士，倒很少例外地津津乐道趋之若鹜。他们在文化上貌似激进主义的先锋态度，常常伴随着他们最为古典和老派的堕落。这是消费主义文化极为寻常的景观之一。

文学是文化生产中重要的一个领域。九十年代以来，文学创作不乏优秀的作品，但从整体上来说，面对社会深层矛盾的集中浮现和国际格局的重大变化，很多作家似乎还缺乏必要的思想和艺术准备，甚至在纷纭多变的世俗生活中迷失价值目标。在这种情况下，有两种创作倾向值得回顾和检讨。一种出现在某些描写现实生活题材的作品里：作者感受到了社会底层的生活压力，对老百姓的生活有较为生动的再现，却时常采取了为不平等、不公正的社会秩序进行辩护的立场，比如总是将新富人士美化为新的救世主，为所欲为、欺行霸市、嫖娼宿妓、行贿受贿的行为也常常被谅解或者得到羡慕，而下层百姓则被要求对这些人逆来顺受。这种“强人救世”、“富人救世”的作品，向读者散布着绝望的情绪，指示着低头屈服的出路，自觉或不自觉地强化着发展主义意识形态的霸权地位。

另一种倾向出现在某些表现个人世界的作品当中：作者抛弃了传统的社会政治大叙事，转向个人内心世界的探索和个体价值的确立，在艺术形式上则常有现代主义的奇异和狂放。但这些作品中的相当部分时常滑向了人性论，用人性论的本质主义来抹杀“人”的历史性（人的主体如何被“建构”起来的历史过程）。似乎人性即人欲，而人欲是自然的、原真的，因而是神圣至尊的，完全掩盖了现实生活中所谓“人性”赖以形成的全部文化过程和全部社会关系，制造了一种绝缘独立和一成不变的人性神话，与发展主义的哲学逻辑一脉相通。这些作品中的一部分，往往还有浓厚的消费主义色彩，虽然有时云山雾罩扑朔迷离，但对声色犬马灯红酒绿的向往却不时跃然纸上。有些作品还表现出极端自私主义色彩，不断渲染对他人、对社会的冷漠，弱肉强食的“丛林法则”不时流露字里行间。金钱是生活的意义；美女和美酒是感觉的源泉；趁社会分化刚刚开始赶快捞上一把……成了这些作品对读者的隐性教导。这种写作当然是发展主义意识形态在文学中的天然盟友，差不多是一种超前消费指南和社会钻营须知。即便这些作品虽然有时也会貌似“先锋”，但不可避免地相互雷同和自我重复，日益显出时尚快餐文化的通俗品格。

结　语

一次新的思想创新正在世纪之交临近。

附录　南山纪要：我们为什么要谈环境生态？

保护环境生态，当前已成为重建社会公共性迫切的现实课题和重要的思想入口，也成为最有社会动员力的行动旗帜之一。但这个问题并非新世纪问题的全部，对这一问题的思考也须有开放和多元的空间。考虑到环境生态标准也可以成为国际贸易中打压对手的筹码，考虑到某些人崇拜自然而恶待父母的奇怪世相，考虑到某些绿色恐怖主义的施暴行迹……南山座谈的参加者们深知问题的复杂性，希望这一次座谈能通向今后更多角度和更多层面的思考和批评，通向更为成熟和健康的社会实践。

要做到这一点，超越八十年代以来的某些思想定势至关重要。人类/自然，市场/政府，社会/国家，现代/传统，资本主义/社会主义，增长/贫困，发展/环境，等等，二元对立的简单模式具有貌似强大的解释效能，正在成为各种媒体上的流行话语，却正在妨碍人们对历史和现实做出真切而准确的诊断。

我们面对中国的问题，必须从这些日益沦为教条和迷信的思想定势中解放出来，从各种个人既得利益地位的局限中解放出来。中国因特殊国情，注定要在现代改革和建设过程中承受环境生态的超常压力，中国的知识界也因此有可能从这一视角开始思想和文化的创新。这可能正是一种幸运。

---

* 最早发表于《天涯》杂志2000年第一期，后译为日、韩、英、法、德、西等各种文字。

图书在版编目（CIP）数据

进步的回退/韩少功著.-上海：上海文艺出版社.2017.8

(韩少功作品系列)

ISBN 978-7-5321-6265-9

Ⅰ.①进… Ⅱ.①韩… Ⅲ.①演讲－中国－当代－选集

②序跋－作品集－中国－当代 Ⅳ.①I267

中国版本图书馆CIP数据核字(2017)第118469号

发 行 人：陈 征

责任编辑：丁元昌

封面设计：丁旭东

书　　名：进步的回退

作　　者：韩少功

出　　版：上海世纪出版集团　上海文艺出版社

地　　址：上海绍兴路7号　200020

发　　行：上海世纪出版股份有限公司发行中心发行

上海福建中路193号　200001　www.ewen.co

印　　刷：崇明裕安印刷厂

开　　本：890×1240　1/32

印　　张：10.75

插　　页：2

字　　数：230,000

印　　次：2017年8月第1版　2017年8月第1次印刷

I S B N：978-7-5321-6265-9/I · 4998

定　　价：42.00元